ドストエフスキー 黒い言葉

亀山郁夫
Kameyama Ikuo

a pilot of wisdom

序　豊饒《ほうじょう》の「黒」

二十一世紀の幕開けとともに爆発的な進化を遂げはじめたＡＩ技術によって、地球と人類の顔つきは一変した。ＡＩは、日々、希望と絶望の双方を私たちに送りつけてくる。一方に、「永生」すら約束するかに見える超スマート社会が遠望され、他方、私たちの多くが、有無をいわさぬ二極化社会の矛盾に苦しんでいる。ＡＩの支配に組みしかれた私たちは、はたして人生の主人公としての栄えあるステータスを維持できているのだろうか。

ＡＩが後押ししてきたグローバル社会の矛盾は恐ろしく深い。そこでは過去のもろもろの規範が揺らぎ、真実と嘘《うそ》の境界もあやしくなって、それらを反転させることさえ可能であるかのような幻想に人々は陥っている。人類が長い歴史のなかで培ったヒューマニズムの思想も、正義の観念も、デモクラシーの理想も、根本から見直しを迫られるにいたった。ヒューマニズム（humanism）の語源は、「土」を意味するラテン語の「フムス（humus）」にあるが、ここにいたって「土（フムス）」たる慎みを失った私たちは、はたしてどこに向かおうとしているのか。革命や大戦といった例外的なカタストロフィをのぞけば、人間が個人としてこれほどに強大となり、逆にこれほどにも弱体化した時代は、ほかに類を見ない。

そしてここに新しい事態が加わる。新型コロナウイルスの登場。ＡＩと新型コロナウイルスによる二重支配のもとで、私たちがいま、唯一ポジティブな視点をもちうるとすれば、それは、立ちどまるという選択肢を手にできたことにある。私たちは、折にふれて、運命とは何か、罪とは何か、生命とは何かといった根本的な問いかけに素直に耳を傾けるようになった。これらの問いは、コロナ禍が去れば同時に消え去るといった性質のものではなく、ＡＩの支配が続くかぎり、あたかもスフィンクスの問いのように執拗《しつよう》に私たちの前に立ちはだかることだろう。そもそも、何のための生命なのか。私たちは、どこに生きる糧を求めればよいのか。

人間が人間であるということ、それは、人間が、あらゆる事実、あらゆる感情の前にむきだしのままさらされている状態をいう。愛も憎しみも、安心も恐怖も、人生というドラマに欠かせない要素である。それらの前でひたすらのたうちまわることは、「土」すなわち「フムス」としての人間の宿命である。かりにそこに生命の意義が隠されているとしたら、十九世紀ロシアの作家フョードル・ドストエフスキーほど、「フムス」としての人間をなまなましく体現し、隈《くま》なくその現実を描きだしてみせた作家はいない。

五十九年にわたるその生涯を見渡してみよう。謎に満ちた父親の死、死刑判決、流刑、癲癇《てんかん》、賭博癖《とばくへき》、数十年にわたる国家からの監視。たしかに、二十世紀が生みだした桁外れな悲劇に類する事件に遭遇することはなかった。戦争体験もない。たとえば、ルーレット賭博への熱中のように、みずから呼び招いた不幸もある。しかし、彼の人生に降りかかった不幸は、おおむね運命的というべき、選択の余地のないものだった。小説を執筆するかたわら、借金地獄でのすさまじい苦闘を、彼はほとんど道化的ともいうべき言葉で書きつづった。何百枚にもおよぶ膨大な書簡群は、あたかもそれ自体、彼に降りかかった試練のきびしさを物語っているかのようである（彼が、終生、義人ヨブの物語に惹《ひ》きつけられた理由がまさにそこにあった）。

ドストエフスキーは、まさに、いたいけな赤子のように無防備に、五十九年の人生を生きぬいたが、その苦難がもたらしたドラマの一つひとつを彼は生きる誇りとしていた。癲癇という持病さえ、高度に文学的なメタファーへと昇華されていった。いっさいの体裁を考えず、がむしゃらに生きぬくこと、その信念がなければ、とうてい文学という困難な営みに生涯をささげることはなかったろう。そしてそうした彼の精神的な熱源となったのが、ほかでもない、みずからが抱える宿命の謎、人生の不思議さに対する、尽きることのない好奇心だったのだ。

一八三九年八月、謎の死を遂げた父親を思い返しながら、当時十七歳の彼は、兄ミハイルに宛てた手紙に書いている。

「人間は謎です。それは解き明かさなくてはなりません。もしも一生をかけてそれを解きつづけたとしても、時間を浪費したとはいえないでしょう。ぼくはこの謎と取り組んでいます。なぜかといえば、人間でありたいからです」

（一八三九年八月十六日）

この手紙は、作家としての彼の隠された出発点とも呼ぶべき重大な示唆に満ちている。そしてそれから四十年後、彼は、死を目前にして手帳に次のように書きつけた。

「私はなにも小さな子どものようにキリストを信じ、キリストの教えを説いているわけではない。私のホサナは大いなる懐疑の試練を経ているのだ」（「手帳」一八八〇～八一）

こうしてこの二つの文章を並べてみると、ドストエフスキーは、あたかも、不信から信仰へという予定調和的な道を歩みつづけた幸せな作家であるかのように見える。「ホサナ」とは、神への祈り、神への感謝を意味するが、キリスト教徒としての一見揺るぎない信仰の底では、懐疑と不信の炎がごうごうと燃えさかっていた。そうでなければ、彼の文学は、真の意味で彼自身の人生のテーマとはなりえず、また、世界文学の最高峰としての栄光を勝ちえることもなかっただろう。

なぜ、いま、ドストエフスキーなのだろうか。

ドストエフスキーが追求するのは、もっとも根本的な部分における人間らしさである。彼は、全体的なものに対する恐怖に引き裂かれている。いや、人間から人間的なものを奪いとろうとする力に対して徹底して抵抗を示す。「わたしは、病的な人間だ」（『地下室の記録』）の宣言は、まさにドストエフスキーの人間宣言である。真の意味でのヒューマニズム、つまり人間主義とは、人間存在のありようの全面的な承認にある。『カラマーゾフの兄弟』のなかでドミートリーは言う。「いやあ、人間って広い、広すぎるくらいだ、だから俺はちっちゃくしてやりたい」と。そしてその人間の限りない広さを体現する言葉が、最終的に、「カラマーゾフ」という固有名詞に結実した。ちなみに、「カラマーゾフ」には、「黒く塗られた者」の意味がある。

では、なぜ、「黒」なのだろうか。怪訝《けげん》に思われる読者も少なくないと思う。古代ギリシャ人にとって黒は、冥界のシンボルである。生けるものとの世界を切り離すステュクスの川には黒い水が流れていた。中世のペスト流行時、犠牲者の死は、「黒い死」と呼ばれた。他方、ロシア南部からウクライナに広がる肥沃な土壌は、「黒い大地」と名づけられている。現代絵画の父カジミール・マレーヴィチは、一枚の白いキャンバスに描かれた「黒い正方形」に、「すべての可能性の種子」を見た。

私自身のロシア体験に照らしていうなら、ロシアにおいて黒は特権的な意味を与えられている。春の訪れとともに雪に覆われた大地がよみがえるとき、最初にその兆しを告げるのが、「土」の黒さである。『カラマーゾフの兄弟』の主人公アレクセイ（アリョーシャ）に「大地を愛する」と叫ばせたドストエフスキーにとって、黒は、豊饒の証《あかし》であり、作家は白に、むしろ死に通じる不吉な象徴性を見ていた。では、『カラマーゾフの兄弟』の最後で、アレクセイと十二人の少年たちが、「カラマーゾフ、万歳！」を叫んだとき、少年たちは、この「カラマーゾフ」に何を思い浮かべていたのだろうか。それこそは、「カラマーゾフ」という名前に託された人間の生命力そのものではなかったろうか。白の大地から黒の大地が顔をのぞかせるさまは、まさに、死んだ少年イリューシャの復活のシンボルとしてもふさわしい。

最後にひと言、書き添えておこう。ドストエフスキーは、人生のさまざまな局面において、限界的ともいえるなまなましい真実を手にいれた。それは、豊饒であるがゆえに不条理であり、不条理であるがゆえに人間的な真実に満ちた「言葉」である。本書では、彼の数ある「言葉」から、現代に生きる私たちの関心にからめて魅力的と思われる「言葉」をぬきだし、その解説をほどこした。「言葉」よりも解釈が先行している部分も少なからずある。かりに純粋に「言葉」だけに出会いたいという読者は、それこそ、黒い太文字で記された「言葉」を拾い読みしていただけたら幸いである。そこから生まれる印象もまた、ドストエフスキー文学の読解に新たな地平を切り開いてくれることだろう。

目　次

第七章　「全世界が疫病の生贄となる運命にあった」

第九章　不吉な道化たち

第一章　金、または鋳造された自由

はじめに

幸福の頂点

一八八一年一月二十六日、フョードル・ミハイロヴィチ・ドストエフスキーは、雑誌「ロシア報知」編集者の一人で、優れた物理学者としても知られたニコライ・リュビーモフ宛の手紙に、「おそらくは最後のお願い」を次のように書きとめた。

「『ロシア報知』の編集部から送られてきた計算書では、『カラマーゾフの兄弟』の印税としてさらに四千ルーブルなにがしのお金を受け取ることになっています。現在、小生は、極端にお金を必要としております。（……）その全額の支払いを行うよう指示していただくことは可能でしょうか？」

この手紙を認《したた》めた日の午後、ドストエフスキーは突然喀血《かっけつ》し、それからわずか二日後の夜八時半過ぎ、不帰の客となった。彼が手紙に書いている「極端にお金を必要として」いる理由についてとくにここでつまびらかにすることはしないが、自筆による最後の手紙が、印税支払いの催促であったことは、何とも皮肉な事実としかいいようがない。ちなみに同じ日、作家は、モスクワに住む妹ヴェーラの訪問を受け、伯母クマーニナが残したリャザン県の土地の分け前を自分たちのために放棄してほしいと懇願された。一説では、その際、ヴェーラとの間で生じたはげしい口論が、肺動脈破裂の直接の引き金となったともされている。はるか四十年以上前の父ミハイルの死に起源をもつ長編小説『カラマーゾフの兄弟』を書きあげ、いまや栄光の頂点に立つ作家にとって、遺産相続という生臭い争いに巻きこまれること自体、心外だったろう。医師からは常々、どんなに小さな興奮も発作の引き金になると注意されてきたことを、彼はつい失念してしまった。最初の発作は、それから数時間後に起こった。喀血の原因がはたしてヴェーラとのいさかいにあったのか、あるいは別の要因も働いていたのか。後に多くのドストエフスキー研究者を深い疑念に陥れる謎がここに生まれた。

最後の二日間、作家の病状は一進一退を繰り返したが、徐々に薄れゆく意識のなかで彼ははたして何を思っただろうか。勝手な想像を述べれば、走馬灯のように行き交う記憶のなかに、突如、次なる小説の構想、すなわち『カラマーゾフの兄弟』続編のプランがよみがえり、無念の思いに急《せ》きたてられた一瞬もあったのではないだろうか。

最晩年のドストエフスキーは、家庭的にも金銭的にも幸福の頂点にあった。しかしここにいたるまでに彼は、まさにいばらの、と形容するしかない困難な道を歩まねばならなかった。実際、十九世紀ロシアに生きた作家のうちで、ドストエフスキーほどリアルに金の問題に煩わされつづけた人物をほかに探しだすことは困難である。同時代の作家レフ・トルストイやイワン・ツルゲーネフら貴族出身の作家たちのみならず、農奴の血を引く雑貨商の息子アントン・チェーホフでさえ彼ほどの困窮にさらされたことはなかった。ドストエフスキーは、終生、債権者との闘いに追われ、借金の返済のために小説を書きつづけたといっても過言ではないが、それでも書くという営みに対するモチベーションを失うことがなかったのは、小説という器そのものへの情熱とみずからの才能への絶大なる自信があったからだろう。

ドストエフスキーがようやく経済的に自立し、精神的に安定の境地に立つことができたのは、死の三年前、一八七八年以降のことである。テロルの嵐が吹きすさぶ新たな「動乱期」を迎えた知識層の心は、驚くほどすみやかにドストエフスキーに接近し、時代の潮目も確実に、かつ劇的に変わりつつあった。一八八〇年八月に出た彼の個人誌「作家の日記」特別号は、四千部刷られ、ただちに二千部を刷り増ししたが、これもたちまちのうちに売りきれてしまった。翌八一年一月に出た「作家の日記」初版は、前号の倍の八千部を刷ったものの、発売日当日に完売するという上首尾を見た。すでに、単行本化されている『カラマーゾフの兄弟』も上々の売れゆきを示していた。

金や負債との闘争の産物

ここにドストエフスキー自身による興味深いメモがある。作家はこの時期、年ごとの収入一覧をメモ帳に詳しく書きつけており、それによると、死の前年にあたる一八八〇年は、単行本のみの印税収入が約一万ルーブル強あったことがわかる。現在の日本円にして一千万円をこえる収入である。

顧みるに、ドストエフスキーが借金生活に陥る最初の大きな躓《つまず》きは、一八六四年七月の兄ミハイルの急逝と、刊行した雑誌「エポーハ」の失敗にあった。ドストエフスキーはそれらの整理のために借金を重ね、兄が残した家族の面倒を見るために奔走した。ドストエフスキー夫人アンナの『回想』によると、夫に金がはいるや、「弟、兄嫁、義理の息子、甥《おい》たちの身寄り全部が、予想外の、だが差しせまった金の無心」に押し寄せてきたという。『罪と罰』の成功も焼け石に水だった。ドストエフスキーは、彼らを救うために片っ端から小切手を切った。と同時に、あちこちの出版社に新たな小説の売りこみにかかった。その結果、原稿料を大幅に値切られ、トルストイ、ツルゲーネフらと比べてじつに三分の一近い安さに甘んじなくてはならなかった。

アンナ夫人の『回想』に再び目を向けてみよう。

「私の知っている十四年間に、何度次のようなことがあっただろう。初めの何章かはもう雑誌に発表されている。第四章は印刷所にまわっている。第五章は『ロシア報知』に送ったところで、残りはまだ書かれておらず、頭のなかにあるだけだ。そしてとどのつまりは、小説の発表された部分を読みかえし、突然自分の誤算に気づき、計画がすっかり台なしになったと絶望的な気持ちになるのである。

『ああ、あれを取りもどすことができたら、書きなおすことができたら！』彼は時々こうくりかえした。『いまになったらどこがまずかったかがわかる、なぜ小説がうまくいかないかがわかる。きっと、この失敗ですっかり自分の《アイデア》をだめにしてしまったにちがいない』（……）フョードル・ミハイロヴィチは、（最初の小説『貧しき人々』を除いて）プロットを慎重に考え、細部をきちんと決めてから、ゆっくり、せかされずに書くということなど一度もなかった。運命は彼にそうした大きな幸福をもたらさなかった」

アンナ夫人の『回想』には多少の誤解や誇張も含まれているかもしれない。しかし少なくとも『罪と罰』以降の大作が、のっぴきならぬ金や負債との闘争の産物としての性格を帯び、しかもそのディテールが物語にじかに焼きつけられていくことで、作品全体に異常な熱気が生まれたことは疑いようのない事実である。いみじくもヨシフ・ブロツキーが書いている。「地、水、火、風とならんで、金は第五番目の元素をなしており、人間はなによりもこの自然力を相手とせざるをえない。この点に、今日、ドストエフスキーの作品が、作家の死から百年を過ぎた今になってもアクチュアリティを保ちつづけている数ある理由のうちの一つ、おそらくは主要なといってもよい理由がひそんでいる。現代世界の経済的進化のベクトル、つまり普遍的な貧困化と生活レベルの一元化という側面を考慮するに、ドストエフスキーの文学は予言的現象と見ることができる。なぜなら、未来を予測することにおいて誤りを回避する手立ては、貧困と罪というプリズムをとおしてそれを見つめることにあるからだ。ほかならぬこの光学を利用したのが、ドストエフスキーその人だった」（「元素の力」）

金という「元素の力」が支配する混沌《こんとん》とした十九世紀のロシア社会に生き、「貧困と罪」のプリズムをとおして世界の現実を見つめる独自の「光学」、それこそがドストエフスキーの小説に現代性を約束するもっとも重要な証である。長年にわたる借金生活から解き放たれ、文字どおり「力と孤独」に呪縛される境地で書きあげられた『カラマーゾフの兄弟』ですら、「貧困と罪」のプリズムを介して生まれ落ちた作品だったのである。

1　金——新しい神

貯蓄に一生をささげた「守銭奴」

十九世紀の中葉、クリミア戦争（一八五三〜五六）敗北後のロシアににわかに巻き起こった投機熱は、社会の上・中層部をまたたく間に飲みこんでいった。投機熱は、政府の高官から下端《したつぱ》の役人にまでおよび、地主やビル所有者は、もてる不動産を動産に換え、素姓も怪しい株券の買いあさりに走った。雨後の筍《たけのこ》のように投機会社が乱立し、一攫《いっかく》千金を夢みる銀行預金者たちはこぞって預金の引きだしにかかった。

当時の最優良企業の一つに、一八五七年に設立されたロシア鉄道会社がある。その大株主の一人が、一八五五年に帝位に就いたばかりのアレクサンドル二世だった。「一八五六年をロシアで過ごすことのなかったものは、人生がどういうものかを知らない」という有名な言葉を吐いたのはレフ・トルストイだが、新皇帝の誕生とともににわかに湧き起こったユーフォリア（多幸感）の感覚を、規制緩和の波に乗る投機熱が増幅させていった。銀行家アレクサンドル・シュチグリッツのように、ロシア経済をコントロールする人物が時代の顔として登場しはじめた。ロシア鉄道会社の配当金は、アレクサンドル二世の政権運営に大きく貢献することになるが、クリミア戦争での敗戦の痛手は深く、十分な資力をもたない多くの会社に高騰する株価を支える基盤はなかった。新皇帝への期待とともにセミパラチンスクから帰還したドストエフスキーが最初に目にしたのは、裏づけのない債券によって一瞬のうちに天国から地獄に突き落とされた市民の悲喜劇である。

一八六〇年、ロシア経済はついに破綻の危機に陥り、銀行家シュチグリッツはみずからが経営する銀行の業務をすべて停止して頭取の地位を退く。同時にアレクサンドル二世は、この銀行を基盤に国立銀行を設立し、このシュチグリッツを国家の新たな金庫番に任命した。

改めてドストエフスキーの話題にもどろう。

一八六一年一月、兄ミハイルと創刊した雑誌「ヴレーミャ」に寄せたエッセーで、ドストエフスキーは、死後にその遺品の間から十六万九千二十二ルーブルの大金が発見されたソロヴィヨフ何某《なにがし》について、長い言及を行っている（「詩と散文でつづるペテルブルグの夢」）。ソロヴィヨフ何某は退職九等官で年齢は八十歳前後、「衝立《ついたて》で仕切った部屋を月三ルーブルで借り」、「たえず金がないとこぼし」、「死んでみたら一年もの部屋代が滞っていた」。まさに貯蓄のための貯蓄に一生をささげた「守銭奴」だったのである。この事件を知ったドストエフスキーは、自身が若い時代に書いた小説の一つを否が応でも思いださざるをえなかった。

デビュー作『貧しき人々』（一八四六）で彼が描きあげた主人公は、金の帯びる威力にけっして魅入られることのない、非現実的でかつ純真な夢想家たちである。彼らは、みずからにくだされた運命をどこまでも従順に受け入れることで、おのれの純潔な精神性を貫きとおそうとする。とはいえ、彼ら夢想家たちの胸の奥では、むろんみずからの不遇への嘆きや自虐が消えることはけっしてなかった。

「貧しい人々というのは、わがままなもんです――これはもう本質的にそうできているんです。（……）貧乏人というのは、こせこせしていて選《え》り好みが激しいんです」

「あらゆる境遇は、至高の神によってそれぞれの人間の運命として定められているのです。ある者は将軍の肩章をつけることが定められ、別の者は九等官として勤める定めなのです」

（『貧しき人々』）

蓄財という不条理な欲望

ところが、作家は、ほぼ同じ時期に書いた別の小説で、『貧しき人々』で吐露したヒューマニズムの理想と真っ向から対立する一人の人物、プロハルチン氏を登場させることになる（『プロハルチン氏』）。食費を削り、いっさいの娯楽を避け、ぼろぼろの服を着たままひたすら窮乏生活に耐えつづけたこの人物の死後、ベッドの裂け目から莫大《ばくだい》な額の金貨や銀貨が発見される。実話に基づくこの作品には、当時、検閲のきびしいチェックがはいり、作家は、オリジナルにあった「生気」が消え、「骨格だけ」になってしまったと嘆いたが、検閲当局が示した並々ならぬ関心は、この作品が逆にそれだけの「問題性」をはらんでいたことを暗示するものだ。プロハルチン氏を支配した「奇妙な欲望」の底にうごめいていたのは、蓄財という行為そのものの魅了から、蓄財が切り開くかもしれない可能性への、どこか嫉妬めいた狂おしい妄想である。思うに、この不条理な欲望こそは、のちに作家自身が呪縛される「力と孤独」への渇望を先取りするものだった。プロハルチン氏をめぐって作家が、「ナポレオン主義者」のレッテルをあえて貼ってみせたのもその予兆ととらえていい。「ナポレオン主義者」とは、この場合、蓄財の快楽と金そのものの存在に集約される純粋な力を渇望する人間を意味する。むろん、プロハルチン氏の人物描写には、『吝嗇《りんしょく》の騎士』を書いたアレクサンドル・プーシキンや、リアリズム文学の先達ニコライ・ゴーゴリの受け売り的な誇張もなくはないが、金そのものへの執着が、狂気から正気へと徐々に境界を押し広げていくとき、ドストエフスキーの小説それ自体も確実に変容を遂げはじめた。

思うに、右に紹介したエッセー「詩と散文でつづるペテルブルグの夢」で言及されるソロヴィヨフ何某は、まさに若い時代のドストエフスキーが描いたプロハルチン氏を地で行く人物だった。当時の医学界は、この人物の死に精神錯乱の兆候を認め、病理解剖によって原因を突きとめようとしたが、ドストエフスキーはそれに対し、想定されている「秘密」など病理解剖によって説明されるものではないと批判し、このソロヴィヨフ何某を「巨大な人物」として称揚したのだった。そもそも金への飽くなき希求は、精神錯乱の兆候などではありえず、むしろそれは、人間が普遍的に抱える欲求そのものである。その点で、このソロヴィヨフ何某も、作家がオムスク監獄（「死の家」）で出会った囚人と比べ、何ら格別の意味を付与するにあたらない、並みの人間と映っていたのではないか。

事実、ドストエフスキーは、雑誌「ロシア世界」で連載がはじまった『死の家の記録』（一八六〇～六二。連載はのちに「ヴレーミャ」に移った）で、語り手の地主貴族アレクサンドル・ゴリャンチコフを介し、次のような洞察を披露している。

「金とはいわば鋳造された自由である。だからこそ完全に自由を奪われた人間にとって、金は普通の十倍も重要なのであった。ポケットの中で銭がちゃりちゃり音を立てていさえすれば、仮に使い道がなかろうと、囚人はすでに半ば心を癒される」

「死の家」はまさに、金の威力を金そのものとして経験できる稀《まれ》な空間だった。と同時にソロヴィヨフ何某をめぐる話題は、「死の家」で数多くの「異常な性格」を目撃してきた作家の冷静な目と、同時代人の知性との間の驚くべき断絶を物語るエピソードでもある。

2　貧困と賭博

赤貧とは犯罪である

一八六五年九月、中部ドイツの保養地ヴィースバーデンのホテルで、ドストエフスキーは『罪と罰』の執筆にはいった。当時、彼はルーレット賭博で持ち金のすべてを失い、絶体絶命の境地にあった。作家はしかしこの小説で、全能の神のごとき絶大な力を帯びた存在として、金を意味づけたわけではない。貧困や金のモチーフは、主人公ラスコーリニコフの殺人の動機の一部として示されるだけで、金の存在が登場人物の運命にダイレクトなかたちで関わる場面は必ずしも多くはない。いわば金は脇役だった。もとよりラスコーリニコフは、プロハルチン氏や実在のソロヴィヨフ何某のような金の亡者でも、フェティッシュな拝金主義者でもなかった。時代の貌《かお》という観点に立つなら、むしろ殺害される高利貸しの老女アリョーナに拝金主義者の相貌を垣間見《かいまみ》ることができる。ラスコーリニコフが老女の殺害に後悔を覚えないのも、彼の「ナポレオン主義」が、すでに一つの観念からなまなましい憎悪へと血肉化し、絶対悪として彼女を相対化する視点をはらみはじめていたことを物語っている。彼の殺人はけっして無動機殺人ではなく、むしろ動機殺人である。なぜならその動機の根底には、名づけえぬ憎悪が深く渦巻いているのだから。無政府主義者プルードンの愛読者である彼の思想的立場から見ても、拝金主義は唾棄すべき存在だった。

高利貸しの老女に続いて、金のテーマにもっとも近い地点に立ち、その威力に翻弄されるのが酔漢マルメラードフとその娘で娼婦《しょうふ》のソーニャである。地下の酒場で顔を合わせたラスコーリニコフを相手にマルメラードフは嘆く。

「貧は悪徳ならず、（……）**洗うがごとき赤貧となるとこれは犯罪なのです」**

だが、酒飲みのマルメラードフにとっても、金はけっして第一義的なものではなかった。ウォトカを手にいれるための小銭はたしかに必要だが、彼の脳裏では、それとは別次元の観念が妖しくうごめいている。ひと言でいうなら、娘ソーニャに対する自責の念に深くクロスする「黙示録」（または「終末」）のヴィジョンが彼の全存在を鷲《わし》づかみにしている。彼の「終末」観は、また彼自身のマゾヒズムの産物でもある。物語の後半、マルメラードフの供養の席で、ソーニャが、弁護士ルージンから百ルーブル窃盗の嫌疑をかけられるくだりがあるが、金それ自体がさながら登場人物の一人のようにリアルな狂言回しの役割を与えられるのは、この一場面のみといっても過言ではない。総じて、『罪と罰』の登場人物たちは驚くほどストイックであり、謎の人物で淫蕩漢《いんとうかん》のスヴィドリガイロフにしたところで、手持ちの資金を幼い許嫁《いいなずけ》や娼婦のソーニャに惜し気もなく与えている。彼の関心の向かう先は、金よりも感情の独占であり、その根底にはマゾヒズムが脈うっている。というより、襲いかかる鬱と将来の見こみのなさが彼のマゾヒズムに拍車をかけている。『罪と罰』の稿が起こされた一八六五年夏の、作家の状況の過酷さを思うにつけ、作品それ自体が、金の絶対性という感覚をいちじるしく欠落させているのは驚くべきことのように思える。

さて、一八六六年九月、『罪と罰』の執筆を終えようとする作家の脳裏から片時も離れない心配事があった。悪徳出版人ステロフスキーとの間に交わした忌まわしい契約である。ドストエフスキーは、三巻からなる作品全集の著作権を三千ルーブルという破格の安値で売り渡し、なおかつ付帯条件として印刷台紙十枚分以上の中編小説の提出を約束させられた。もし、提出が実現しなかった場合、ステロフスキーは、ドストエフスキーが今後九年間、彼の作品すべてを無償で出版できる約束になっていた。

周知のように、この非常事態から作家を救いだしたのが、のちにドストエフスキーの二番目の妻となる二十歳の女性速記者アンナ・スニートキナである。約束の新作『賭博者』(一八六六)はわずか二十六日間で、電光石火のごとく仕上げられた。

ついでながら指摘しておくと、『賭博者』の執筆に先立つ一八六三年、ドストエフスキーは、ニコライ・ストラーホフに宛てたある手紙(九月十八日)で、『死の家の記録』における「風呂」の描写と、ルーレット場の描写を引きくらべてみせた（「**これは一種の地獄、別の意味における監獄の『風呂』の描写です**」）。他方、流刑地とルーレット場という、常識的には地と天ほどの開きのある二つのトポスについて、ミハイル・バフチンは「この対比はきわめて本質的である」として、次のような解説をほどこした。

「囚人たちの生も、賭博者たちの生も、その内容的な差異にもかかわらず、ひとしく『生から排除された生』（……）なのだ。その意味で囚人も賭博者たちも、カーニバル化された集団である。流刑地での時間も賭博の時間も、そのきわめて本質的な差異にもかかわらず、同一タイプの時間である」

（『ドストエフスキーの詩学』）

ロシア的な賭博

また、ジュリア・スタールの主張によれば、「死の家」の囚人たちにはいずれ解放のときが訪れるが、「賭博場」の囚人たちは、多くの場合、破滅以外に解放の選択肢は残されておらず、受難＝情熱に終わりがないという意味において賭博場は、「死の家」に匹敵する苦難を課すという。

ちなみに、ドストエフスキーが、賭博に関心をもちはじめたのは、シベリアへの流刑後、国境警備隊員としてセミパラチンスクにあった一八五九年のことである。フョードル・デルシャウというフィンランド人の書いた「賭博者の手記」（「ロシアの言葉」四月号）をとおして、ヨーロッパの主要な観光地（ジュネーヴ、ホンブルグ、バーデン・バーデン）で行われている賭博の実態を知るにいたった。そのルポルタージュには、一瞬のうちに巨額の富を得る幸運児や、破産して自殺する億万長者たちの姿がなまなましく描かれていた。それから三年を経た一八六二年六月、はじめてヨーロッパに旅立ったドストエフスキーは、文字どおりビギナーズラックに遭遇し、一万一千フラン（現在の日本円で五百万円余り）の儲《もう》けを手にしている。しかしそれ以降、彼の前で運命の女神が微笑《ほほえ》むことはめったになかった。先にもふれた一八六五年の夏には、ヴィースバーデンのホテルから作家ツルゲーネフに宛てて百ターレル（約五十万円）を貸してくれるように懇願している。しかし実際に送られてきたのは半額の五十ターレルで、このとき生じた誤解が、のちに両者の間に深いしこりと反目を呼び起こす原因となった。

当然のことながら、根本的な疑問が湧いてくる。そもそもドストエフスキーがこれほどにもルーレットに魅了された理由とは何なのか？　皇帝直属官房第三部（秘密警察）の厳重な監視下にあって彼はなぜここまであからさまにおのれの弱さをさらけだすことができたのか。思うに、知人、元恋人、編集者に宛てたおびただしい数の無心の手紙には、検閲を（読まれることを）意識したうえでの道化的演技も少しは混じっていたのではないか。国事犯という脛《すね》に傷をもつ身として、皇帝権力に対しみずからの無用性を印象づけることはけっして不都合なことではなかったからである。

他方、彼の賭博熱の内的な動機を探るには、ジークムント・フロイトの論文「ドストエフスキーと父親殺し」が大いに助けになる。フロイトは作家の賭博熱を「自己処罰のひとつの形式」とみなし、「借金の重荷《シュルデンラスト》が罪悪感《シュルトゲフュール》の明白な代理となった」「自分にとって賭博の醍醐味《だいごみ》は、賭博そのものにあること、賭博のための賭博であることを知っていた」と書き、次のような説明をほどこしている。

「ドストエフスキーが［賭博に負けて］自己を処罰することで、自分の罪悪感を満足させると、執筆を妨げていた原因が取り除かれ、こうして文学的な成功への道を進もうという気分になるのだった」

（「ドストエフスキーと父親殺し」中山元訳）

しかしここで指摘しておきたいのは、ドストエフスキーの賭博熱はたんに彼個人の「病」だけにとどまらず、「ロシア的な病」としての性質も帯びていたということである。プーシキンと同時代を生きた詩人ヴャーゼムスキーが書いている。

「ロシア人の生活においてカード賭博は、不易の、不可避的な自然力の一つなのだ。（……）熱狂的な賭博者はロシアのいたるところにいた」

作家自身、『賭博者』に登場するイギリス人ミスター・アストリーに次のようなセリフを吐かせている。

「ルーレットってのは、もっぱらロシア的な賭博なんです」

ロシア人の賭博好きをごく単純に、運命愛の一形式とでも表現すべきなのだろうか。しかし問題はより本質的である。偶然性に自分を賭けることは、ドミートリー・ガルコフスキーのいう「果てしなき袋小路」に生きるロシア人の、一種の「形而上的な反抗」である。当時、ロシアの知識層は、いまだ農奴制に支えられた後進国に生きる負い目、およびそれと背中合わせにあるマゾヒスティックなお国自慢という相反する心性のなかで生きていた。そうした矛盾した生の形式にふさわしい冒険こそが決闘であり、ルーレットであり、運命愛だったのだ。

『悪霊』の登場人物ステパン・ヴェルホヴェンスキーは、カード賭博に負け、領地の農奴を兵隊に売り払う。売られた農奴は流刑地から脱走して町にもどり、残虐の限りをつくす。他方、そのヴェルホヴェンスキーの教えを受けて育ったニコライ・スタヴローギンは、「酒の飲みくらべ」に負けて、足の悪いマリヤと結婚する。この神がかった妻を、スタヴローギンの使嗾《しそう》により厄介払いするのが、この売られた農奴である。こうして賭博の情熱は、呪わしい連鎖をなして一個の悲劇を形成していく。賭博とりわけルーレットへの情熱は、金のもつ非情な力の自覚とあいまって、ついには「決闘」への情熱に比すべきものとなる。ホイール上を跳ねまわるボールは銃弾であり、ルーレット台に積みあげられた賭け金は、決闘者の生命ということになるだろうか。

運命=金の全能性をめぐる物語

神の慈悲と運命の慈悲、神による罰と運命による罰、それらの間にほとんど差はない。『罪と罰』の主人公が経験したのは、神の不在、まさに純粋感覚としての「殺害」である。他方、ルーレットに熱中するドストエフスキーが経験していたのも、神の不在ないしは運命そのものの純粋感覚だった。「非人間的なまでに」冷静であることが、「好きなだけ」勝つ条件だとする信念のうちには、運命の支配に勝つという破滅的な願望が脈うっている。ドストエフスキーを反芻《はんすう》するかのように、ルネ・ジラールは次のように述べる。

「ルーレットは幸運な人間しか愛さない」（『ドストエフスキー　二重性から単一性へ』）

ロシアの文化史家ユーリー・ロトマンは、カード賭博について、「物質的な利益としての儲けに対する希求よりも何かしら大きなものだった」「自立的な価値ではなく、リスクの感覚を惹起《じやつき》する手段、生活に予測不可能性をもちこむ手段だった」と書いているが、この金の形而上性は、当然のことながらルーレットにも相通じている。ルーレット場でのドストエフスキーの胸のうちに、最終的に金がすべてであり、なおかつ無意味であるという極端にパラドキシカルな感覚が生まれる。まさにフロイトが看破したとおりの道筋に彼は立つ。もっとも彼は、ルーレット場で経験できるそうした形而上的な感覚のみを追求していたわけではない。彼にとっては、ごく常識的な欲望、勝利することの、運命の女神との闘いがもたらす莫大な褒賞への渇望もないがしろにできない感覚だった。現実に『賭博者』の主人公で家庭教師のアレクセイは、愛するポリーナに向かって半ばやけっぱちに告白する。

「金は、すべてだからです！（……）金があれば、ぼくはあなたに対しても別人になれるのです、奴隷ではなく」

ここに表現されているのは、マゾヒズムからの回復の渇望である。しかし回復ののちにどのような精神状態が訪れるかを彼は確実に予測している。すなわち自己喪失である。金が運命に打ち勝つならば、金は愛をも滅ぼすことができるだろう。つまり、彼には出口がない。そしてその直感が実現することを恐れるがゆえに、アレクセイは躊躇《ちゅうちょ》を重ねてきたのである。そして予測どおり、結果は無残なものに終わる。フロイトの洞察がここでも的中した感がある。物語の終わり近く、アレクセイが、二十万フラン（二億円相当）を手にする場面に注目しよう。「奴隷」の身から這《は》いあがるべくルーレット場に足を踏み入れた彼は、手にした莫大な金によって一時的ながらもマゾヒズムの桎梏《しっこく》から解放される。つまり、金がマゾヒズムに打ち勝つのだ。ここでの二つの原理の闘いは、あたかも自然の摂理と神の摂理の闘いをなぞるかのようである。たとえば、ゾシマ長老の遺体から発せられた「腐臭」に衝撃を受け、神への信仰を失いかけるアレクセイ・カラマーゾフは、まさにルーレット場で賭博者アレクセイが経験したドラマの延長線上に立っていたといってよい。

『賭博者』は、運命＝金の全能性をめぐる物語であり、なおかつその全能性に打ち勝とうという「形而上的反抗」の物語である。作家はマゾヒスティックに、金と運命に翻弄されるロシア人のみじめな様態を描く。神の摂理に対抗する自然の原理を象徴する人物が、マドモワゼル・ブランシュ。彼女は、運命の女神が金を配分する幸運児に、それがだれであろうとまといつく死神である。ブランシュ（＝白）に、この金の亡者のアレゴリカルな意味合いが浮き彫りにされる。バフチンの説明にならえば、物語の舞台ルーレテンブルグに集う賭博者たちは、「カーニバル化された集団」だが、彼らが体現する光景は、「一種の地獄絵」であるよりむしろ、ハンス・ホルバインの描く『死の舞踏』に近い。では、ロシア文明は、どのようにしてこの「死神」の支配をまぬがれ、破滅を避けることができるか？　西欧へと出ていった貴族がおしなべて破滅の道を運命づけられている理由は一つしかない。それは、金に対するリアルな感覚の欠落である。では、その感覚の欠落は何をもって起源とするのか。ワシーリー・ローザノフのみごとな洞察に耳を傾けてみたい。

「ロシアにおいてすべての財産は、『せがんで手に入れる』か、『贈与された』もの、ないしは、だれかから『略奪した』ものから成長した。財産において、労働は、ほとんど介在しない。だからこそ財産は脆弱《ぜいじゃく》であり、大切にされないのだ」（『切り離されたもの』）

　ロシアの悲劇の根源はまさにここにある。ルーレテンブルグは、ヨーロッパ（ドイツとフランスと英国）とロシアの相異なる二つの精神が、その優位性をめぐってしのぎを削る場である。むろん、敗者がだれであるかははじめから決せられているが、破滅からの回復の手段がないというわけではない。ドストエフスキーは、その手段をはっきりと見定めていた。ロシアには、ロシアの価値、ロシアの原理がある、といわんばかりに——。

3　現実と小説

明るく響く「断末魔の叫び」

一八六七年、速記者アンナ・スニートキナと再婚したドストエフスキーは、債権者から逃れて四度めのヨーロッパ旅行に出る。外国に出るとたちまち賭博への情熱がよみがえってきた。『賭博者』の執筆が、その情熱に新たに火をつけたと見ていい。しかも若い妻アンナは蜜月ムードも顧みずルーレットに通いつめる年上の夫に対して、どこまでも寛容な態度で接した。

ドレスデン到着から二週間後、彼は一人ホンブルグ（現在のバート・ホムブルク）に出向き、十日間にわたってルーレットに没頭する。ホンブルグ滞在の二日目は、十時間とおして賭けつづけたあげく現金のほとんどを失い、時計、鎖などの所持品を売って賭けを続行した。ドレスデンで夫の帰りを待ちわびるアンナに宛て、「『罪と罰』をしのぐ新作を書く」と約束し、こう豪語してみせる。

「**冷静に落ち着いて、読みを失わずに勝負すれば、負ける可能性などこれっぽちもない**」

しかし、その言葉にもはや何の説得力もなかった。ただ、少ない元手で十日間もちこたえることができた背景には、それなりに彼の手腕によるところもあったにちがいない。『賭博者』

には、アンナ宛の手紙で披露した自信を裏づけるエピソードが一つ描かれている。「おばあさん」が目撃する「ひとりの若い貴婦人」の賭け方である。フランス人の彼女は、毎日賭博場に通い、二、三千フランの儲けが出るとただちに引きあげていく、賭博場での滞在時間も一時間と厳格に定めている。まさに自制の鬼ともいうべき女性なのだが、賭博者ドストエフスキーが思い描いていた必勝法の一つは、ことによるとこのあたりにあったのかもしれない。

　ドストエフスキーの賭博熱は、それからさらに四年間にわたって断続的に続くが、最終的に彼を狂熱から救ったものとは何だったのだろうか？

　一八七一年四月、『罪と罰』が執筆されたヴィースバーデンに六年ぶりで向かった彼は、ドレスデンにいる妻が送ってくれた最後の三十ターレル（約十五万円）を使いはたす。そしてその夜、彼はアンナ宛に書いている。

「ぼくの身に偉大なことが起こった。このぼくをほとんど十年もの間苦しめてきた忌わしい幻想が消えた。（……）ぼくはずっと勝つことを夢みてきた。真剣に、熱烈に夢みてきたのだ。ところがいますべてが終わった！　これは、ほんとうに最後の最後だ！（……）ぼくはこの三日間で生まれかわる、ぼくは新しい人生をはじめる」

　断末魔の叫びである。しかしその叫びには、どこか自己解放の明るい響きが感じられる。ドストエフスキー自身がそれを自覚していたのだ。ヴィースバーデンからドレスデンにもどった彼は、さながら憑《つ》きものが落ちたかのように、『悪霊』の執筆を再開した。このときとりかかった章こそ、『悪霊』の「頂点」をなす第二部〈第九章〉「チーホンのもとで」（いわゆる「スタヴローギンの告白」）である。「毒をもって毒を制する」の喩《たと》えではないが、ドストエフスキー文学の頂点の一つともいうべきこの章が、ルーレットの悪魔から彼を救いだす力の源泉となったことはまちがいない。言い換えるなら、この章の執筆は、ルーレットに劣らない運命への挑戦としての意味を帯びていた。降りかかるかもしれない誤解や中傷を覚悟しつつ、彼は悪の権化ともいうべき人物（スタヴローギン）を「自分の魂」からつかみだし、その恐るべき行状（盗み、少女凌辱《りょうじょく》、殺人など）を克明に綴《つづ》った。「自己処罰」のあとに訪れてくる肯定的な意志、――フロイトの洞察はここでもみごとに的を射ていた。

そして、ドストエフスキー晩年の作品中、金をめぐるもっとも奇怪な場面の一つが、『白痴』（一八六八～六九）第一部のラストで描かれる。この場面のもつ意味について考える前に、『白痴』で扱われた金額がいかに桁外れなものであったかを、次の『罪と罰』との比較で明らかにしてみたい。

- 「一ルーブル半で利子は天引き、それでよろしければ」（高利貸しの老女アリョーナの言葉）
- 「制服一式を揃えるのに、十一ルーブル五十コペイカもの金を……」（酔漢マルメラードフ）

『罪と罰』で扱われる最大の金額は、物語の終わり近く、謎の男スヴィドリガイロフが幼いフィアンセに贈与する一万五千ルーブルである。物語冒頭の高利貸しの家でのやりとりに出てくる「一ルーブル半」の一万倍である。しかし、それでも『白痴』で扱われる額と比べれば、雲泥の開きがあった。

・ロゴージンが引きついだ遺産――二百五十万ルーブル
・トーツキーがナスターシヤのために用意した持参金――七万五千ルーブル
・ロゴージンがナスターシヤのために買ったダイヤの耳飾り――推定一万ルーブル以上
・ロゴージンがナスターシヤのために用意した結婚申しこみ金――十万ルーブル

ちなみに、エパンチン家の秘書ガーニャの年俸が二千ルーブル、また『白痴』の執筆、掲載前渡し金として作家自身が「ロシア報知」から受けとった額が、四千五百ルーブル（四百五十万円相当）である。

「去勢」と「蓄財」

では、『白痴』第一部のラスト、女主人公ナスターシヤがロゴージンから贈与された札束を暖炉に投げ入れる有名な場面に注目しよう。その金額は十万ルーブル、現在の日本円に換算して一億円相当、夜会に集まった客人たちの一人ガーニャが卒倒したのも不思議ではない。ちなみに、黒澤明監督の映画『白痴』で、原節子の演じるナスターシヤこと那須妙子が暖炉に投じる額は百万円で、現在の貨幣価値に換算すると約一千万円に相当する。この印象的な第一部の終わりでは、主人公のムイシキン公爵が百五十万ルーブルの遺産を相続したことが読者に伝えられる。ただ、率直な印象として、「キリスト公爵」のイメージを与えられたムイシキンと金の関係は、曖昧模糊《もこ》としている。第二部では、その遺産相続の正当性をめぐって異議申し立てが行われるが、問題が解決したのち登場人物のほとんど全員が金の問題を口にしなくなる。先ほども少しふれたエパンチン家の秘書で、エリート意識と計算高さと貧しさゆえの劣等感に苦しめられるガーニャはかつて、自虐的にこう吐いてみせた。

「**金がなによりも醜悪で憎らしいのは、人間に才能までも与えてしまうからだ**」

ところがその彼も、ナスターシヤによる「十万ルーブル投げ入れ」事件以降はすっかり鳴りを潜め、「守銭奴」の汚名をそそぐ。公爵を禁治産者に仕立てようと画策するレーベジェフも、ある時点からは完全に公爵の精神的な支配下に屈してしまう。第四部もいよいよ大詰めに来て、イヴォルギン将軍による四百ルーブル窃盗事件がもちあがるが、そこではもはや金の全能性とか、金がもたらす力や孤独の感覚といった形而上的な問題が取りざたされることはない。『罪と罰』のソーニャによる百ルーブル窃盗疑惑と同じ、ドストエフスキーお好みの道化芝居ととらえるのが正しい見方だろう。

『白痴』第一部のラストシーンについて補足しておきたい。作者のドストエフスキーは、たんに読者を驚かせる目的でこのような場面を考えだしたのか。そしてその意図ははたして何だったのか。「十万ルーブル」という破格の「結婚申しこみ金」も異常なら、贈与されたその金を暖炉に投じるナスターシヤの行為もとても尋常とは思えない。むろん作家には、一夜にして億万長者となったロゴージンのバブリーな金銭感覚を印象づける狙いもあったことだろう。他面、賭博熱からいまだ覚めることのない作家自身の異常な金銭感覚の反映をここに見ることも可能である。ちなみに、『白痴』の前作『賭博者』で主人公アレクセイが最後に賭けで儲ける二十万フランは、現在の金額にして約一億円、ロゴージンの「結婚申しこみ金」十万ルーブルとほぼ合致している。つまり、『賭博者』での「幸運児」アレクセイの金銭感覚が、『白痴』のヒロインと億万長者ロゴージンに同時に乗り移ったと考えることができる。もとよりナスターシヤは、『賭博者』の白い悪魔マドモワゼル・ブランシュとはまさに対極にある女性である。その点において、二百五十万ルーブルの遺産を受け継いだロゴージンも同様である。彼は、ナスターシヤ殺害の罪によって市民権を奪われ、一夜にして全財産を失うが、金との関係性において、いっさい現世的かつ世俗的な幸福を夢みることはなかった。

問題は、そうしたロゴージンの金銭感覚とロゴージン家の血筋の関係である。

注意深い読者なら気づくことだろうが、物語のいくつかの場面で、「世襲名誉市民」ロゴージン家と異端のセクト（去勢派）との関係性が、曖昧ながらも執拗に暗示されている。じつは、ロゴージンが相続する二百五十万ルーブルという資産の形成には、おそらく去勢派が深く関係していたと考えるべき側面がある。なぜなら、異端のキリスト教信仰のなかでももっとも苛烈とされる去勢派こそ、みずからの神への信仰と金銭の貯蓄の正当化を一つに結びつけた宗派だったからだ。去勢派宗徒は、性的器官を除去したり焼いたりする苦しみによって、十字架上でのイエスの苦しみとの一体化をめざした。同時に、性的器官の除去にともなって性的エネルギーの向かう先を蓄財に求め、莫大な財産を積みあげていった（興味深いことに、ロシア語では、「去勢」と「蓄財」は同じ言葉である）。

ちなみに去勢派宗徒の蓄財は、小銭の買い占めからはじまった。集まった小銭を、年にいちど、常時、小銭の不足に悩むニジニ・ノヴゴロドの市場で転売し、利ざやを得る。しかし、去勢派宗徒には相続すべき嫡子がないため、遺産の相続は、同じ去勢派内で、血筋をこえて行われていった。そうして積みあがった莫大な富の一部は政府に贈与された。そのため政府は、ともすれば国力の脆弱化を導きかねず、本来なら流刑に処すべき去勢派の存続を、暗黙のうちに許容してきたのである。このように見ていくと、当然のことながら、第一にロゴージン一家の全構成員に性的欠損の疑いが浮上してくる。ロゴージン自身の出自すら危うく、彼が、成長のどこかの段階で去勢を受け入れている可能性も否定できない。他方、ナスターシヤはロゴージン家が深く関わっているであろう去勢派の何たるかを知っていたはずである。ロゴージンが彼女にダイヤの耳飾りを贈ったことに父親がなぜあれほどにも激怒したか、その理由にさえ通じていたかもしれない。したがって、ロゴージンの十万ルーブルを暖炉に投げ入れる行為には、ロゴージン家の蓄財に対する、ある種の屈折した思いが背景にあったと見ることができる。ロゴージン家の財産の一部が、去勢派の宗徒間での非合法な手段によって蓄積された可能性は大いにある。十万ルーブルがかりに「浄財」であると確信できたならば、ナスターシヤ自身これを暖炉にくべるといった無謀な行為に躊躇なく走れたとは思えない。十万ルーブルは、まさに去勢派の失われた「器官」のシンボルであり、暖炉の火には、去勢にともなう激烈な苦痛が暗示されていた。ドストエフスキーはおそらくそうした象徴的な意味を投影しつつ、この場面の構築に向かいあっていたと思われる。

4　蓄財と蕩尽《とうじん》、または「三千ルーブル」の行方

『吝嗇の騎士』と『カラマーゾフの兄弟』

ドストエフスキーの五大長編のなかで、この去勢派的蓄財と地主貴族による蕩尽という対比をもっとも劇的に浮かびあがらせた小説が、『未成年』（一八七五）である。物語の語り手である二十歳の青年アルカージー・ドルゴルーキーは、次のように宣言する。

「ぼくの理想は、ロスチャイルドになることだ」

「そうだ、ぼくはこれまでずっと力を渇望しつづけてきた。力と孤独だ」

それに対して彼の実の父親である貴族ヴェルシーロフについては、次のように描写される。

「彼は生涯に三つの財産をつぶした。しかもいずれもかなり大きな財産で、全部で四十万ルーブルか、あるいはそれを超える額である。いまは、むろん、一文たりともない……」

アルカージーは、ドストエフスキーが初期の小説で描いたプロハルチン氏よろしく、食費や

馬車代を節約し、元本となる百ルーブルを投機で膨らまし、最終的にロスチャイルドになる夢を実現しようともくろむ孤独な青年である。しかし内心で彼は、その夢を実現した暁には、その大金を社会のために使いはたし、ゼロに帰すシナリオも思い描いている。しかも彼は、ほとんど家族を顧みることのない破産した父ヴェルシーロフを英雄視し、熱い憧憬に身を焦がす一方、その実像を探りだすためにありとあらゆる手段を講じるといった矛盾した側面をもつ。

興味深いのは、アルカージーが理想とする蓄財の目的が、一攫千金を夢みる「賭博者」の哲学とほとんど表裏一体をなしていることだ。「一瞬のうちに富裕になること」（ロトマン）をめざす「賭博」の哲学であれ、去勢派的、ロスチャイルド的（ドイツ起源である）蓄財であれ、その究極に見るのは、絶大な「力と孤独」、まさに金の形而上性である。アルカージーはさらに説明する。

「**金は、いうまでもなく、専制的な力だ。でも、同時に人間を平等にする最高の力でもある**」

この金の哲学は、一種の運命論、運命の比喩としてのルーレット賭博そのものにも通じている。もっとも、『未成年』におけるドストエフスキーは、人間と金の支配関係という点で、『賭博者』からはすでに遠くへだたった地点に立っていた。『賭博者』のアレクセイが、「二十万フラン」の勝利によってマゾヒズムから解放され、次にはそのマゾヒズムを回復すべく、儲けの大半をマドモワゼル・ブランシュに投じるが、他方、『未成年』のアルカージーは、捨て子の赤ん坊を救うという自己犠牲的な行いによって金の「専制的な力」に打ち勝とうとする。

このアルカージーの自己犠牲とひとしく興味を惹くのが、マカール・ドルゴルーキー（アルカージーの名目上の父）にまつわる「三千ルーブル」のエピソードである。二十年前にマカールは、アルカージーの実の母ソフィヤを同居させるためにヴェルシーロフが約束した三千ルーブルのうち、実際に支払われた七百ルーブルをもって巡礼の旅に出た。マカールは、生涯にわたって残りの二千三百ルーブルの支払いを要求し、裁判まで起こしてその取り立てを行った。一見して強引とも思えるその行動と二千三百ルーブルへの飽くなき執念には、「金なんて俗世のものじゃないか」と呆《あき》れかえるヴェルシーロフの浅知恵では推し量れない深慮遠謀が隠されていた……。

こうしてドストエフスキーが悪徳出版人ステロフスキーから受けとった「三千ルーブル」にはじまる数字のドラマは、そのトラウマ的意味をうちに隠しつつ、マカール・ドルゴルーキーの究極的というべき美談でいったんは幕を閉じる。

ところが、『未成年』の完成から三年、ドストエフスキーはその最後の作品となる『カラマーゾフの兄弟』で再びこの「三千ルーブル」のモチーフを取りあげ、中世の寓意劇《ぐういげき》さながら、トリックスター的役割をそこに分かち与えたのだった。しかもこの「三千ルーブル」に彼は、『未成年』においては表立って語られることのなかった「父殺し」のモチーフまで盛りこむことになった。

ここで改めて注意すべき事実がある。『未成年』の執筆中、肺気腫の治療のためにドイツの保養地エムスを訪れた作家が、吝嗇で知られる男爵とその息子である騎士アルベールの葛藤を描いたプーシキンの『吝嗇の騎士』を再読している事実である。男爵である父親にとって貯蓄は、世界制覇という果てしもない空想を実現するための手段である。男爵を魅了しているのは、金銭のもつ形而上的感覚そのものであり、ドストエフスキーが若い時代に書きあげた「ナポレオン主義者」プロハルチン氏のそれに深く呼応していた。したがって男爵が、息子アルベールを極貧の生活にすえおくのは、みずからの秘められた権力欲のためといっても過言ではない。その結果、遺産相続者である息子自身がおのずから宿敵となる。他方、男爵家と親しいユダヤ人の金貸しソロモンは、同じ蓄財でも金のための金という卑しむべき現実主義に徹し、騎士として社交界にも出入りしたいアルベールの懇願を頑としてはねつける。父親の吝嗇を呪う息子は、ある日、このユダヤ人金貸しから、父親の死を早める毒の存在を知らされる。

『カラマーゾフの兄弟』は、農奴による殺害が疑われる父の死というドストエフスキーの自伝的事実も含め、いくつもの起源が想定されているが、『吝嗇の騎士』がそのヒントの一つとなったことはまちがいない。ただし、『吝嗇の騎士』の父親と『カラマーゾフの兄弟』の父親との間には、その個性において天と地ほどの本質的な開きがある。前者は、アルコールや性愛といった手段をいっさい知らず蓄財に励むのに対し、後者の欲望の対象は、蓄財と蕩尽の双方に向いている。

「おれは死ぬまで汚らわしいままで生きたい」

「おれはな、この世にできるだけ長生きする気でいるんだ。（……）だから、一コペイカの小金だって必要なのさ。長生きすりゃするだけ、金が必要になるからな」

（『カラマーゾフの兄弟』）

神の存在確認

そしてこの父フョードルのどす黒い欲望の前ではげしい矛盾に陥れられるのが、カラマーゾフ家の兄弟ドミートリーとイワンの二人である。いや、より本質的なレベルにおいては、金に対して屈折した欲望をいだくイワンが決定的な傷を負うはめになる。

この物語で、『吝嗇の騎士』におけるユダヤ人金貸し商人と同じ役割を演じるのが、カラマーゾフ家の下男で去勢派宗徒のスメルジャコフである。

「なにしろ、アグラフェーナさまがお父上と結婚なさるのは、すべての財産を自分名義に書き換え、ありったけの金を自分のものにするためなんですから。で、そういうことが起こらないうちにぽっくりお父上が逝かれることになれば、逆にあなたがたお一人お一人には、すぐにも四万ルーブルずつの金が確実に入るわけです」

スメルジャコフのこのひと言に、イワンは顔をゆがませ、ぴくりと身体《からだ》を震わせる。それはまさしく、イワンが遺産相続への欲望と父の死ならざる「父殺し」の可能性を自覚した瞬間だった。

ましてや彼は、弟のアリョーシャを相手に、神の大いなる支配のもとでの「調和」の無意味を、声を大にして力説してきたばかりなのだ。

「小さな拳で自分の胸をたたきながら臭い便所のなかで償われぬ涙を流して神様に祈った、あの痛めつけられた子どもの一粒の涙にさえ値しないのだから！」

そのイワンが、舌の根も乾かぬうちに「父の死」というみずからの隠された欲望の存在を自覚する。彼はこうして深い自己分裂の淵に立たされる結果となる。と、同時に、父親がグルーシェニカ（アグラフェーナ）のために用意した「三千ルーブル」も、この瞬間から、わが意を得たかのように八面六臂《はちめんろっぴ》の「活躍」を見せはじめるのだ。

『カラマーゾフの兄弟』の登場人物は、それまでの長編と異なり、全員がいわば金をめぐるトラブルを抱えている。グルーシェニカは、五年前にポーランド貴族との恋に破れてからというもの、老商人サムソーノフのもとで蓄財に励んできた。そのグルーシェニカをめぐって父フョードルと宿命的な恋敵となったドミートリーの脳裏を占めるのは、婚約者のカテリーナから預かった「三千ルーブル」の返済である。ところが、そのうち千五百ルーブルはすでにモークロエ村での遊興に泡と消えている。カテリーナへ返済を果たすことなくグルーシェニカとの新しい未来はないと、ドミートリーは確信している。自分にかけられた父殺しの嫌疑を晴らすには、何よりも首に吊《つ》るしてあった残り千五百ルーブルの所在について率直に告白すればよい。ところが、彼は「恥」の感覚ゆえに、なかなかその事実を明かすまでにいたらない。

他方、ドミートリーをとらえたこの「恥」の感覚からいっさい無縁な人物が、スメルジャコフである。「神がなければ、すべては許される」との哲学を展開するイワンに心酔する彼は、イワンの深層心理に対し使嗾者の役割を果たすことになるが、たんに心理面での使嗾者としてのみ終わるわけではない。実のところ彼は、カラマーゾフ家の財産に対してもけっして無関心ではないのだ。

「これだけの大金をつかんで、モスクワか、もっと欲を言えば外国で生活をはじめよう、そんな考えもありました。（……）**それというのは、『すべては許される』と考えたからです」**

だが、カラマーゾフ家の父親を殺害したのち、そのスメルジャコフに「明察」のときが訪れてくる。神の存在の確認である。「神がなければ」という条件節そのものが成り立たなくなった。原因は、彼が神と崇《あが》めるイワンの弱気にある。スメルジャコフの前に新たに姿を現したのは、「神」であり、「神意」であった。だが、それは、たんに口先の話、一つの概念にすぎず、スメルジャコフに、神を信じることの何たるかは理解できない。彼に理解できたのは、「神がなければ」という条件節のみであった。いずれにせよ、条件節が成立しないと悟った瞬間、スメルジャコフの前からすべての物質的な価値の意味が消滅した。

去勢派宗徒であるスメルジャコフの選んだ道は、身を切るような蓄財の道ではなく、「賭博者」の道、一攫千金の道である。フョードル殺しによって手にした「三千ルーブル」は、『賭博者』のアレクセイが手にした「二十万フラン」にはるかに勝る絶大な意味をもつ。なぜならそれは、金の、いや、金の形而上性の全面勝利を意味していたからである。あるいは、自然の摂理の勝利といってもよい。去勢派宗徒にして無神論者のスメルジャコフの信念にいっさい揺らぎはなかった。だが、その信念を支えている「愛」が、イワンの動揺とともに根本から揺らぎはじめる。スメルジャコフの「明察」は、フョードル殺しとともに訪れたわけではなく、イワン・カラマーゾフというカリスマ的な知性を備えた一人の人間との絆《きずな》、そしてその結びめであった絶対律、すなわち「神がなければ、すべては許される」の共有が、もはや幻想にすぎないことを察知するのと同時に訪れてきたのだった。

第二章　サディズム、または支配の欲求

1　ロシア社会を蝕《むしば》む病

現代のロシアは重い病に苦しんでいる。「家庭内暴力（ＤＶ）」という名の病であり、毎年、約一万四千人の女性がその病の犠牲者となってこの世を去っている。そのロシアでつい先頃（二〇一七年）、家庭内での「打擲《ちょうちゃく》」を合法とする法律が制定された。アルコールに起因するＤＶが常態化するなか、警察や裁判所が個々のケースに対応しきれなくなったための苦肉の策だという。だが、ＤＶの犠牲者は必ずしも女性に限られているわけではない。二〇一五年の公式統計では、幼児虐待についても一万二千件報告されており、そのうち死亡者数は千九百人にのぼるという。背筋が寒くなるような話だが、一九九一年の国家崩壊から三十年を経て、ロシアは再び革命前の混沌に回帰しはじめたような印象を受ける。ロシアのＤＶは病どころではない、疫病なのだ。

十九世紀後半とくに農奴解放以降のロシアでは、都市、農村を問わず、劇的に犯罪件数が増

加した。およそ十年間におよぶシベリアと中央アジアでの生活から帰還したドストエフスキーが、犯罪に強い関心をそそぎはじめた背景には、そうした事情が隠されていたことだろう。雑誌「ヴレーミャ」で、欧米で広く知られた裁判事例をシリーズで連載しはじめたのは、時代の悪を敏感に察知する彼のジャーナリスティックなセンスの賜物《たまもの》だった。シリーズの最初に取りあげられたのは、十九世紀初頭のフランス社会を震撼《しんかん》させたラスネール事件。強盗殺人犯ラスネールは、自分は社会の犠牲者であり、意識的な復讐者《ふくしゅうしゃ》である、殺人は飲酒と変わらない、時間が与えられれば、ユゴーの『死刑囚最後の日』に匹敵する傑作が書けるなどと豪語し、一八三六年に断頭台の露と消えた。ヴィースバーデンのホテルで書きはじめられた『罪と罰』がモデルとしたのは、一八六五年一月にモスクワで起きた連続老女殺人事件である。『白痴』の成立には、ウメツキー一家のDV事件が重要なヒントとなった。さらに『悪霊』では、ネチャーエフ事件、すなわちモスクワの革命結社内で起こった殺人事件がモデルとして取りあげられた。「父親殺し」をメインのテーマとした『カラマーゾフの兄弟』は、周知のように、作家自身が身をもって経験した事件が物語の骨格をなしている。思えば、カラマーゾフ家自体にも、DVが色濃く影を落としていた。

参考のために、『白痴』の出発点となったウメツキー一家事件について紹介しておく。

一八六七年、ウメツキー家の継子オリガは、両親から残忍な扱いを受けたため、四度にわたって家に放火した。ちなみに夫妻の二十二人の子どものうち、残ったのはわずか五人で、そのうち、双子の子どもたちは七歳になるまで口がきけなかったという。彼らはしばしば家畜小屋で眠らされ、食べ物もろくに与えられず暴行を受けた。オリガは自殺未遂の経験があった。四度目の放火を行う直前、オリガは、下男に蜂蜜を与えたとの口実で、父親から折檻《せっかん》を受けている。裁判で陪審員はオリガを無罪とし、両親に有罪判決をくだした。

一八七〇年代にはいり、とくにヨーロッパから帰還したあとのドストエフスキーは、ロシア国内にはびこるDVに対する関心を強めていった。彼が「作家の日記」で取りあげた事件を列挙しておく。

一、クローネベルグ事件(一八七六)

サンクトペテルブルグで起きた幼児虐待事件。父親が七歳の娘マリヤを兵士懲罰用の鞭《むち》で虐待。鞭打ちのあと、父親自身が失神していたという。

二、コルニーロワ事件(一八七六)

サンクトペテルブルグで起きた幼児虐待事件。コルニーロフの妻は辛くあたる夫への腹いせから、夫の連れ子である六歳の継娘を窓から突き落とした。

三、ジュンコフスキー事件(一八七七)

カルーガで起きた幼児虐待事件。夫妻は、長時間にわたって子どもをトイレに閉じこめ、拳や鞭をふるい、食事も粗悪なものしか与えなかった。

ドストエフスキーがこれらの事件からどれほどの衝撃を受けたかは想像するにあまりある。

作家を苦しめていたのは、このような悲劇が、なぜ、キリスト教を奉じるロシアで生じるのか、という根本的疑念だったと思われる。まさに『カラマーゾフの兄弟』における神の存在をめぐるプロとコントラの対立に連なるテーマである。人々を教化することの困難、無力の自覚と同時に、ニヒリストたちがめざす革命的な手段によっても、この現実はけっして解決しえないという認識が作家のどこかにあった。そもそも人間には加虐に対するすさまじい欲求があり、その獣的本能が、ロシアというこの広大無辺の大地で野放しになっている。では、どこにその救済策を求めるべきなのか。結局、ドストエフスキーはその処方箋を見いだすことができずに、自己犠牲といういわば内向きの解決策を提示するにとどまった。自己犠牲はまさに最後の手段であるがゆえに、次なる答えの可能性は残されていない。

2　鞭打つ快楽

ドストエフスキーのサディズム理解には、基本的に二つのイメージが交錯している。第一に、体罰や鞭打ちに見られる社会的、性的現象であり、第二は、純粋な、サド的放蕩《リベルティナージュ》、性の快楽である。前者には、体罰、虐待のテーマに対する関心の芽生えを見ることができる。『死の家の記録』の語り手は、サディズムそのものがはらむ恐るべきメカニズムについて次のように分析する。

「まるで虎のように、血をすることに飢えている人間がいる。じぶんと同様に神の手で造られた人間、キリストの法による兄弟である人間の肉と血と精神に対する権力を、すなわち、無限の支配力をいったん味わい、神の相貌をもつ他者を、このうえなく激しい屈辱にまみれさせるだけの権力と十分な可能性を味わった人間は、いずれ自分の感覚をコントロールする力を完全に失っていく」

この言葉は、現代にいたるまで広く世界にはびこる暴力のもつ本質をついたものということができる。オムスク監獄で現実に体刑を目撃した作家は、鞭打つ立場の人間の快楽を冷徹に観察していた。

「血と権力は人を酔わせる。（……）暴君のうちでは人間性も市民性も永遠に失われ、失われた人間の尊厳を、後悔の念を、復活の可能性を回復することは、もはやほとんど不可能となる」「体刑執行を前にした刑吏は精神の高揚を覚え、自分の力を自覚し、自分が権力者であることを意識している。この瞬間の彼は俳優であり、公衆は彼に度胆を抜かれ、恐怖する」

ところが、この『死の家の記録』に次いで書きはじめられた『虐げられた人々』（一八六一）で、ドストエフスキーはすでに、サドないしサディズムの語に、よりデカダン的な色づけをほどこしていた。「虐げる側」に立つワルコフスキー公爵こそは、「死の家」ならぬペテルブルグの上流社会にあってリベルタンの快楽に目ざめ、事実上、ドストエフスキーにおける「悪の系譜」に連なる最初の人物である。

「私のその令嬢というのが、サド侯爵でさえ彼女に教えを乞うこともできようというほど淫蕩でしてね。（……）ええ、それはもう肉体をまとった悪魔でしたが、それがまた抵抗できないほど魅力的なんですな。今もって思いだすたびに感嘆の思いを禁じ得ないほどです。熱い熱い快楽のまっ最中にとつぜん、狂ったように笑いだすんですから。私もその笑いの何たるかがわかっていましたからね、完全に理解できていましたから、私自身もげらげら大笑いしたもんです」

ドストエフスキーを評して「われらがサド」と呼んだのは、作家のイワン・ツルゲーネフだが、サド的放蕩児《リベルタン》を引きつぐ人物としてその後に描かれるのが、『罪と罰』のアルカージー・スヴィドリガイロフであり、『悪霊』の主人公ニコライ・スタヴローギンである。そのスタヴローギンに愛する人を奪われたイワン・シャートフが、彼にはげしくつめ寄る場面でのセリフを引用しよう。

「ほんとうなんですか、あなたが、ペテルブルグにいたとき、畜生も同然の秘密のセックス・クラブに入っていたというのは？　あのサド侯爵ですら、あなたの教えを請いかねなかったというのは？」

ワルコフスキー、スヴィドリガイロフ、スタヴローギンらに見られる洗練をいっさい欠いている点でいささか見劣りするが、『カラマーゾフの兄弟』に登場する淫蕩な父親フョードル・カラマーゾフは、まさにサド的放蕩児《リベルタン》のロシア版といってもけっして不適切ではない。そのフョードルが突然サド侯爵の名前を口にする場面に注目しよう。その口ぶりの屈託のなさに、ロシア人のもつ性的アナーキーの奥深さがうかがえるようである。

「土地の爺《じい》さんにきいたんだが、こんなことを言っていたぞ。『おれたちの何よりの楽しみっていや、村の女《むすめ》っこに鞭打ちの罰をくらわせることでな、鞭打ちはいつも村の若い衆にやらせるんですわ。そのあと今日鞭打ったその女っこを、明日は若い衆が嫁に迎えるもんで、村の女っこにしてもそいつがなんとも愉快なんですな』。こいつはサド侯爵も顔まけじゃないか、え？」

3　「銃殺にすべきです！」

サディズムの問題を、神の存在をめぐる議論へと発展させた作品が『悪霊』と『カラマーゾフの兄弟』の二作品である。ここでは、とくに後者、第二部第五編「プロとコントラ」に注目しよう。

カラマーゾフ家の次男イワンは、町の料理店「都」で顔を合わせた三男のアリョーシャ（アレクセイ）を相手に、新聞や文献からかき集めてきた残虐なトピックの数々をここぞとばかりに開陳する。そのどれ一つをとっても食事の席にふさわしいとはとうてい言いかねるトピックながら、二人はわれを忘れて議論に熱中した。イワンの胸のうちには、ゾシマ長老に傾倒するアリョーシャをオルグし、修道院を離脱させたいという隠された意図がある。イワンの口から堰《せき》を切ってあふれでる残虐なトピックのなかで、とりわけ読者の肺腑《はいふ》をえぐるのが、幼児虐待のエピソードだろう。

露土戦争のさなか、トルコ人がブルガリアで妊婦の腹から短剣で赤ん坊をえぐりだした話、無邪気に笑う赤ん坊の頭をピストルで粉みじんに撃ちくだく話、夜中のうんちを知らせなかったといって幼い娘に殴る蹴るの虐待をするロシアの「教養ある両親」の話、そしてきわめつきは、飼い犬に石をぶつけて怪我《けが》をさせたという理由だけで、その少年をひと晩仕置き部屋に閉じこめ、翌朝、素っ裸にして猟犬の群れのなかに投じる将軍の話である。ちなみにイワンが物語るエピソードのどれ一つとしてフィクションではないことを、ドストエフスキーみずからが証言している。

「わたしの主人公が語っていることはみな現実に基づいています。子どもたちについての出来事はすべて実際に起こったことで、新聞に載っていて、どこに載ったかも指摘することができますし、勝手にでっちあげたものは一つとしてありません。猟犬を子どもにけしかけた将軍もすべて事実——現実にあった出来事で、たしかこの冬に『記録』誌上で報じられ、多くの新聞に転載されました」

（リュビーモフ宛書簡、一八七九年五月十日）

これらの現実を踏まえつつ、神の存在だの、神のもとでの「予定調和」といったことを、まともに論じられるのか。そもそも信じるに足る神など存在するのか？　イワンは興奮気味にまくしたてる。

「で、もしもそんなふうで、やつらが許せないとしたら、それこそ調和もくそもなくなるのさ。この世界じゅうに、はたして他人を許す権利をもっている存在なんてあるのか？　調和なんておれはいらない、人類を愛しているから、いらないんだ。それよりか、復讐できない苦しみとともに残っていたい。たとえ自分がまちがっていても、おれはこの復讐できない苦しみや、癒せない怒りを抱いているほうがずうっとましなんだ。おまけに、調和とやらをあまり高く見積もりすぎたからな。そんなたいそうな入場料を払うなんて、おれたちのとぼしい財布にはとてもつりあわんよ。

だから、自分の入場券は急いで返そうと思ってるんだ。おれがせめてまともな人間だというなら、できるだけ早くそいつを返さなくちゃならない。だからおれはそうしているわけだ。おれは神を受け入れないわけじゃない、アリョーシャ、おれはたんにその入場券を、もう心からつつしんで神にお返しするだけなんだ」

イワンの主張は、完全に論理的であり、説得力がある。ちなみにドストエフスキーの創作ノートには、次のようなメモ書きが残されている。

「できることならおれは神という観念を抹殺してしまいたいのだ」

猟犬に子どもをかみ殺させた将軍にどのような罰をくだすべきか、イワンならずとも、アリョーシャの答えが知りたくなるところである。

「さあどうだ……こいつをどうすればいい？　銃殺にすべきか？　道義心を満足させるために

銃殺にすべきか？ 言ってみろ、アリョーシャ！」

「**銃殺にすべきです！**」

このように答えたアレクセイ・カラマーゾフは、この一瞬、キリスト教徒として、神に仕える修道僧として一線を踏み越えている。ことによると作家はこのとき、小説の冒頭でアリョーシャを「現実主義者」と定義づけた根拠を意識していたかもしれない。現実主義者としての本能が、イワンの理詰めの問いに誘発され、口をついて炸裂《さくれつ》した感があるのだ。この認識において、一瞬ながら、アリョーシャは、無神論者のイワンと同一の地点に立った。著者＝ドストエフスキーは、むろんアリョーシャの思いもかけないこのひと言を肯定的に受けとめようとしている。なぜなら、これこそがまぎれもなく人間の人間たる証だからである。かりにアリョーシャがイワンの問いかけに心を動かされることなく、無関心を押しとおすとしたら、アリョーシャに対するイワンの信頼も幻想もただちに消し飛んだことだろう。

「**おれが若葉を愛せるのは、おまえを思い出すときだけなんだ**」

無神論者のイワンはここで、みずからのうちに真の生命力の息吹を経験できるのは、アリョーシャの存在を意識するときだけだと告白しているわけだが、はたしてそのように語る彼のアリョーシャ像が、聖なる無垢《むく》の体現者だったのか、あるいは、神秘主義のかけらもないカラマーゾフ家の一員、ないし「現実主義者」だったのかは必ずしも明確に書かれていない。

4 馴化《じゅんか》

痛みの自覚

サディズムには、痛みの自覚がない。自覚の代わりに想像力のなかでの痛みの共有がある。マゾヒズムは、逆に痛みの自覚そのものだが、想像力における痛みの共有はない。その意味でサディズムとは一線を画している。もとより、ドストエフスキーが関心を向けたのは精神分析ではなく、イデオロギーだった。

物理的に痛みを自覚するか、しないかという問題は、ドストエフスキーにとってきわめて重要な差異化の指標となった。なぜなら、痛みの自覚がないことで、痛みを与える行為に付随すべき罪の意識が弱められ、罪そのものへの馴化を生みだすからである。先ほど述べた「予定調和」の思想とは、サディズムがおのずからめざす究極の境地ともいえる。イワンの論理を突きつめていくとそのような結論にたどりつく。

ドストエフスキーは『カラマーゾフの兄弟』を書くにあたって、「ロシアの『カンディード』を書く」という目標を掲げた。周知のように、『カンディード』とは、フランス啓蒙《けいもう》主義の思想家・作家であるヴォルテールの小説で、「またはオプティミズム」という副題が掲げられている。そこでは、一七五五年にリスボンで起きた大地震（マグニチュード8・5相当で死者約六万人）に遭遇した経験が衝撃的な文体で綴られ、「すべては最善」を唱えるパングロス博士には、ドイツの哲学者で「予定調和」説を唱えたライプニッツが二重写しにされている。カンディードとは、師パングロスの薫陶を受けた青年のことだが、彼自身は、ライプニッツに批判的な立場をとるヴォルテールの懐疑を体現していた。

町の料理店「都」で交わされたイワンとアリョーシャの対話（コントラとプロ）は、まさにこの二人の思想的な対決に重なるものだ。反逆者たるイワン＝ヴォルテールの標的が、弟のアリョーシャと彼の精神的な支柱であるゾシマ長老の二人にあったことは繰り返すまでもない。では、アリョーシャ＝ゾシマは、どのような地点から、ライプニッツの乗りこえをはかり、と同時に、イワンの論理に対峙《たいじ》できる哲学を打ちたてようとしていたのか。

答えは、けっして簡単には出てこない。作家自身、イワンの「コントラ」に拮抗《きっこう》しうるテーゼを示すことがいかに困難かを理解していた。先に「内向きの解決策」と述べたのは、その意味である。ドストエフスキーの回答とは、むろん、アリョーシャ自身の認識の基本にあったものと同じである。しかし、それがいかに「内向き」でかつ脆弱な「解決策」であろうと、アリョーシャとしては、全身全霊を傾けてその発見と伝道に努めなくてはならなかった。アリョーシャは、そのような意図のもとに、負け戦をも覚悟しつつ、ゾシマ長老の伝記の作成に携わっていたのである。

「プロとコントラ」に続く、第二部第六編「ロシアの修道僧」の根底となった思想は、一種の神義論、すなわち悪の存在は、神の全能性に矛盾せず、それ自体が神の摂理だとする弁神論の立場である。そしてその立場を踏まえたうえで、アリョーシャはきわめて個人的な視点から、イワンの「コントラ」に対抗しようとした。アリョーシャ＝ゾシマの言葉に耳を傾けよう。まずは、『カラマーゾフの兄弟』の草稿から――。

「すべての人はすべての人にたいして罪がある。こういう考えなしにおのれは救われない。おのれが救われなければ、他人を救うこともできない。他人を救うことで、おのれも救われる」

「もしも幼児が殺されるとしたら？　行ってその人に代わって苦しみを引き受けよ――そうすれば、苦しみは軽くなる」

「悪人を許しなさい――大地は赦《ゆる》し、堪えている」

次に「ロシアの修道僧」から――。

「肝に銘じてほしいのは、人はだれの裁き手にもなりえないということである。なぜなら、裁き手である自分も、目の前に立つ人間とまったく同じ罪びとであり、目の前に立っている人間の罪に対し、ほかのだれよりも責任があるかもしれないということを自覚しないかぎり、この地上に罪びとの裁き手など存在しえないからである」

結局のところ、悪を前提としないことにはいかなる認識もリアルなそれとして成立しえない。アリョーシャの「銃殺にすべきです！」が正当性を帯びるのは、彼もまた裁き手として裸の子どもを猟犬の餌食にした将軍と同じ罪人に身を落とすからである。アリョーシャ＝ゾシマの哲学にならえば、「銃殺にすべき」将軍も、むろん許しの対象となる。

馴化にともなう否定と無関心

他方、ドストエフスキーの胸に大きくのしかかっているのは、馴化の問題である。人はもろもろの不幸に馴化し、無関心になる。この不可避のプロセスをどう考えるべきなのか。

ドストエフスキーは書いている。

「**人間はどんなことにでも慣れる動物である。私はこれこそ人間にとって、最上の定義だと思う**」（『死の家の記録』）

この「最上の定義」を、彼は「死の家」での経験がもたらした苦衷をとおして発見した。むろん、この発見は、ある日突然天下った啓示といった類いの直観というより、四年間の流刑生活をとおして徐々に獲得された真実であったと私は思う。とはいえ、ドストエフスキーにとってこれはよほど衝撃的な発見であったらしく、セミパラチンスク時代に着手された『ステパンチコヴォ村とその住人』（一八五九）でも次のような一行を書き記している。

「**世の中には、すべてのことに一から十まで満足しきって、どんなことにもすぐに慣れてしまう性格の持ち主がいる**」

だが、ドストエフスキーはやがて、人間一般から転じて個々の人間の根源に秘められた暴力性に目を向けていく。

「暴虐行為は、習慣である。それはもともと亢進性《こうしん》をもっており、亢進していったあげくついに病と化すのだ。どんなに優れた人間でも、習慣の作用によって獣の域にまで粗暴化し、鈍化することがあり得る――私はこの意見に与《くみ》する」
（『死の家の記録』）

馴化する、すなわち慣れるということのなかには、つねに相反する特性がある。みずからが経験する苦痛に対する慣れもあれば、人の苦しみに対する慣れ、すなわち無関心もある。慣れの問題は、その双方向に向かって開かれている。

『罪と罰』の主人公ラスコーリニコフは、訪れようとしない後悔に、他者の痛みへの共感が湧き起こらない自分にいら立つ。慣れというよりも無関心の例である。

「せめて運命が後悔をもたらしてくれたなら――心臓をうちくだき、夜の夢をはらう、じりじりと焼けるような後悔を、おそろしい苦しみに耐えられず、首吊りのロープや地獄の底を思いえがかずにはいられないような後悔をもたらしてくれたなら！　ああ、どんなにかそれを喜んだことだろう！　苦しみと涙、それもまた生命ではないか。しかし、彼は自分の罪を悔いてはいなかった」

無関心の本質をもっとも肉感的なリアリティによって開示してみせた作品が、『悪霊』だった。ドストエフスキーはこの作品で、いわば、いっさいの慣れと倦怠《けんたい》に身をひたす一人の人物を描きだしている。主人公のニコライ・スタヴローギンは、「告白」の冒頭で、「慣れ」と「無関心」の恐ろしい現実を自己露出的に綴っている。ただし、あえてひと言書き添えておくなら、過去のスタヴローギンにおいて無関心は、意識の過剰と紙一重であった。

「私は当時、ある一定の期間にわたって三つのアパートに部屋を借りていた。そのうちの一つに、私は食事と女中つきで住み、当時、私の現在の法律上の妻であるマリヤ・レビャートキナもそこにいた。残りの二つの部屋は、当時、密会を目的に月ぎめで借りていたもので、うち一つで、私に首ったけのさる夫人と会い、別のもう一つでは、彼女の小間使いと会っていたが、ある時期この二人を、つまりは夫人とその小間使いを、私の部屋でしかも、私の友人や彼女の夫のいる前で鉢合わせさせるという目論見《もくろみ》にひどく熱中していたことがある」

「概して当時、私は気が変になるくらい、生きることにひどく退屈していた」

このあと、スタヴローギンは、このうちの一つのアパートで十二歳（ないし「十四歳前後」）の少女を凌辱し、その少女の自殺を予感しつつ、手を差しのべようとはしなかった。彼の行動をさえぎったのは、無関心というよりもむしろ過剰すぎるほどの意識である。そこには、おそらく自己防衛の本能も働いていたにちがいないが、それ以上に大きな動機となったのは、次の章で詳しくふれるマゾヒズムの追求である。

物語の終わり、自死を覚悟した彼は、自分にひそやかな愛を寄せるスタヴローギン家の養女ダーシャに手紙を送る。

「ぼくは大きな淫蕩を試し、そのなかで力を使い果たしました」

「このぼくから流れ出てかたちをなしたのは、否定のみ、どんな寛大さもどんな力もありません。否定さえ、かたちをなしませんでした。何もかも、いつも底が浅くて、うちしおれている」

馴化は、あるものにおいて否定を、あるものにおいて無関心を志向する。否定にして無関心、それこそはすべての悪の試みの果てに、スタヴローギンを見舞った不治の病だった。

では、このスタヴローギンの自死に代わって作家が提示できた希望の原理とは何であったのか。個人的な印象を述べれば、この希望の原理もまた、先ほどのイワンの「コントラ」に対するアリョーシャの「プロ」と同様、きわめて「内向き」で脆弱に見える。ドストエフスキーは「ヨハネの黙示録」からの引用でようやくこの問いをやり過ごすことができたにすぎない。つまり、その回答は、確たる自信をもって提示できた言葉とは思えないということだ。しかも、その言葉は、スタヴローギンの「告白」に接したチーホン主教ではなく、スタヴローギン自身の口から発せられている。スタヴローギンはすでに、自分の否定と無関心がキリスト教の文脈でどのように裁かれるかを察知していたのだ。

「わたしはあなたの行いを知っている。あなたは、冷たくも熱くもない。むしろ、冷たいか熱いか、どちらかであってほしい。／熱くも冷たくもなく、なまぬるいので、わたしはあなたを口から吐きだそうとしている」（「ヨハネの黙示録」第三章十五〜十六節）

「銃殺にすべきです！」というアリョーシャの言葉は、「熱い」。だからその言葉は信仰の側にある。しかし、傲慢を糧として魂の奥にまで根を広げた否定と無関心は、「生ぬるい」。ドストエフスキーはそのように言おうとしていた。

5　支配の欲求

明日、父フョードルに死が訪れるかもしれないと予感しながら、イワン・カラマーゾフはあえて家を去り、モスクワへ出発する。イワンの行動も「見捨て」、ないしはドストエフスキー文学を縦に貫く根本テーマの一つ「黙過」として解釈されるが、かといってそれはけっして他者に対する完全な無関心を意味してはいない。逆にむしろ、過剰なまでの意識から生まれた行動ということさえできる。イワンの場合、無意識のレベルにおける欲望の追求が第一の動機をなしていた。欲望の追求において、「黙過」と「陰謀」は、手を組む。ちなみに、英語で「黙過」を意味する“connivance”には、その双方の意味が隠されている。「黙過」と「陰謀」の結託の可能性にイワンはついぞ思いいたることはなかったが、カラマーゾフ家の下男で、イワンの「肉弾」スメルジャコフははっきりとその正体をつかみとっていた。欲望の追求と一体となった「黙過」は、もはや「黙過」の域を出て「陰謀」からさらに「使嗾」へと足を踏み入れる。

次に引用するのは、物語全体に重大な転換点をきざむ一行である。

「賢い人とはちょっと話すだけでも面白い」

スメルジャコフにこう吐かせたイワンは、極度の混乱のなかで、あえて無意識のうちにくだし（され）た決断にすべてをゆだねた。父親の死後、そのスメルジャコフから「あなたこそ真犯人だ」と告げられ、恐怖に突き落とされるイワンだが、その恐怖とは、おそらく「未必の故意」ないしは「使嗾」という法的規範に牴触《ていしょく》したことへの本能的な恐怖だった。むろんそこには、純粋に倫理的なレベルでの苦しみも混じっていたことだろう。しかし、その罪の意識の源泉には、他者の運命を支配したいという、根本的欲求が確実に潜んでいたのだ。このテーマを、よりグロテスクなかたちで浮き彫りにするエピソードが、ゾシマ長老の説教に書きとめられている（「謎の訪問客」）。これは、人間の傲慢さをめぐる、すばらしく魅力的なケーススタディとさえ呼ぶことができる。

長年にわたって養老院や孤児院に匿名で巨額の寄付をしてきた慈善家の男がいる。彼は、若いゾシマの評判を聞きつけ、殺人者としてのみずからの過去を明かすべく会いに来る。しかし男はやがて、自分の秘密を明かしたという事実そのものが許せなくなり、ひそかにゾシマの殺害をもくろみはじめる。そんな相手の隠された悪意に気づかないまま、ゾシマは男に公の場での罪の告白を勧め、男もそれに同意するのだが、告白を明日に控えた前の晩、男はゾシマの部屋を出たあともういちど引き返して、自分が引き返してきたことを忘れないでくれと、謎めいたひと言を残し、立ち去っていく。翌日、ゾシマの勧めのとおり罪の告白をした慈善家はまもなく重い病の床に臥《ふ》す。見舞いに来たゾシマに慈善家が死の間際に明かした言葉を引用しよう。

「あの日わたしは君の家から夜の闇に出て、通りをあちこちさまよいながら自分と闘っていた。

そのうち急に君のことが憎らしくなった」

「あのときぐらい君が死に近かったことはなかったんだよ」

慈善家は、ゾシマの背後に、一個の運命として、一個の悪意ある神として立った。神の地位に立つことの快楽に、あるいは、その傲慢に、作家自身、魅了されていたことがあった。支配には、快楽がある。快楽の根底に潜むのは、むろん破壊願望である。その願望をもあえて作品に取りこむことのなかから、ドストエフスキー文学の最高度のダイナミズムは生まれた。

第三章　苦痛を愛する、または「二二が四は死のはじまり」

1　危険な発見

マゾヒズム

ドストエフスキーの文学にコペルニクス的転換をもたらしたとされる『地下室の記録』（一八六四）――。その「転換」のもつ意味とは何だったのだろうか？　『地下室の記録』を境に、その前と後とでは何が、どう根本的に変化を遂げたのか？　極度に内向的でひきこもりの主人公は、『地下室の記録』の冒頭で次のように宣言する。

「わたしは、病的な人間だ……わたしは底意地が悪く、およそ人に好かれるような男ではない」

そしてその数頁後、彼はさらに次のような挑発的一文を加えることになる。

「歯痛にだって快楽はある（……）もし、歯痛に快楽を感じていなかったら、うんうんと呻《うめ》き

声《ごえ》をあげるわけもない」

思うに、この「病的な」元小役人が口にする「地下室」の哲学の本質こそ、マゾヒズム礼賛である。世間的常識への「憎悪」をたぎらせる主人公にとって、マゾヒズムこそは唯一の精神的よすがであり、なおかつそれは、一種の免罪符のごとき性格を帯びて彼の「底意地の悪さ」を正当化するものとなる。

小説の舞台は、農奴解放令が公布されてまもないサンクトペテルブルグ。拝金主義が横行する資本主義勃興期のロシアで、痛みを、苦悩を愛するなどといった、およそ現実離れした非功利主義的な心情など受け入れられるはずもない。しかしそれでも主人公は、「地下室」に長くひきこもるなかで得た一つの発見に、すべてを賭けようとする。すなわち、絶大な力でもって人々の心を支配する資本＝金の対極にあって、なおかつそれに劣らぬ「孤独と力」を約束してくれる哲学こそ「マゾヒズム」なのだ、と。

あらかじめ断っておくと、ここでいう「地下室」とは、あくまでも人間の意識（ないし自意識）の隠喩であり、文字どおりの地下の空間を意味していない。また、「非合法に、秘密に組織された」といった政治的なニュアンスも含まれていない。

では、地下室人がここで規定する「病」とは、具体的には何を意味しているのか。歯痛がもたらす「快楽」の源とはそもそも何なのか。

答え――。それは「地下室」で異常増殖を遂げた意識そのものである。

「意識しすぎるということ、これは病である」

だが、意識の病におかされた人間が、一般社会でまともな人間関係を切り結べるはずもなく、たちまち自虐の悪《あ》しきスパイラルにからめとられてしまう。

「はたして、意識する人間に、いくらかでも自分を尊敬することなどできるものなのだろうか？」

一般的にマゾヒズムとは、痛みや苦しみを「快」の源泉として経験する感覚ないし深層心理をいうが、「マゾヒズム」の用語そのものは、ウクライナ生まれのオーストリア人作家ザッヘル＝マゾッホ（一八三六〜九五）に由来し、同じオーストリアの精神科医クラフト＝エビングがみずからの著作『性的精神病理』（一八八六）ではじめて使用したことから同時代のヨーロッパに広がりを見せた。ロシア国内では、一八七六年に雑誌「事業」でマゾッホの著作がロシア語に翻訳され、話題を呼んだが、何よりも興味深いのは、翻訳当初からマゾッホの文学とロシア的精神というべきものとの親近性が一部の批評家によって吹聴されていたことである。たしかに、マゾッホ自身、生を享《う》けたのはガリシア地方（現在の西ウクライナ）であり、長い期間ロシア人を自称しつづけた事実がある（ただし彼はロシアを旅したこともなければ、ロシア語も知らなかった）。

周知のように、二十世紀にはいってからこの「マゾヒズム」に注目し、独自の解釈を加えたのが、ジークムント・フロイトだった。フロイトによると、サディズムとマゾヒズムはともに同一の起源に発しつつ「死の欲動」を形成している。その欲動が外部に向けられる場合にはサディズムとして、内部に向けられる場合にはマゾヒズムとして発現する、という。しかし今日では、マゾヒズムをサディズムの反転形とする見方を否定する主張も現れており（ジル・ドゥルーズ『マゾッホとサド』）、歴史的にその解釈も多岐に分かれている。

では、ドストエフスキー自身は、この二つの「欲動」をどうとらえ、そこにどのような文学的視線をそそごうとしていたのか。答えは、現実の作品をとおしてうかがい知るしかないが、少なくとも、初期のコキュ小説『他人の妻とベッドの下の夫』（一八四八）を読むかぎり、彼がかなり早い段階で、性愛における、相手を虐げることで得られる快感や、虐げられることで得られる快感の存在に通じていたことがうかがえる。

しかし、『地下室の記録』執筆当時のドストエフスキーは、ザッヘル＝マゾッホの名前を知ることもなければ、むろん、「マゾヒズム」の名称も知らず、いわば、手探りの状態で「痛み」の哲学の構築に心を砕いていたのだった。つまり、「痛みの快楽」という危険な発見を心のうちに隠しつつ、いずれこの発見を武器として、同時代の文学とのイデオロギー闘争に打って出ようと考えていたふしが見られるのだ。思うに、作家のうちにそうした思惑が生じたのは、彼がシベリアの流刑地を出たあと、すなわち彼の「転向」が生じた時期のことである。

では、このように考える根拠について少し述べよう。

第一に、『地下室の記録』でドストエフスキーが闘争の相手に選んだのが、同時代の革命家であり作家のニコライ・チェルヌイシェフスキー（一八二八〜八九）であったこと。若い革命家たちのバイブルとされた小説『何をなすべきか』（一八六三）でチェルヌイシェフスキーは、徹底した功利主義と理性に基づく未来のユートピア社会（＝水晶宮）を描きだした。この小説は、ロシア革命の父レーニンをしてのちに「この小説の影響のもとに、数百、数千の人々が革命家になった」と言わしめるほど大人気を博したが、そこには、かりにシベリアへの流刑前であれば、作家自身、素朴に共感を寄せたかもしれない空想的社会主義のアイデアがちりばめられていた。ところが作家は、チェルヌイシェフスキーが描いた若い革命家たちを念頭に置きつつ、彼らを「野太い連中」と毒づいてみせ、それとはうらはらに、およそうだつの上がらない四十がらみのマゾヒストをみずからの主人公として対置してみせたのである。

時代の寵児《ちょうじ》チェルヌイシェフスキーの圧倒的な人気小説への対抗という意味で、驚くほどバランスを欠いたこの手法は、戦略としてはそれなりに高度な意味合いを帯びていた。なぜなら、バフチンがつとに主張している「奪冠」の要素がそこには隠されていたと見ることができるからである（『ドストエフスキーの詩学』）。他方、この小説が社会主義的な理念の否定という方向に軸足を置くかぎり、作家の立場は安泰であり、皇帝権力＝検閲から何かしら不興を買う事態を恐れる必要もなかった。作家自身、マゾヒズムの哲学が、皇帝権力のイデオロギーと同じ方向《ベクトル》を向いているとにらんでいたふしがうかがえる。事実、ドストエフスキーはその後、このマゾヒズムを、ロシア人が本来的に抱える受動性、また、強大な権力への自発的な忍従としてとらえることになる。後年の「作家の日記」（一八七三）から引用する。

「**思うに、ロシア人のもっとも大切な、もっとも根源的な精神的欲求とは、**（……）**苦痛の欲求である**」

ところが、『地下室の記録』が書かれる一八六〇年代前半の時点でドストエフスキーが敵意を向けていた対象が、必ずしも革命家やニヒリストに限られていたわけではないことは、次の一文が暗示している。

「**直情径行型の人間や実践家がおしなべて活動的なのは、彼らが鈍感であり、偏屈だからである**」（『地下室の記録』）

「直情径行型の人間や実践家」という言葉の向こうに透けて見えるのは、農奴解放後、資本主義の道をひた走る帝政ロシアの若いエリートたちの姿である。地下室人は、左右問わず、進歩派的な考えをもつ人々を、次のように理解していた。すなわち、革命家にしろ、実業家にしろ、彼らはいちばんに目がいく副次的原因を、主たる原因と思いこみがちである。たとえば人間をきちんと教育し、ほんものの価値に目を開かせてやれば、もはや下劣なことなどしなくなり、自分の利益に反して行動するといったことも起こらなくなると考える。しかし地下室人にいわせると、そうした考えは、無邪気な子どものロジック以外の何ものでもない。なぜなら、現実は、そのような教科書どおりに動いているわけではなく、そもそも人ははるかに不条理な生命を生きているからだ。

「この数千年のいつ、人間が自分自身の利益にのみしたがって行動したなどという実例があったろうか？」（同）

ここに見るように、ドストエフスキーのマゾヒズム礼賛には、革命家たちのイデオロギーとも、国家のイデオロギーとも一線を画そうとする彼の戦略的な意図が隠されていた。ペトラシェフスキー事件に連座し、いったんは死刑判決を受け、その後十年におよぶシベリアへの流刑、中央アジアでの軍隊勤務を経てようやく首都に帰還できたという苦しい過去が、より賢明な身の処し方を教えてくれたのだろう。今後、作家として長くサバイブしていくには、検閲のきびしい目をつねに念頭に置き、どんな主張を展開するにしても、国家イデオロギーから逸脱する危険に十分に神経を使わなくてはならないと。

2　不合理ゆえにわれ……

「人間主義」のより純化されたかたち

改めて話をもどすが、フロイト以降、多くの精神分析学者たちが対の概念でとらえてきたマゾヒズムとサディズムの関係性は、ドストエフスキーにとってもきわめて重要な意味を帯びていた。ある時点まで彼は、おそらくはその対の関係性に気づいておらず、両者の間にきびしい一線を設けようとしていたと私は考えている。『死の家の記録』に記された次の一行がそのことを示唆している。

「人間が他の人間を体刑に処する権利こそが、社会の病害の一つであり、市民社会の芽を根底から摘みとり、市民社会を育てようとするあらゆる試みを潰えさせる最強の手段の一つである」

むろん「体刑」をサディズムとストレートに同一視することはできない。しかし少なくとも作家は、残忍な快感をともなう体刑を、「社会を不可避的に」「解体へ追いやる」ものとして断罪の態度を明らかにしていた。

ところがそれから三年を経ずして、さながら手のひらを返したように、作家は、一種のサディズム肯定とも理解されかねないマゾヒズム礼賛をぶちあげ、同時代の革命思想に牙を剝《む》いたのだった。

かりに「ヒューマニズム」を「人間愛の立場から人々の福祉をはかろうとする」思想的態度、あるいは「人間尊重主義」の一つの形態ととらえるなら、そこで最大の悪とされるのは、もちろん虐待、苦痛である。しかし、「ヒューマニズム」という語を、文字どおり「人間主義」ないし「人間第一主義」と解して、人間の存在そのものの全的肯定と定義づけるとしたら、マゾヒズムそれ自体もまた、広い意味での「ヒューマニズム」の概念に包摂される。事実、ドストエフスキーが『地下室の記録』で採ろうとしていたポジションはそこにあり、むしろマゾヒズムこそが、「人間主義」のより純化されたかたちとして意識されていたのである。彼はそのポジションに自信をもっていた。

「苦痛は、それこそ、意識の唯一の原因である」

このようにして『地下室の記録』は、その後時代を経て、人間が人間としてあることの真の意味を問う実存主義哲学に道を開くことになった。『地下室の記録』の最大の読者であり、最高の理解者が、ほかでもないフリードリヒ・ニーチェだったことは広く知られている。

「そもそも『二二が四』とは、諸君、もはや生命というより、死のはじまりではないか。少なくとも人間はこの、『二二が四』というのをなぜかつねに怖れてきたし、わたしは今だってそれを怖れている」

『地下室の記録』の中心的なモチーフともいうべきこの一節について少し補足しよう。おそらく異論をはさむ者はいないと思うが、「二二が四」は、科学的かつ算術上の公理であり、人間のもろもろの理性的判断は、ここに出発点を置いている。「二二が四」の正当性に疑いを向け、論争すること自体、根本的にナンセンスといわなくてはならない（この場合、「二二が四」でなく、「一プラス一は二」でもかまわない）。

では、なぜ、地下室人は科学的かつ算術上の公理が、「死のはじまり」という突拍子もない述語を引き寄せるのか。「二二が四」の公理を受け入れ、そのレール上に営々と生きていくかぎり、人々はそれ相応の安心立命を手にいれることができる。しかしそれは、人間としてあまりにも生ぬるく、臆病な生き方であり、そもそもその公理をもってしてこの世の中に生じる偶然的、突発的な出来事は、何ひとつ説明できない。そこで地下室人は、おのれの「不合理」への信仰と、もちまえの「底意地の悪さ」、そしてみずからの誇りにかけて「二二が四」との闘争にはいるのである。

「『二二が四』というのは、相手として鼻持ちならない、（……）**もう鉄面皮以外の何ものでもない」**

地下室人の問い

ここで横道にそれることを許してほしい。

「二二が四は死のはじまり」から連想される二人の人物がいる。一人は、古代キリスト教の神学者テルトゥリアヌス、そしてもう一人は、戦後の日本を代表する小説の一つ『死霊』を書いた埴谷《はにや》雄《ゆ》高《たか》。前者のテルトゥリアヌスは、三世紀初頭に著した『キリストの肉について』で次のような有名な一句を残したとされている（ただし、これには異説がある）。

「不合理ゆえにわれ信ず」（Credo quia absurdum）

キリスト教信仰は、イエス・キリストの奇跡や復活といった「不合理」を土台とし、それを

「真実」として受け入れる立場を出発点とする。言い換えるなら、「不合理」を愛する気持ちなくして、信仰の道に立つことはできない。

他方、テルトゥリアヌスの言葉と同じ『不合理ゆえに吾信ず』（一九五〇）を著した埴谷は、生涯、国家権力と反国家権力の双方にアンチの姿勢を貫き、「自同律の不快」をみずからの思想の根幹にすえた。「自同律」とは、「AならばAである」とする論理学上の命題をいうが、その「自同律」を不快とした心情は、ドストエフスキーが、「二二が四」に表徴される科学的かつ算術上の公理を「死のはじまり」ととらえ、マゾヒズムの深化によって絶えざる「わたし」の更新をはかろうとした地下室人の態度に似ている。

ドストエフスキーの地下室人は、まさに埴谷のいう「自同律の不快」におかされたペテルブルグの元小役人ということになるが、改めてそこで求められる問いは、「二二が四」を「死のはじまり」とする作家の世界観が、最終的に何をもって着地点とするか、ということにほかならない。

「意識は、たとえば、『二二が四』よりも限りなく高尚である」

埴谷の「自同律の不快」にならえば、「二二が五」こそ真の実在と呼ぶにふさわしい意識のあり方である。しかも同じ場所にとどまることを知らない意識は、さらなる意味の深化を求め、新たな地平へと触手をのばしていく。

「絶望のなかにも、焼けつくような強烈な快感がある」

では、絶望の次に来るものとは何だろうか?

「欲求というのは、生命全体の現れ、つまり理性や、かゆいところをがりがりやる行為までも含めた人間の生命全体の現れなのだ」

ここに来てマゾヒズムはもはや「被虐的な喜び」という限られたレベルを突きぬけ、生命の営みそのもの、すなわち合理性と非合理性をひとしく呑《の》みこんだ生命の肯定という意味を帯びはじめる。

「苦痛もまた、人間にとって、幸せな暮らしと同じくらい有益かもしれないではないか? いや、人間は、時としておそろしいほど熱烈に苦痛を愛するものだ」

そして問いは、ブーメランのように回帰してくる。

苦悩や苦痛それ自体に快楽を感じ、その意義を訴えることにどれほどの意味があるのか。世界の合理性に向かってどう歯向かったところで、しょせん抵抗は抵抗として終わるだけではないか。「力と孤立」という魅惑的な境地にたどりついたからといって、結局、その境地もまた、自意識という檻《おり》のなかでしか存続できず、人類に対して何ひとつ寄与するところとはならないだろう。サド侯爵の優れた理解者アルベール・カミュは、「プロメテウスは、最後にオナンになる」としてサドの哀れな運命について語り、サドがもっとも理想とする快楽を「魂が移行する一種の無感動」に見た(「反抗的人間」)が、地下室人に訪れる快楽もおそらくはそれに近いものとなるだろう。どれほど才知を傾け、世界に唾を吐きかけようと、それが否認であるかぎりにおいて、最終的にはそれが自己に向けられるのが、宿命である。完全な無感覚か、完全な惰性か……地下室人は、ここに来てついにホールドアップの状態に陥る。

「結局のところ、諸君、何もしないほうがいいのだ!」

「意識的な無気力というのがいちばん! てなわけで、ここでひとつ、地下室万歳を叫ぼう!」

3 個的感覚から文化的基層へ

『地下室の記録』以降、ドストエフスキーは、感情、意識、イデオロギーのレベルでマゾヒズムに関わる種々のディテールやさまざまな言説を書きこんでいく。とくに有名なのは、『罪と罰』に登場する恐妻家で酔漢のマルメラードフの次のセリフだろう。

「いいかね、あなた、ああして殴られるのなんて、わたしにゃ苦痛でもなんでもないばかりか、快感でもあるんだ……なにしろ、あれがないとなると、こっちがやっていけないんだからね」

若い愛人アポリナーリヤ・スースロワとの逃避行の思い出を織りまぜた『賭博者』では、主人公アレクセイの口から自虐そのものとも思える熱烈な告白がほとばしりでる。

「あなたの奴隷でいることが快感なんです。屈辱と無の極地に快感がひそんでいる!」

歴史学者のE・H・カーが、現実における二人の関係について次のように解説している。

「もしスースロワが恋愛を支配と残忍へのサディズム的熱情の角度から見たとすれば、ドストエフスキーの方はまた恋愛というものを、近代的術語でいえばマゾヒズム的ともいうべき、苦痛への情熱、女によって苦痛をなめさせられる喜びと考えたのである」

（『ドストエフスキー』松村達雄訳）

サディズムとマゾヒズムの奇妙な同居を告白するのが、『悪霊』の主人公ニコライ・スタヴローギンである。箒《ほうき》で折檻される少女のあらわな姿を眺めながら、彼は、打つ側と打たれる側の両者に自己投入し、「えもいわれぬ快感」に「かき立て」られる。

「私の人生でたまに生じた、途方もなく恥辱的な、際限なく屈辱的で、卑劣で、とくに滑稽な状態は、いつも度はずれた怒りとともに、えもいわれぬ快感を私のなかにかき立ててきた。犯罪の瞬間や、生命の危機が迫ったときも、まさにそれが起こった。もしも私が何かを盗むとしたら、私はその盗みを働くさいに、自分がどれほど深く卑劣かということを意識するがゆえに陶酔を味わうことだろう」

スタヴローギンがここで記している「快感」は、「犯罪の瞬間」（盗み）から「生命の危機が迫ったとき」（決闘）までと、多岐にわたるが、確実にいえることは、その快感が身体のダイレクトな痛みから来るものとは性質を異にしていることだ。同じアパート内に住む役人の前で、その制服のポケットから財布を盗みとる、あるいは、決闘場で、殺意もあらわな相手に対してわざと空砲を放つなど、犯罪の露見や生命の危機というぎりぎりの境界線上に「快感」は訪れてくる。最終的に屋根裏部屋での死を覚悟し、自殺用のロープに石鹸《せっけん》を塗りつけるとき、彼はことによると、みずからの説明（「**卑しい虫けらみたいに、この大地から自分を掃きすてなくてはならない**」）とはうらはらな、マゾヒズムの快感に酔いつづけていたのかもしれない。

さて、ドストエフスキーの五大長編の特色の一つとして挙げられるのは、ロシア国内で起こったさまざまな凶悪事件やロシアの文化的基層に対する、作家の並々ならぬ関心である。その関心の深まりに連動するかのように、彼のマゾヒズム哲学もさらなる進化を遂げていく。もっとも、ロシア人の心の奥底に「受苦」の喜びが潜んでいることを看破したのは、ひとりドストエフスキーだけではなかった。アレクサンドル・プーシキンの『スペードの女王』（一八三四）には、『賭博者』の主人公アレクセイとよく似た、破滅的意志をもつ平民出の工兵士官ゲルマンが登場する（ドストエフスキーは彼を「巨大な人物」「異常な、まったくペテルブルグ的な典型」と呼んだ）。レフ・トルストイの『戦争と平和』（一八六九年完成）では、ナポレオン戦争のさなか、白樺《しらかば》の木の下に身を置き、銃殺のときを平然と待つ農民出身の兵士プラトン・カラターエフが「受苦」の精神を体現した人物として描かれる。しかし、ドストエフスキーの場合、マゾヒズムの主題が、まさにその絶対感覚そのものとして、むきだしに提示された点に大きな特質があった。

マゾヒズムとロシアの文化的基層という観点からとくに注目に値するのが、分離派（古儀式派）と異端派（鞭身《べんしん》派、去勢派）の存在である。ドストエフスキーはすでに二十代から分離派の運動に興味をもち、『死の家の記録』では、「スタロドゥビエ村」から来た「善良で心優しい」「白髪の」分離派信徒を描き（彼は、教会放火の罪で監獄に送られた）、『地下室の記録』を執筆していた時期には、分離派に関する文献を集中的に読んでいる。また、雑誌「ヴレーミャ」に発表した「理論家たちの二つの陣営」（一八六二）で彼は、「分離派」の人々の信仰の強さをめぐって「**ロシア的な生活における最大の現象であり、よりよき未来への期待を約束する最高の証**」とまで称賛している。その一方、マゾヒズムとよりダイレクトな親和性をもつ鞭身派や去勢派などの異端派に対して彼は、あくまで一歩距離を置かざるをえなかった。いかにマゾヒズム礼賛を口にするドストエフスキーとはいえ、十字架上でのキリストの苦痛を絶対化し、これに同化しようとする異端派たちのあまりの過激さに、むしろ恐怖が先に立ったのではないだろうか。『白痴』のロゴージンにしろ、『カラマーゾフの兄弟』のスメルジャコフにしろ、去勢派とじかにつながる可能性を秘めた登場人物たちに、彼はおおむね悪魔的な風貌を与え、つねに「敵対者」として彼らを描くことになるが、おそらくそこには、たんなる恐怖のほかに、彼の二枚舌的処世も作用していたのだと思う。帝政ロシアに生きるおのれの立場の弱さを思えば、国家の発展を根本から阻害しかねない去勢派と彼のマゾヒズム哲学の間に齟齬《そご》が生じるのも不思議ではなかった。そして事実、彼は、異端派への好奇心の底に隠された本音を最後まで明らかにすることはなかった。

4　自己犠牲の方へ

　ロシア文学史に残る大作家たちが、総じて反逆者であった若い時代の自分を悔い、最終的に「忍従」の伝道者として生涯を終えている事実に注目したのが、十九世紀末に活躍した象徴主義の作家ドミートリー・メレシコフスキー（一八六六～一九四一）である。彼は、デカブリスト事件で深い精神的痛手を負ったはずのプーシキンが、直接の弾圧者であるニコライ一世を称《たた》える頌詩《しょうし》を書いている事実や、ドストエフスキーが、最晩年（一八八〇）、プーシキン記念祭の一環として行った、いわゆる「プーシキン演説」での、もっぱら同時代の革命家たちを念頭に置いた次の発言に注目している。

「**驕《おご》りを捨てなさい、傲慢な人たち、なによりもその傲慢さを捨てることです、驕りを捨てなさい、怠惰な人たち、なによりも祖国の野で汗を流すことです**」

　晩年、ドストエフスキーは、マゾヒズム哲学のさらなる普遍化をはかろうとしていた。「歯痛の快楽」の宣言から十六年、戦略はみごとな成果を生みはじめていた。第一に、地下室人のマゾヒズムが陥った敗北主義からの脱却である。政治テロが頻発する一八七〇年代後半、彼はすでに保守主義のイデオローグとして押しも押されもせぬカリスマ的権威を有しており、政府上層部にも多大な影響を与えていた。その彼の思想的根幹をなしていたのが、右に掲げた「驕りを捨てよ」の哲学である。そしてその哲学は、哲学者マイケル・オークショットが定義してみせた「保守主義」の理念とみごとにクロスしていた（「革新性や有望さによる興奮よりも、喪失による悲嘆の方が強烈である」〈「保守的であること」〉）。と同時にそこには、まぎれもなく地下室人の大いなる成熟の姿を見てとることができる。ドストエフスキーの深化されたマゾヒズムは、大きく二つの方向へと分岐しつつあった。一に、大いなる権力への屈服を善とする考え方であり、二に、受苦の力を媒介とした自己犠牲の喜びである。

「思うに、ロシア人のもっとも大切な、もっとも根源的な精神的欲求とは、（……）苦痛の欲求である。（……）みずからの苦痛をロシア人はあたかも享楽しているかのように見える」

（「作家の日記」一八七三）

十六世紀、スペインの都市セヴィリアを舞台にイワン・カラマーゾフが描いた「大審問官」の物語もマゾヒズム哲学の一つの結実と見ることができる。イワンが、自由を恐れる人間の本性をあれほどまで執拗に強調してみせたのには、特別な理由があったにちがいない。イワン＝大審問官の目に映っていた民衆とは、だれあろう、ワシーリー・グロスマンが「千年の奴隷」と名づけたロシアの民衆である。

大審問官のまさに対極的存在ともいうべきゾシマ長老が放った次のひと言も、マゾヒズムの一つの成熟した姿を示唆している。

「大地にひれ伏し、大地に口づけすることを愛しなさい」

そのゾシマ長老の寵愛《ちょうあい》を一身に受け、新たな信仰の道に立ったアレクセイ・カラマーゾフは、満天の星の下で、大地にうつ伏したまま叫ぶ。

「ぼくは、大地を愛する」

アレクセイにこの言葉を吐かせたドストエフスキーは、ことによると、ロシア語の「人間（チェロヴェーク）」の語源の一つに「奴隷（チェリャージ）」があり、ラテン語の「人間（homo）」の語源に「土（humus）」があったことを思い起こしていたかもしれない。批評家スティーヴン・ローゼンが興味深い数字を提出している。それによると、『カラマーゾフの兄弟』に登場する人物たちが深々とお辞儀をしたり、跪《ひざまず》いたり、ひれ伏したりする行為は、じつに七十五回に上るという（D・ランクール・ラフェリエール『ロシアの奴隷魂』）。

他方、同じ『カラマーゾフの兄弟』でイワンは、この世界にはびこる幼児虐待に抗議する。

「どうだ、ひとつ答えてくれ。なぜ子どもたちは苦しまなくちゃならなかったのか、何のために子どもたちが苦しみ、調和をあがなう必要などあるのか」

同じイワンが、まもなく「父殺し犯」としての自覚のもとに大いなる挫折に見舞われ、ついには悪魔の訪れを受けることになる。そのイワンに向かって「悪魔」が語りかける。

「苦しみのない人生に、どんな満足があるっていうんです？」

イワンはけっして分裂していたわけではなかった。彼がことさら幼児虐待に関心をもったのは、幼児こそが苦痛を苦痛としてしか知覚できない純粋存在であることを知っていたからである。他方、大人は、地下室人に見るように、苦痛を快楽に変える意識の詐術を心得ている。したがって右の悪魔のセリフは、地下室人の系譜を引きつぐイワンが、成熟した一人の大人としてたどりついた究極の認識ととらえることができる。この時点でドストエフスキーのマゾヒズム賛歌は、地下室人の薄っぺらな理解とはすでに完全に一線を画していた。マゾヒズムをめぐる物語は、フィナーレ近くに来て、さらに壮大なクライマックスを勝ちとることになった。すなわち、父殺しの嫌疑を受け、二十年のシベリア流刑判決をくだされたドミートリー・カラマーゾフによる自己犠牲の物語である。

第四章　他者の死を願望する

1　「人は正しい人の堕落と恥辱を愛する」

人間は罪深い、邪《よこしま》な存在である。胸に手を押し当て、過去にいちどとして悪いことをしたことはないと言える人間は、そう多くないと思う。傍目《はため》にどれほど気高く映る人間にも、一つや二つ、思いだしたくない罪の記憶がある。だからこそ人は、みずからの罪の正当化を求めて他人の不幸を喜ぶ。ましてや相手が世間的に「正しい人」とみなされている人であれば、ますます都合がよい。

「人は正しい人の堕落と恥辱を愛する」
（『カラマーゾフの兄弟』）

「高潔な心、清い愛、完全な自己犠牲の心を抱いている人間が、同時にテーブルの下にひそんだり、下劣きわまりない連中を買収したりし、このうえなくはしたなく汚らわしい、スパイ行為、盗み聞きとなじんでいけるのである」
（同）

法的に問われないかぎり、すなわちたんなる「疚《やま》しさ」として胸のうちにとどめておくことができるかぎり、人間はだれしも、おのれの「内心の罪」に対して「寛容」である。突きつめていえば、寛容でありえるからこそ、制度としての裁判制度が存続しているともいえる。なぜなら、裁き手は、あくまで、第三者（至高の正義の体現者としての神の代理人）としての、あるいは現存する法の執行者としての立場から人の罪の重さを斟酌《しんしゃく》し、裁きをくだすのだから。世に裁判官と呼ばれる人々は、本来的に人間の裁き手ではない。したがって「極刑」を選択する際にも、それを彼らの責任に帰することはできない。陪審員制度は、たんに、国家という抽象的な裁き手の責任を分散化したものにすぎず、いずれの陪審員も、誤審という悲劇的な事態に対して責任をとる必要はない。

そこで改めて考えてみよう。

そもそも、法的に問われることのない「内心の罪」でもっとも重いとみなされる罪とは何なのか。その罪に対してどのような（架空の）罰がくだされるべきなのか。私見にすぎないが、それは「他者の死」を願望することではないだろうか。「他者の死」への願望は、普遍的という意味において「原罪」の感覚に通じるものがある。いかなる人間もこの願望からまぬがれることはできない。

「他者の死」への願望には、さまざまなかたちが存在する。恋愛のもつれからライバルを抹殺したいと願う心もそうだし、出世レースに障害として立ちはだかる人間も願望の対象となる。職場のパワーハラスメントも時として「他者の死」の問題とのっぴきならぬ関係性をはらむ。

あるいは世にいうストーカー事件では、願望の対象がダイレクトに「愛する人」に向けられる。翻って、介護の現場は、「他者の死」をめぐるもっとも切迫した問いが交錯する場だとはいえないだろうか。

恋愛関係のもつれにおいて排除される対象は、愛情そのものの様態によっても異なってくる。いずれにせよそこでは、被害妄想や自己保存の本能が強い動力となって作用することになる。殺人行為は、原因が愛であれ憎しみであれ、個々の動機が排除の欲求へと一気に、グロテスクに高まる瞬間に生じる。そこではしばしば、「願望」する人間と、「願望」の対象とされた人間との熾烈《しれつ》なサバイバル闘争が展開する。

『カラマーゾフの兄弟』における父と子の闘いもまさに、生きるか死ぬかの闘いの様相を帯びていた。思いだしてほしいのだが、父殺しの嫌疑をかけられたドミートリーが最終的に無実の罪を引き受ける背景には、みずからが父親フョードルの死を願望したとの原罪的な認識が横たわっていた。

「親父《おやじ》の血にかんして、ぼくは無実です！　罰を受け入れるのは、親父を殺したからじゃない、殺したいと思ったから、ひょっとするとじっさいに殺しかねなかったから、なんです」

また、すでにふれた「謎の訪問客」（『ロシアの修道僧』）は、殺人という過去を打ち明けたがために、逆にその打ち明けた相手への憎しみにかられ、殺害の一歩手前まで行く。このエピソードは、長い年月にまたがる苦悩が、その人間にとって一つの揺るぎないアイデンティティを形成するまでにいたったことを物語っている。告白後の「謎の訪問客」が恐れたのは、告白した相手による密告ではなく、唯一無二のものであるアイデンティティの共有を強いられる事態ではなかったろうか。

2 「人はだれの裁き手にもなりえない」

生涯、ドストエフスキーの脳裏を占めていた問題の一つが、この「他者の死」への願望をめぐる問いであったことが、とりわけ晩年の作品から明らかである。カラマーゾフ家の広間で、修道僧アリョーシャは、無神論者の兄のイワンに向かって次のように問いかける。

「ほんとうにどんな人間でも、だれそれは生きる資格があって、だれそれは生きる資格がないなんてことを、ほかの残りの人間について決める権利があるんでしょうか？」

アリョーシャの考えは、おそらくこうである。人間の生命が神からのさずかりものである以上、一人の人間に他者の生き死にを決定する権利はない。思うに、これはキリスト教の根本であり、おかすべからざる掟《おきて》である、と。ことさら疑いをはさむ必要のない、きわめてまっとうな考えである。だが、イワンはそうしたアリョーシャの真率な問いを冷たく突き放す。

「なんだっておまえは、こんな問題に資格がどうのなんて話を持ち込むんだ？　この問題は、第一に人間の心のなかで決められるもので、資格がどうのって問題じゃまったくない、べつの、

はるかに自然な原因にもとづいているんだよ。でも、権利ってことでいえば、何かを願望する権利をもたない人間なんて、はたしているもんだろうか？」

イワンの思いもかけない回答に、アリョーシャは不安にうろたえながら尋ねる。

「でも、それって他者の死を願うことじゃないでしょう？」

イワンのいう「はるかに自然な原因」とは、人間に本来的に備わった願望そのものを指している。フロイトなら、「他者の死」への願望を「死の本能」（デストルドー＝destrudo）ないし「死の欲動」といった概念で説明するだろう。だが、欲動と願望の間には大きな開きがある。願望が、何よりも意思の領域に触手をのばしている点である。

イワンの主張に示されている考え方とは、おそらく次のようなものだ。人間は、願望の奴隷である。奴隷である以上、どのような願望をいだくことも許されるし、願望をいだくことそれ自体が、人間存在の証ともなる。他者の死を「願望」することも、むろん、人間が人間であることの証、すなわち存在証明の一つとなりうる。ここで書き添えておくなら、イワンがここで念頭に置いている「他者」とは、ほかでもない、彼が同じ屋根の下で寝食をともにする父親フョードルである。イワンは笑いながら次のように言う。

「いいか、おれはいつだって親父を守ってやる。ただしこの場合、おれは自分の願望に完全な自由を留保しておくからな」

不気味なひと言といわなくてはならない。どんな困難に直面しようと父親を死守する心構えが自分にはある。だからといって、その父親の死を願望する「完全な自由」を譲るわけにはいかないという。願望が意思の領域に触手をのばしているとは、まさにこのような事態をいう。そしてこの約束を反故《ほご》にし、すべての矛盾を吹っきるかのように、イワンはモスクワへと旅立つ。と同時に、彼の「願望」の実行者スメルジャコフにチェルマシニャー行きをつぶやきかける。「チェルマシニャー」がここで意味するところをいま改めて説明することはしない。

他方、イワンのいう「はるかに自然な原因」に立脚しない「他者の死」への願望について、ドストエフスキーがかなり早い時点でこれを問題化しようとしていたふしがうかがえる。実際、初期・中期の作品にも、アリョーシャがいだく危惧を歯牙にもかけない強者が何人か登場する。強者（すなわち選ばれた人間）は、それが何かしら正当な目的に適《かな》っているかぎり、凡人の権利を踏みにじってもよいと考える。「ナポレオン主義」と呼ばれる目的至上主義は、何も『罪と罰』の主人公ラスコーリニコフの専売特許というわけではない。たとえば、『虐げられた人々』のような中期の小説に登場するサド的放蕩児《リベルタン》は、その特権をフルに生かしながら、みずからが虐げる対象を生死のぎりぎりの境界へと追いつめる。ただし、死そのものを願望しない点でナポレオン主義者とは大きく一線を画している。ナポレオン主義者（目的至上主義者）は、サド主義者よりはるかに冷徹に、みずからが考える正義の尺度にしたがい「他者の死」への願望を現実に移し替えていく。「他者の死」は、一つのロジックが導きだした科学的帰結であり、迷う理由はない。ただし、彼らは、先のサド的放蕩児《リベルタン》と異なり、相手の苦痛によって快感を得るといった高等な趣味をもつことはない。求められているのは、論理の正当さであり、快感の強度ではないからだ。いずれにせよ、ナポレオン主義は、世の権力者の多くがしばしば陥る思考回路といえるが、そうした強者たちの願望の犠牲となるはずの弱者もまた、強者同様に目的至上主義の虜《とりこ》となりがちである。弱者は、強者にみずからのもう一つのエゴを投影し、無意識のうちに投影された自我を愛し、自己同一化をはかろうとするからだろう。思うに、ラスコーリニコフ自身、客観的には、弱者のカテゴリーに組み入れられるべき存在ではなかったろうか。弱者の自覚が、「願望」の実現を前に決断を鈍らせるくだりを読んでみよう。

「なるほど、人間ってのはすべてを手中に収めながら、それをみすみす逃がしてしまう、それもこれもっぱら臆病のせいでさ。こいつはもう公理といってもいいぞ……おもしろいのは、人間がいの一番に怖れるものって何かってことだ。新しい一歩、自分の新しい言葉、人間は何よりもそれを怖れているんだ」

（『罪と罰』）

では、「他者の死」を願望するという、避けがたい人間の本性に対抗する哲学を、ドストエフスキーはどう構築しようとしていたのか。最終的な答えが、ゾシマ長老の口から吐きだされる。

「人はだれの裁き手にもなりえない」

3 「彼女の死を待っている瞬間があります」

ゾシマ長老にとってこの認識にいたるまでの道は、まさにいばらの道だった。そしてその認識の根底に潜んでいたのは、ゾシマ自身の罪深さの自覚である。思うに、ゾシマ長老の青春とドストエフスキーの青春は深くクロスしている。作家の伝記を読みながら多くの読者が驚かされるのは、その徹底した自己中心主義と利他主義の分裂である。この作家には、肉親や友人に対する切実な思いやりと自己犠牲的な行動に打って出ようという潔さがある。かと思えば、「他者の死」を願望することにすら何の痛みも感じない、厚顔なエゴイズムが時おり顔をのぞかせる。ドストエフスキーのそうした分裂は、過去の苦しい体験、すなわち、死刑判決、オムスク監獄の試練、セミパラチンスクでの苦しい恋を免罪符としてきたかのような趣さえ感じられる。とくにマリヤ・イサーエワとの結婚のあと、分裂の兆しは悪化の一途をたどりはじめた。兄ミハイルの死によって生じた借金の返済のための東奔西走とうらはらな、若い愛人アポリナーリヤ・スースロワとの逃避行、ルーレットへの没入、なりふりかまわぬ借金の申しこみなどは、もはや自己中心主義どころではない、露悪趣味いや道化役者の狂気さえ思い起こさせる。

その一方、作品世界から浮かびあがる作家の像は、どこまでも罪の自覚に苦しむ、心優しきヒューマニストを印象づけている。このちがいは何に由来するのか。

思うに、『貧しき人々』から『虐げられた人々』にいたるまで、作者は確実に、物語の作り手として物語の外部に立っていた。だが、『死の家の記録』と『地下室の記録』において彼は、作者という立場をこえて積極的に「私」の吐露へと向かった。作者が「私」に限りなく近づいていくプロセスで生じたのが、罪の意識の顕在化である。妻殺しの罪で服役する『死の家の記録』の語り手ゴリャンチコフが、第二部以降、語り手の役を、オムスク監獄経験者ドストエフスキーに譲るかに見えるのも、まさにそうしたプロセスに由来している。『死の家の記録』では、語り手が「妻殺し」の罪に苦しんでいる様子を、どこにも見いだすことができない。なぜなら、そもそも隠された語り手である作者にその記憶がないからである。

ところが、次の『地下室の記録』で作家は、大きく戦略を変えた。ヒューマニストとしての仮面をかなぐり捨て、憎悪の塊として、まさに「地下室人」としてのむきだしの顔をさらけだすのだ。歯痛の快楽を訴え、「二二が四は死のはじまり」と唱えた地下室人のうちでは、罪と恥辱の意識がはげしく湧きたっている。ただし、その意識が行き着く先もかすかながら暗示されている。第二部の「ぼたん雪にちなんで」に示された過去の「私」である。そこではすでに地下室人を意識の牢獄《ろうごく》から解放しようとする不思議な力の存在が描かれている。一種独特の相対主義――。あるいは運命論とでもいうべきだろうか。地下室人は、この相対主義=運命論によってみずからが相手に与えた侮辱の罪を帳消しにしようと試みるのだ。

「屈辱ってやつは、――そう、あれは一種の浄化だ。あれはいちばん鋭い痛みをともなう、病

的な意識なんだ！（……）彼女を待ちかまえている汚辱が、どんなにおぞましいものであれ、この屈辱ってやつが彼女を高め、浄化してくれるかもしれない」

先述したとおり、マリヤ・イサーエワとの結婚は、ドストエフスキーにおける大いなる逸脱のはじまりの時期と重なった。結婚生活そのものが、すでに「十字架」と化し、二人は、「苦しみによって結びつけられ」た運命共同体であることを意識しはじめる。だが、作家は、重病のマリヤを置き去りにしたまま、ヨーロッパに旅立った。ヨーロッパではルーレットの怪物がロシアから来た新参者を一呑みにしようと待ちかまえていた。

一八六四年四月半ば、妻マリヤは、夫ドストエフスキーに看取《みと》られながらモスクワでこの世を去る。翌年三月、友人のヴランゲリに宛てた手紙が、当時の彼の心情をよく表している。

「彼女は私を限りなく愛し、私もまた彼女を計り知れず愛していましたが、私たちは幸福に暮らすことはできませんでした。（……）私たちはともに完全に不幸でしたが（彼女の、奇妙な、疑い深い、病的に空想的な性格のせいで）、たがいに愛しあわざるをえませんでした。不幸になればなるほど、たがいに強く結びつけられていったほどです。（……）私がこれまで知っている女性たちのなかで、彼女は、もっとも誠実で、もっとも高潔な女性でした」

ドストエフスキーがここに記している「完全に不幸でした」が現実にどのような内情を意味しているかは、個々の想像にゆだねるほかない。しかしかりに二人が「不幸になればなるほど」強く結びつけられていったことが事実だとするなら（ヴランゲリ宛の手紙に偽りがなければ）、そこに作家独自の感情のメカニズムが働いていたと見ることができる。マリヤの死に先立つ二週間前の四月はじめ、彼は兄のミハイル宛に書いている。

「妻は、文字通り、瀕死の状態です。毎日、彼女の死を待っている瞬間があります。彼女の苦しみようは恐ろしく、ぼくの心に響きます。なぜかといえば、作家という仕事はメカニックなものではありませんが、それでもぼくは書き続けている。毎日、でも、仕事がただちにはじまるのです。小説は、長くなる一方です。(……)それともう一つ。ぼくが恐れているのは、妻の死が早まることで、そうなると仕事の中断は不可避となります。この中断がなければ、終えられそうなのです。最終的なことは何も言えません。事実を、あるがままの状態で提示するだけです」

「彼女の死を待っている瞬間があります」とは、微妙な表現である。一読して、ドストエフスキーのドライさと驚くべき利己主義が目を引く手紙だが、そのドライさと利己主義こそが、彼のいう「あるがままの状態」だったのだろう。死は、すでに確定しており、まさに待ちの状態にある以上、「他者の死」への願望それ自体が問われることはない。問題は、時間の問題、いつ死ぬのか、という、きわめて即物的な問いに変質している。

4 「堕罪の原因は、私だ」

性愛からの解放を求めて

妻マリヤを失ったドストエフスキーの痛苦がどれほどのものであったか、その内実を正確に推し量ることは困難だが、若い愛人アポリナーリヤ・スースロワとの恋の破綻からすでに約八か月が経過しており、それなりの冷静さでもって過去を反芻できたことだろう。そこで彼がたどりついた発見とは、自分は相手を苦しめることによってしか（つまり憐憫《れんびん》によってしか）他者を愛せない人間だということだった。これが、自称マゾヒストの真実なのである。

「愛するということは、わたしにとって――暴君のようにふるまい、精神的に優位に立つことを意味していた」

（『地下室の記録』）

ここに、一八六四年四月十六日、すなわち妻マリヤの死の翌日に記録された一文がある。当時の作家の内面をこれ以上ないというほど真摯に綴った文章である。彼は、そのなかでキリストの名において自己の、救いがたい堕落を呪っている。

「マリヤがテーブルに横たわっている。マリヤとまみえることができるのか？
キリストの戒律のままに人間を自分自身と同じく愛すること、それは不可能だ。地上におけ

る個としての人性の法則がわれわれを縛っている。自我が妨げとなる。しかしキリストのみはよくなしえたが、キリストは、太古から人間がそれをめざし、また自然の法則によってそれをめざさざるをえないでいる永遠の理想である」

（「四月十六日の断章」）

ドストエフスキーは続けて考える。自我を滅ぼし、万人および各人に無条件にそれをささげることが最大の幸福であり、自我の法則はヒューマニズムの法則と融合する、と。それこそが「キリストの楽園」であり、人類の歴史はそこにいたるための戦いの道である。「楽園」での人間は、「おそらく人間とも呼べないもの」となり、「娶《めと》らず、嫁がず、御使いのごとく生きる」ことになる。性愛や情熱は、呪わしい。自我の追求は、呪わしい。のちに「おかしな男」が夢のなかでつぶやく「**堕罪の原因は、私だ**」（『おかしな男の夢』）という認識が、ドストエフスキーにとってすべての出発点だったことが右の引用からも明らかである。この一行を、「堕罪の原因は、人間のエゴだ」と置き換えれば、謎はたちどころに氷解するにちがいない。

ドストエフスキーは、原罪の根源に性愛が存在することを自覚していた。しかし「御使いのごとく」生きることが現実に可能だとは思えない。そうした疑念は去らないものの、彼は真摯に、性愛からの解放の道を求めていたはずである。分離派や異端派（とくに去勢派）に対する関心も、同じ願望に根ざしていたと思われる。では、現実に、「キリストの楽園」を約束してくれるものとは何だったのか。それこそがルーレットではなかったのか。勝ちを得ようが敗れようが、ルーレットが啓示するものは、運命の平等性であり、それを前にしての個人の無力と無意味であり、性愛の不可能性である。ドストエフスキーにとってルーレットへの没入は、何より性愛のアンチテーゼとしての意味をもっていたように思われてならない。あるいはそこに、「キリストの楽園」のネガを見てとっていたとも考えられる。

妻マリヤの死から一年後の一八六五年夏、単身、ヴィースバーデンに乗りこんだドストエフスキーは、連日、カジノに通い、持ち金のすべてを失ったあげく、借金のすべてを使いはたしてホテルの「囚人」となった。まさにこの軟禁状態のなかで、『罪と罰』の第一稿は書き起こされた。

他者の死を願望することの罪

では、『罪と罰』において「他者の死」をめぐるテーマはどのようなかたちでの展開を見たのだろうか？　おそらくこのテーマ一つを論じるだけでも一冊の書が生まれそうな気がするほど複雑な問題をはらんでいるが、ここではあえて「罪の意識の不在」という問題に焦点を当ててみたい。妻マリヤの死の影響という観点で考えるなら、アルカージー・スヴィドリガイロフにかけられた「妻殺し」の嫌疑のモチーフが議論の対象となるのはある意味で当然である。『死の家の記録』に続いて、なぜこの『罪と罰』でも「妻殺し」のモチーフが前景化されたのか。ここでは、簡略に答えておく。作家の性愛の探求において最大の心理的な妨げとなったのは、みずからの癲癇への恐怖と妻マリヤの存在である。『地下室の記録』の主人公が、逃げていく娼婦リーザの後を追いきれずに、一種の相対主義に身を沈めた理由も、あるいはスヴィドリガイロフが自死を選んだ理由も、この視点から見えてくる。

「他者の死」への願望という「内心の罪」において、『罪と罰』のラスコーリニコフも有罪である。彼のいだく「ナポレオン主義」には、超人への憧れと凡人への侮蔑が同居していた。彼によれば、超人は、犯罪者となるべく運命づけられている。しかしその犯罪は、あくまでも「正義」の実現のための犯罪であり、同時に凡人の抹殺という目的を遂げるための犯罪でもある。予審判事ポルフィーリーに向かって彼は次のように説明する。

「人間は、自然の法則によって、おおよそふたつの階層に大別される。低い階層（凡人）、まあ、いうなれば、もっぱら自分と同じような人間の生産に供される材料ですね。それと、ほんとうの人間、つまり、自分の環境のなかで、何か新しいことをいう天分なり才能なりをあたえられた人たち、このふたつに分けられる」

説明はやがて佳境にはいる。

「第二の階層は、つねに法律を踏み越えていきます、それぞれの才能に応じて、破壊者ないしそういう傾向のある人たちです。（……）しかも、彼らは自分の思想のために、もし、死体や流血といった事態を踏み越える必要があれば、ぼくの考えでは、彼らは心のなかで良心にしたがって、流血を踏み越える許可を自分にあたえることができるんです」

『罪と罰』の主人公は、「低い階層」の人間について、のちのイワン・カラマーゾフのように、

「生きるに値しない」階層とまでは踏みこんで説明していない。だが、「もっぱら自分と同じような人間の生産に供される材料」という言葉には、シニシズムの荒い息づかいが感じられる。すなわち、「材料」の抹殺までもが確実に視野にはいっていることを暗示する。そして現実に、一つの抽象的な概念にすぎなかった「材料」が、具体的な肉体をまといはじめた……それこそが、高利貸しの老婆アリョーナの存在だった。だが、この高利貸しに対して「生産に供される材料」とする定義はまったく似合わない。「生産」という観点を強調すれば、アリョーナとともにラスコーリニコフによる犯行の道連れとなった腹違いの妹リザヴェータこそ、「材料」と呼ぶにふさわしい存在ではないだろうか。少なくともこの段階でのラスコーリニコフの傲慢にとっては――。

結論を述べると、作者ドストエフスキーは、「罪」の原点を、現実の殺害そのものよりもむしろ、「他者の死」への願望そのものに置いていたというのが私の考えである。現実に遂行された「行為」よりも、「願望」そのもののほうがよりリアルであり、かつ普遍的であると作家はみなしていた。それゆえにこそ彼は、妻殺しの嫌疑のかかるスヴィドリガイロフを自殺へ追いたてたのではなかろうか。『カラマーゾフの兄弟』におけるイワンの「願望」の運命は、スヴィドリガイロフのそれと同一線上にある。スヴィドリガイロフが「妻殺し」の罪を「法的に」問われるいわれはないはずだが、罪を問うのは、法だけではない。

ラスコーリニコフが闘いをいどむ相手も、むろん、法だけではない。二人の女性を殺害し、シベリアに送られた彼が闘いの相手としたのは、みずからの内なる無関心だった。

「せめて運命が後悔をもたらしてくれたなら——心臓をうちくだき、夜の夢をはらう、じりじりと焼けるような後悔を、おそろしい苦しみに耐えられず、首吊りのロープや地獄の底を思いえがかずにはいられないような後悔をもたらしてくれたなら！　ああ、どんなにかそれを喜んだことだろう！　苦しみと涙、それもまた生命ではないか」

ラスコーリニコフの更生がすべて、彼の切望する「後悔」（すなわち罪の自覚）にかかっているとしたら、それこそがその後の大作群における一大テーマの発見と呼ぶにふさわしい。だが、「罪の自覚」は、それ自体はきわめてフィクショナルな意味しかもちえない。作者は、ラスコーリニコフの「更生」についてけっして甘い見通しを語ることなく、たんに新しい「物語」の誕生を示唆しただけである。なぜなら、更生と後悔はそもそも別ものだからである。ことによると、後悔の正体は作者自身にすら見えていなかった可能性もある（構想の段階での『罪と罰』は、ラスコーリニコフのピストル自殺によって幕が下りるはずだった）。その意味で作者とラスコーリニコフの苦悩は同じといっても過言ではない。ただ一ついえることは、後悔は、物語が語りだされた瞬間にすでに生まれていたということだ。現に主人公をとらえている怯懦《きょうだ》、逡巡《しゅんじゅん》、恐怖、孤独のいずれもが、ナポレオン主義を受け入れようとする彼に必然的に生じた副作用である。それが、岩盤のような自己防衛の壁に阻まれて表に出ないだけの話である。

5　罪の意識の不在

『罪と罰』完成後ただちに着手された『賭博者』でまず驚かされるのは、ほとんどすべての登場人物たちが「罪の自覚」を欠落させていることである。『賭博者』は同じ長編小説のジャンルながら、ほかの五大長編とは趣を異にする作品に仕上がった。細部にわたって自伝的事実が差しはさまれているが、作者がめざしているのは徹底した作為性であり、その結果、小説全体が一種の仮面劇、アレゴリー劇の性格を帯びるにいたった。

では、『賭博者』における「罪の自覚」の欠落とは具体的にどのような状況をいうのか。『賭博者』の登場人物たちがいまや遅しと待ち受けているのは、モスクワに住む富豪の「おばあさん」ことアントニーダ・タラセーヴィチェワの訃報である。登場人物のほとんど全員が、その遺産によってみずからの再出発を果たそうとしている。問題は、登場人物のだれひとり、そうした「他者の死」への願望に対して道義的な罪の感情をいだいていない点である。少なくとも、「罪の自覚」のテーマそのものが、語り手であるアレクセイの意識に上ってこない。

では、なぜ、この『賭博者』において、このような「不在」が生じたのだろうか。理由は、物語のもつスラップスティックな性格、あるいは物語で描かれるルーレットのゲームそのもののカーニバル的な性格に起因している。ひとにぎりの勝者と圧倒的多数の敗者からなるカジノは、ラスコーリニコフが脳裏に描く「二つの階層」をみごとになぞるものといってよいが、両者のちがいは、「二つの階層」間のモビリティ（流動性）にある。モビリティが保証されている点で、カジノはまさに運命論的な世界でありつつ、カーニバル的な空間をも体現する。そこでは、死は、みずからの絶対性という権威を失っており、それゆえにこの「他者の死」への願望に対する罪の自覚が生まれない。

　ところが、『賭博者』に続いて書かれた『白痴』（一八六八～六九）で正面にすえられたのが、まさに「死の絶対性」というテーマだった。状況は、複雑に入り組んでいる。第一に、ここではたがいに譲ることのない二つの原理が全体を支配している。「黙示録」に描かれた世界の終末という観念と、ハンス・ホルバインが描いた『墓の中の死せるキリスト』（一五二一～二二頃）に象徴される「復活の不可能性」という観念である。『白痴』の執筆に先立ち、バーゼル美術館で実際にこの絵に接したドストエフスキーが得た「復活の不可能性」（あるいは死の絶対性）の予感が、ムイシキン公爵の次のセリフに示される。

「あの絵を見て、信仰を失《な》くしてしまう人だっているかもしれないよ！」

　いま、私が仮説として提示したいのは、『墓の中の死せるキリスト』の絵が、「他者の死」の願望のシンボルとしてもつ意味合いである。事実、ロゴージンが「あの絵を見るのが好きでね」と言うとき、そこには仮想敵ムイシキン公爵（＝キリスト公爵）に対する両義的な感情が、もっといえば、公爵の死への願望がよりダイレクトに暗示されていた。ロゴージンは公爵に向かってこう告白する。

「あんたが目の前からいなくなると、とたんにあんたが憎くなってくる。（……）ところがいま、あんたといっしょにいて十五分と経っていねえのに、憎しみなんぞまるで消えちまって（……）」

「他者の死」への願望をめぐる物語として見た場合、『白痴』は、過去のどの作品にもまして複雑な内容をはらんでいることに気づかされる。「他者の死」への願望の犠牲者となるのは、重篤な結核の病に苦しむイッポリートと、億万長者ロゴージンによって殺害されるナスターシヤの二人である。二人の間を行き交い「死の天使」（サマエル）の役柄を演じるのが、ロゴージンその人である。興味深いことに、二人の犠牲者は、周囲の同情をほとんど買うことがなく、それゆえ彼らの言動はどこか一人芝居の孤独を漂わせている。イッポリート自身、みずからの死の予感をとおして、「他者の死」がはらむ問題の本質に遭遇する。

「ぼくは、自分にたいする裁き手など認めないし、自分がいまいっさいの裁判権の埒外《らちがい》にあることを知っている」

　イッポリートの自殺未遂が、その死にふさわしい重さとして受けとめられない理由の一つに、『賭博者』と同様、『白痴』の世界が帯びるカーニバル的な性格がある。『白痴』では、カーニバル的気分と終末的気分が同居している。作者は、作品全体に満ちわたるこの複雑な雰囲気を、「黙示録」にめっぽう詳しいレーベジェフや、同じく「黙示録」に関心をいだくナスターシヤの言動をとおして説明する。

同時に、『白痴』に描かれる舞台が、『賭博者』と同じカジノ的気分を漂わせている事実にも注意を向けよう。主人公のアレクセイがルーレットで手にした五万フランを拒絶するポリーナ（『賭博者』）と、ロゴージンの用意した十万ルーブルを暖炉にくべるナスターシヤ（『白痴』）は同じ闇のなかに生きている。また、イッポリートの自殺未遂のモチーフと暖炉に投げこまれる十万ルーブルの二つをつなぎとめるイメージは、ルーレットでの最大の当たり「ゼロ」である。

『白痴』の世界は、こうしてカーニバル的な気分と終末的気分すなわち死の絶対性の支配という徴《しるし》のもとで、個人の死の無意味性を暴いていく。ラストの場面を読めば明らかなように、ナスターシヤ自身すでに生きる意思を失いかけている。そのナスターシヤをめぐる三角関係において最初にロゴージンが標的（「他者の死」への願望の対象）とした相手は、ムイシキン公爵だった。しかし、その殺害が失敗に終わると、ロゴージンは、十字架交換という儀式を介して公爵と兄弟の契りを結ぶことで、みずからの状況を一変させようとはかる。しかしそれでも、彼の心から排除の執念が消し去られることはなかった。ロゴージンにとってこの恋愛は、排除なくして、どのような意味においても成立不可能だったからだ。理由は、独占と所有への執念にある。そしてついに排除の対象と独占の対象が一つに重なるときがくる。ロゴージンによるナスターシヤ殺害を一義的に解釈することはできない。ただ一つ、最終的にロゴージンの精神が到達しえたなにがしかの発見があるとすれば、それは「他者の死」を願望することによって「独占」できるものは何ひとつとしてない、という哀しい真実だったのではないか。

第五章　疚しさ

1　「悔い改める貴族」

「ポリフォニー」論の是非

「ぼくらはみんな、すべての人に対してすべての点で罪があるんだ、ぼくはそのなかでもいちばん罪が重い」

（『カラマーゾフの兄弟』）

最晩年のドストエフスキーは、人間の、人間としての原点を「疚しさ」に求め、そこからすべての思考を展開させせようとしていたかのような印象を受ける。「疚しさ」という言葉が曖昧すぎるというなら、「罪の意識」と置き換えてもよい。いや、待て、それは、ドストエフスキーの「思考」ではなく、たんに読み手個人の印象にすぎない。なぜなら、ドストエフスキーの文学は本来的に「ポリフォニック（多声的）」であり、なおかつ個々の声に分裂しているのだから。したがって、ドストエフスキーが作品のなかで表明する思想なり信念なりを、ドストエフスキーを主語にして断定的に語るのは危険である。それらはあくまで、「ポリフォニー」の一声部として扱われるべきだ。また、別の角度からは、そもそも作家と作者あるいは語り手をいっしょくたにするなど、ナラトロジーの理論からいってありえない、問題外といった手ごわい批判も聞こえてきそうである。

そうした反論や批判は、むろん理に適っている。例を出してみよう。たとえば、神は存在するか、という問いに対し、ドストエフスキーを主語にして想定できる答えは、幾通りかある。一、かりに「存在する」と答えるなら、それは、アレクセイ・カラマーゾフの信念を、二、かりに「存在しない」と答えれば、イワン・カラマーゾフの主張を代弁することになる。しかし実際、イワンが展開する「コントラ」の思想には、どちらともいえない、という第三の立場も垣間見ることができるし、ことによると作者ドストエフスキーは、神の存在を心のどこかで疑っていた可能性もゼロとはいえない。たとえ、作家が「私は信仰者である」と力強く主張したところで、最終的な真実（かりにそれが存在するとして）としてそれを確定できるとは限らない。なぜなら、その「告白」がなされた状況が、完全に抑圧的ではなかったという保証がないからだ。その場合、国家の最上層や検閲を忖度《そんたく》してそう口にした可能性も完全には否定しきれない。したがって、本音はどうか、といった問いは、問いとしてもはや成り立たず、どこにも正答は存在しない、と答えるのがいちばん真実に近くなる。では、私はどのような立場から彼の思想信条の「吐露」を受けとめているのだろうか。私は、ドストエフスキーの文学が、「ポリフォニック」であろうとなかろうと、あまり関心がない。その言葉が、警句として、アフォリズムとしてどれくらいリアリティをもちえているか、それがもっとも大事だと考えている。しかし、物語のコンテクストから切り離された言葉が、警句やアフォリズムとしての自立した魅力をなかなか発揮しがたいこともたしかである。いや、むしろ「しがたい」ことのうちにこそ、彼の文学のリアリティは宿っていると考えたほうがよいのかもしれない。そもそも私たちが彼の小説に求めているのは、人生訓でも処世術でもないのだから。しかしこうした、若干偏った説明が、ドストエフスキーの名誉を貶《おとし》めることにならないようにあえて補足しておく。いまかりに、ドストエフスキーの残した名言のうちでもっとも好きなものは何か、と問われたら、私は自信をもって次の二つを挙げようと思う。いずれも『カラマーゾフの兄弟』の一節である。

「人を愛するものは、人の喜びをも愛する」

「真実とは、たいていの場合、気のきかないものである」

ナロードニキ

では、改めて「疚しさ」の問題に向きあってみたい。

少なからぬ人間が何かをきっかけに感じる「疚しさ」は、それ自体、きわめて普遍的な感情であり、取りたてて議論すべき対象ではないように思われるかもしれない。また、それ自体が一定の宗教的な背景をもっていることを、多くのキリスト教徒は理解している。神の掟にそむく「疚しさ」、愛する人を裏切る「疚しさ」、「疚しさ」の感情は驚くほど多岐にわたり、それ自体起伏に富んでいる。ただ、一ついえることは、あまたある「疚しさ」は、いずれも対話的かつ内的な信頼関係の深奥から発せられる感情だということだ。いや、もっというなら、この「疚しさ」には、メタ的な感情の働きさえ認めることができる。喜びに対して、悲しみに対して、怒りに対して、あるいは嫉妬に対してさえ、しぶとく絡みついていく奥深さが、「疚しさ」にはある。と同時に、契機も、理由も、対象も存在しない、極度に抽象化された「疚しさ」の感情も存在する。漠然と、一見、何の理由もなく突発的に生じる「疚しさ」、あるいは、精神と肉体の運動＝メカニズムの結果としておのずと湧き起こる「疚しさ」。別の言い方をすれば、「欲動」としての、本能としての「疚しさ」。事実、この世界には、アプリオリに「疚しさ」を感じ、苦しんでいる人間がかなりの数存在している。私自身その一人であり、ある時期から私はそうした心のうごめきを、漠然とながら「原罪」の記憶と理解してきた。その感覚は、キリスト教の信者であろうとなかろうと関わりのない、人間の存在そのものに根ざした、民族をこえて共通する罪の感覚ととらえてきた……。

しかし、ここでは、対話的な感情としての「疚しさ」について、おもにロシアを中心とする歴史的なパースペクティブにおいて考えてみたい。

最初に取りあげるのは、帝政ロシア時代の一部の知識人を支配した普遍的な「疚しさ」の感覚である。この「疚しさ」の感覚に縛られた貴族を、「ナロードニキ」の思想家ニコライ・ミハイロフスキーは、「悔い改める貴族」と呼んだ。彼がここで念頭に置いた「疚しさ」の対象は、財産の保持、すなわち私有財産である。たとえば、ミハイロフスキーが注目したレフ・トルストイの長編小説『アンナ・カレーニナ』(一八七三〜七七)に登場するリョーヴィンは、「民衆の貧しさと比較して自分が過剰であるという不公平」の感覚に苦しむ。「疚しさ」は、時として「公平」やバランスの回復を求めるポジティブな運動へ転化することもある。そのもっとも典型的な例がナロードニキの思想だった。

哲学者ニコライ・ベルジャーエフ(一八七四〜一九四八)は書いている。

「ロシアのナロードニキは、哀れみと憐憫から生まれた。悔い改める貴族たちは、一八七〇年代、自分の特権を拒否し、民衆に仕え、民衆と交わるために民衆の中に入っていった。ロシアの天才で、裕福な貴族だったトルストイは、終生、みずからの特権的な境遇に苦しみ、悔い、すべてを捨てて質素な暮らしに入り、百姓になりたいと願っていた。もう一人のロシアの天才、ドストエフスキーは、哀れみと憐憫に引き裂かれていて、それが彼の作品の基本テーマだった。ロシアの無神論は憐憫から、世界悪を、歴史と文明の悪を堪えることの不可能性から生まれたのだ」

(『ロシア的理念』)

トルストイの心を蝕む「呵責《かしやく》」

ところが、「悔い改める貴族」たちの少なからぬ部分は、その「悔い改め」に潔く殉じるどころか、しばしばみずからのエゴの探求に身をやつした人々だった。のちに「雑階級」と呼ばれる知識人の一人ドストエフスキーもまた、貴族のはしくれとしてみずからの「疚しさ」の感覚を裏切るかのように貴族的な特権に溺れつづけた。そればかりか、みずからの「裏切り」を棚上げし、民衆に対し一縷《いちる》の「疚しさ」も感じることのない能天気な貴族＝知識人を描きだしては、その欺瞞《ぎまん》ぶりにあからさまな批判を浴びせてみせた。その能天気な貴族＝知識人の代表格こそ、ほかでもない、思想界から見放され、日頃「血肉と化した非難」を口にしつつ自嘲的にわが身を憐《あわ》れむ、『悪霊』のステパン・ヴェルホヴェンスキーである。第三部「祭り」の場面で、演壇に立った彼は、それがいかに場違いであるかも気づかず誇らしげに宣言する。

「シェイクスピア、そしてラファエロは、農奴解放よりも上である、国民性より上であり、社会主義より、若者より、化学より、ほぼ全人類よりも上である」

その、時代錯誤的な世界観に対し、会場にいた神学生がヴェルホヴェンスキーの過去を暴きたて、嘲りの笑いを浴びせる。

「この町と郊外を、最近、脱獄してきた流刑囚のフェージカがうろついています。強盗を働き、最近また新たな殺人をおかしました。そこでひとつうかがわせてください。あなたがもし十五年前、カードの借金のかたにあの男を新兵に出すようなことをなさらなかったら、要するに、たんにカードに負けていなかったら、はたして彼は監獄に行くはめになったでしょうか？　生きるための戦いってわけで、人間を斬り殺すようなことをしているでしょうか？　さあ、どん

なもんでしょう、美学者でおられる先生？」

神学生が、ステパン・ヴェルホヴェンスキーに向かって「美学者」と言っている点、しかも、ヴェルホヴェンスキーが新兵として送りだした「懲役人フェージカ」が、いまは彼の息子ピョートルの手先となって悪事を重ね、町全体を恐怖のどん底に陥れている事実に注目しなければならない。『悪霊』における「死の天使」ともいうべきこのフェージカこそは、まさに悔い改めるべき貴族の「疚しさ」の欠如が生みだした怪物なのだ。さらにここで注意してほしいのは、この「懲役人フェージカ」（フェージカは、この作家の名前でもあるフョードルの愛称）の名前の由来である。同時代の『悪霊』の読者の多くは、作者のドストエフスキーがオムスク監獄の経験者（懲役人）であり、『死の家の記録』の著者であることを知っていた。では、この「懲役人フェージカ」の命名には、どのような動機が隠されていたのだろうか。ステパン・ヴェルホヴェンスキーと「懲役人フェージカ」の関係性には、「疚しさ」を欠落させた知識人の自嘲が透けて見えるようである。これは、『カラマーゾフの兄弟』において殺される父親が、「フョードル」と名づけられた問題にも通じる大きな謎といわなくてはならない。

だが、ドストエフスキーが描きだしたステパン・ヴェルホヴェンスキーの人物像は、たんに彼一人のままとどまることはなかった。一八四〇年代半ばからすでに、ヨーロッパとロシアをまたいで作家活動を展開しはじめた西欧派の知識人イワン・ツルゲーネフ、クリミア戦争に従軍し、セヴァストーポリの戦いで聖アンナ勲章をさずかったトルストイもまた、ヴェルホヴェンスキーの「甘さ」を分かちもった貴族だったのである。ヨーロッパとロシアを自由に行き来し、貴族としての特権にぬくぬくと胡坐《あぐら》をかきながらルーレットに狂った貴族は、ドストエフスキー一人に限らない。トルストイもまた、はじめての国外旅行の際、ドイツの保養地バーデン・バーデンでルーレットに手を出し、知人（おもにツルゲーネフ）から軍資金を借りまくっては散財を繰り返した。当時の彼の日記が、大いに私たちの興味を惹く。

「ルーレット場をずっと回り歩いていた。この豚野郎！　民衆は、屑《くず》だ。だが、いちばんの屑は、ぼく自身だ」　（『トルストイの日記』一八五七年七月三十日）

「同じような月並みな一日。ツルゲーネフから金を借り、すべて負けた。これほど呵責に苛《さいな》まれたことは久しくない」　（同、八月一日）

若いトルストイの心を苛んでいた「呵責」が、たんなる散財のゆえの悔しさであったのか、あるいは、彼が失った財産を稼ぎだす民衆に対する「後ろめたさ」だったのか、そこはわからない。しかし彼がその後、独自の農奴解放を試み、領地に学校を建てるなどした背景に、この「呵責」の記憶がなまなましく息づいていたと見るのはけっしてうがちすぎではない。

2　「疚しさ」の欠如と「疚しさ」の起源

「疚しさ」は、すでに述べたように、優れて対話的な感情であると同時に、それ自体としてメタ的な特性も備えている。若い時代のドストエフスキーには、おそらくそうした「疚しさ」の原因が突きとめられず、心ひそかに苦しんだ時期があったのではないか。そのことを如実に物語る登場人物が、批評家のベリンスキーから「恐ろしくくだらない作品」と一蹴された『女主人』（一八四七）の女主人公カテリーナ、未完に終わった『ネートチカ・ネズワーノワ』（一八四九）の主人公ネートチカの二人である。何よりも興味深いのは、彼女たちが苦しむ「疚しさ」の原点に、「親殺し」（「他者の死」）の願望が深く根を張っていることである。思うにこれは、ドストエフスキー個人にとって、彼の文学の将来を決定づける発見だったといっても過言ではない。『女主人』にしろ、『ネートチカ・ネズワーノワ』にしろ、それらの作品が高い評価を得ることのできなかった理由の一つは、作家の経験があまりにも内面化され、同時代のモラルとの間に、見えざる断絶を生んでいたためと考えられる。ドストエフスキーは、私たちが想像する以上に時代の先を歩んでいた作家だったのだ。

　先述の「悔い改める貴族」の例が示すように、「疚しさ」の感情には、一種の権力関係もまた色濃く反映している。ここでまっさきに指摘しておきたいのは、「疚しさ」には、強者の（優越者の）「疚しさ」と、弱者の（劣等者の）「疚しさ」の二つのタイプが存在するということだ。対象となる人物が、苦しみを受ける弱者であれば、本来的に「疚しさ」に苦しむ理由はない。なぜなら、強者の「疚しさ」は、強きものの弱きものへの憐憫を拠《よ》りどころとしているのだから。したがって強者が弱者にいだく「疚しさ」の感情は、ある程度までヒューマンな態度と呼ぶことができる。それは、「悔い改める貴族」に、最高の定義が与えられている事実が裏づけてくれる。弱者の経験する「疚しさ」が、おもに神からの「離反」に発するとするなら、神を必要としない強者は、当然、「疚しさ」からできるだけ遠い地点にみずからを置こうとする。「悔い改める貴族」とは、貴族一般ではなく、あくまでも誠実で心ある少数の知識人に冠せられたオマージュだったのだ。

では、ドストエフスキーにおいて、神に代わって彼の心の内に「疚しさ」を掻《か》きたてた対象とは何だったのだろうか。それはいうまでもなく、「法」であり、「国家」である。作家自身が謎ととらえた「疚しさ」が、ペトラシェフスキー事件を機に、一気に別の色合いに染めあげられていったのはけっして偶然ではなかった。いちどは国事犯として死刑判決を受けた身であるなら、その「疚しさ」の感覚も、常人の想像力をこえてはるかに熾烈なものとなったはずである。そこでおのずと疑問が湧いてくる。一八四九年十二月二十二日、セミョーノフスキー練兵場で処刑台を前にしたドストエフスキーははたして国事犯として「国家」に対する「疚しさ」を感じていたのか、いなかったのか。知られるところでは、処刑を前にして彼は、同志の一人スペシネフに、フランス語で次のようにささやきかけたとされる。

「**ぼくらはキリストといっしょになる**（**Nous serons avec le Christ.**）」

このひと言は、国家によって一方的に死刑を宣告された彼のどのような内的告白を意味していたのだろうか。ドストエフスキーに突きつけられた罪状が、主として「ゴーゴリ宛ベリンスキーの手紙」の朗読にあったことが知られている。

「教会とは位階制にほかならず、したがって不平等の擁護者、権力への追従者、人間同士の博愛の敵、迫害者でした。今日も依然としてその通りであります」

（「ゴーゴリ宛ベリンスキーの手紙」）

一読しておわかりのように、あからさまに反国家的内容を含む手紙である。ドストエフスキーによって朗読されたこの手紙に、「ペトラシェフスキーの会」に集まった会員一同が「有頂天」になったと、内偵したスパイが報告書で伝えている。

問題は、ドストエフスキーが、みずからに下された死刑判決を完全に不当なものと感じていたかどうか、という点に尽きる。かりに「国家」に対する謀反の意思が意識のどこかに潜んでいたとしたなら、当然、「国家」に対する「疚しさ」が鎌首をもたげていたはずである。かりに謀反の意思がなかったとしても、理由なき「疚しさ」にかられた可能性がある。なぜなら、往々にして人間は、嫌疑を向けてくる相手の執念に対してひどく脆弱だからである。それは、すべての人間にとって、いや「弱者」にとって普遍的な心理である。私の想像では、死刑宣告を受けたドストエフスキーの心のどこかに、この理由なき「疚しさ」があった。思うに、『女主人』や『ネートチカ・ネズワーノワ』に登場する女主人公たちの造形をとおして、ドストエフスキーは暗に、理由なき「疚しさ」の神秘を吐露しようとしていたのではないだろうか。

3 「疚しい良心」、またはニーチェ

犯罪は「宿命」である

死刑判決と恩赦という、ドラマティックな経験を経てシベリアに送られ、オムスク監獄で四年間、徒刑囚として辛酸を嘗《な》めたドストエフスキーの前に、この「疚しさ」をめぐって新たな発見が訪れてくる。

聖書は、神の前での人間の罪を執拗に説く。「出エジプト記」には、「モーゼの十戒」が記され、カトリック教会では、「七つの大罪」がいわれる。「十戒」も、「大罪」も並列的であり、そこにヒエラルヒーは存在しない。しかし、現代の倫理に照らして考えるなら、犯された罪と罪の間には明らかにヒエラルヒーは存在し、なかでも最大の罪とみなされるのが、殺人である。むろん、殺人にもさまざまな形態がある。そしてその罪の贖《あがな》いとして罰の存在がある。では、罪を犯した人間と彼にくだされる罰の間には、どのような関係性が潜んでいるのだろうか。罰は、罪を犯した人間を更生できるのか。この根本問題に突きあたったのが、オムスク監獄でのドストエフスキーだった。

「犯罪というものはどうやら既成の、出来合いの観点から解釈できるものではなく、犯罪の哲

学は、普通思われているよりは少々難解なもののようだ」（『死の家の記録』）

「罰」は、人間の更生に役立つどころか、現実に時として、人間を「疚しさ」や「負い目」の感覚から解放するものとなっている。本末転倒ではないか。『死の家の記録』のなかの一節を引用しよう。

「自分の罪を内心で自覚している者など、囚人たちのうちただの一人もいなかっただろう。だから仮に誰か懲役囚でない者が、犯した罪のことで囚人を叱責し、悪口を言ったりすれば（とはいえ、犯罪者を非難するのはロシア人の精神に反するが）、きっと果てしない悪罵が返ってくることだろう」

「私は何年もの間、この人びとの間にほんのかすかな改悛《かいしゅん》の気配も、自分の犯罪に対するほんのわずかな反省の念も感じたことはなかったし、彼らの大半は内心で、自分は完全に正しいと思っていた。これは事実である」

「監獄の囚人にどれほど重い懲役仕事を科しても、それはただ単に恨みを、禁じられた快楽への願望を、恐るべき軽はずみな考えを掻き立てるだけなのである」

「もちろん社会に歯向かった犯罪者は、社会を憎んでおり、ほとんど常に自分が正しい、社会が悪いのだと思っている。おまけに自分はもはや社会の制裁を受けたのだから、もうそれで罪は清められた、清算は済んだと思っているのだ」

これらの観察の結果、ドストエフスキーがたどりついた結論とは、犯罪は「宿命」であるということである。宿命である以上は、本質において罪人を裁くことには限界がある。だから、「疚しさ」に一方的に責め苛まれるいわれはない。

では、人間が経験する「疚しさ」とは、そもそもどこに由来しているのか。十九世紀末にはじめてロシア文学を系統的にヨーロッパに紹介したE・ヴォギュエに、『ロシア小説（Le Roman Russe）』（一八八六）という有名な案内書がある。この書物をとおして『死の家の記録』（同年、フランス語訳が出る）を知り、「かつて書かれたもののなかでもっとも人間的な書物の一つ」とこれを評したフリードリヒ・ニーチェは、翌年発表した『道徳の系譜学』（一八八七）で、ほぼドストエフスキーと同じ洞察を展開することになる。

「『疚しい良心』は、わたしたちの地上の植物のうちでもっとも不気味で、興味深い種であるが、これはこの土壌から生育してきたものではないのだ。——実際のところ裁判官や刑の執行者の意識のうちには、『罪のある者』を相手にしているのだという気持ちは長いあいだ、まったくなかったのである。彼らの意識のうちにあったのは、たんにその者が損害をもたらした者であり、責任を問うべくもないたんなる不運な一個人にすぎないという気持ちだった。また刑罰をうける者の側にとっても、それは一つの不運がふりかかってきただけのことにすぎない」

「刑罰をうけた悪人たちが、自分の『犯行』について感じていたことは、（……）『わたしはそれを成すべきではなかった』と考えるのではなく、『思いがけずも、まずいことになってしまった』と考えるのである——。彼らが刑罰に服する姿勢は、病気や不幸な出来事や死に服する姿勢とまったく同じである。そこには抵抗することを諦めた勇敢な宿命観がみられるのであり、たとえば現代のロシア人はこの宿命観のおかげで人生に対処するために、西洋の人々よりも有利な立場に立っているのである」（中山元訳。以下同。傍点は引用元による）

　右の引用に指摘されている「現代のロシア人」という言葉には、ことによるとドストエフスキーが描いた「死の家」の人々への連想が働いていたかもしれない。

最高度の負い目の感情

　それはともかくも、ニーチェは、それでも消えることのない「疚しい良心」の起源について、「人間がかつて経験した変動のうちでもっとも根本的な変動の圧力のために、患わざるをえなかった〈深い病〉」と定義し、次のような結論にたどりつく。

「外部に捌《は》け口《ぐち》をみいだすことのできなかったすべての本能は、内部に向けられる——これがわたしが人間の内面化と呼ぶものである。こうした人間のうちで、後に『魂』と呼ばれるものが育っていった」

「押し戻され、内攻し、内面という牢獄に幽閉され、最後にはみずからに向かってしか爆発し、発散することができなくなった自由の本能。これこそが、これだけが疚しい良心の始まりなのだ」

　ニーチェの主張を少し敷衍《ふえん》すると、国家は、人間の原初的な自由の本能に対抗するために、恐るべき防壁を築きあげ（刑罰はまさにこの防壁の一つだ）、外部に向かうはずの「自由の本能」（そこには、残酷、迫害、変革と破壊の喜びのすべてがはいる）を回れ右させて、それらをその所有者である人間自身のほうへと向かわせた。まさにそこに「疚しい良心」の起源があるが、同時に、「恐るべき防壁」である国家なしでは「疚しい良心」は育ちえなかったと考える。すなわち、「国家」と「疚しい良心」の間には一種の共犯関係に似た何かがあると考えるのだ。

では、神との関係において、「疚しい良心」は、どう説明されるのだろうか。知られるように、「罪」の語源となる言葉は、ギリシャ語で「的を外すこと」を、ヘブライ語（旧約聖書の原語）で「断絶」を意味している。つまり罪を犯すという事態は、神の定めた公準から外れ、孤立のなかにある状態を意味する。しかしこれは、あくまで神の立場から見た「罪」である。それに対して人間の側から見た場合、「罪」はどう説明されるだろうか。ニーチェの説明を聞いてみよう。

「人間はみずからに固有の動物的な本能から解き放たれることができないがために、その究極の反対物として『神』というものを考えだしたのである。そしてこの動物的な本能そのものを、神にたいする負い目［罪］として解釈したのだった」

「神にたいする〈負い目〉の感情は数千年にわたって強まりつづけた。しかも地上において神の概念と神への感情が成長し、高揚するに応じて、ますます強くなっていったのである（……）。こうして、これまでに登場した神のうちでも最高の神であるキリスト教の神が登場しために、地上において最高度の〈負い目〉の感情が生まれることになった」

ニーチェは、こうした人間の「負い目」を「ある種の意志の錯乱」であるとして慨嘆するとともに（「おお、なんと悲しげで狂った動物だろうか」）、みずからの「超人」の哲学に照らし、その「深淵」をのぞきこむことを禁じるのだ。

「もしも無神論が完全に最終的な勝利を収めたとすれば、人類がみずからの端緒であるもの［神］に、かの第一原因に、負い目を負っているというこの感情からすべて解放されるかもしれない」

もうおわかりだろう。この議論はそのまま、イワン・カラマーゾフの「神がなければ、すべては許される」に対するみごとな解説となっている。イワンはおそらくみずからを苦しめる「疚しい良心」からの解放こそ真の自由だと定義していたにちがいない。さらにいうなら、フョードル殺しの実行犯スメルジャコフが自殺を選択せざるをえなかったのは、忌むべき「疚しい良心」にイワン自身が目ざめてしまったことが原因だったと考えられる。しかるに、ゾシマ＝アリョーシャが立脚した「プロ」の思想がめざしていたのは、まさにこの「疚しい良心」に誠実にとどまりつづけることで一つに結ばれる「愛の共同体」（「天国」）だった。

4　「疚しさ」から「愛」へ

「神の小鳥たち、嬉《うれ》しげな鳥たち、君たちもこのぼくを許しておくれ、だってぼくは君たちにも罪をおかしたんだからね」

「すべてに対して、ぼくは罪があるけど、でも、そのかわり、ぼくのことはみんなが許してくれる。これが天国っていうものなのさ」

晩年のドストエフスキーの哲学には、人間は許されなくてはならないという、切実な願いが脈うっている。たとえば、『カラマーゾフの兄弟』におけるゾシマ長老の回心のきっかけとなる兄マルケルのこの言葉は、作家の「魂」の根源から発せられた言葉だと私は考えている。端的に、「疚しさ」と「生命の歓喜」を一つに結びつける思想である。

十七歳になる青年マルケルは、同じ町に住む「高名な哲学者」（「自由思想の罪でモスクワからこの町に流されてきた政治犯」との噂《うわさ》があった）に感化され、平気で教会を軽んじる言葉を口にするようになる（**「そんなのはみんな迷信で、どんな神さまだってあるもんか」**）。ところがある日、突然、深い法悦の訪れを受け、母の求めに応じるかのようにして聖体を受けることに同意する。だが、周囲の人々は、死を目の前にしてマルケルがたどりついた境地が理解できず、訝《いぶか》しがるばかりだった（**「病気のせいで精神錯乱をきたしています」**）。

ここで注意してほしいのは、先に引用したマルケルの言葉が、聖書に記された言葉をたんにパラフレーズしたものとも受けとれることである。

「善のみ行って罪を犯さないような人間はこの地上にはいない」

（「コヘレトの言葉」第七章二十節）

「自分に罪がないと言うなら、自らを欺いており、真理はわたしたちの内にありません」

（「ヨハネの手紙一」第一章八節）

では、どこが異なるのか。「コヘレトの言葉（伝道の書）」であれ、「ヨハネの手紙」であれ、そこに一つの規範として提示されているのは、人間に科せられた「堕罪」の運命という事実である。それに対してドストエフスキーは、そこに一種の「罪の共同体」を発見し、なおかつその「共同体」に生命の喜びの源泉を見てとる（「ぼくのことはみんなが許してくれる」）。

「もし自分が罪を犯し、（……）死ぬほど悲しい思いをするときは、ほかの人のために喜ぶがいい。正しい人のために喜ぶがいい。おまえは罪を犯したけれど、かわりに正しい人が罪を犯さなかったことを喜ぶがいい」

「かりにわたし自身が正しい人間であったなら、わたしの前に立っている罪びとはそもそも存在しなかったかもしれない」

ゾシマ長老のこの言葉は、すでに「原罪」の意味をこえている。そこには、根源的原罪とも呼ぶべき共同性の存在がうかがえる。その共同性は、深く自己犠牲の精神に貫かれている。罪を犯した人間は、正しい人が罪を犯さなかったことを喜べと言い、自分がほんとうに正しい人間なら、目の前の罪びとは存在しなかったかもしれない、だから他人の罪を引き受けよと教えるのだ。いまは直観的にしか語れないが、この思想はどこかで一種の、ドイツの哲学者ライプニッツ的な「予定調和」の思想と一脈相通じているような気がする。イワン・カラマーゾフは、少女の一粒の涙のために、「予定調和」の世界を拒否した。他方、「予定調和」は、ドストエフスキーのヒューマニズムの根源に脈うつ理想でもありつづけた。ドストエフスキーにおいて「予定調和」とは、みずからの「罪深さ」に目ざめ、その「罪深さ」の自覚において許しあう思想なのである。

「兄弟たちよ、人々の罪を恐れてはいけない。罪ある人間を愛しなさい。なぜならそれは神の愛の似姿であり、この地上における愛の究極だからだ。神が創られたすべてのものを愛しなさい。その全体も、一粒一粒の砂も。葉の一枚一枚、神の光の一筋一筋を愛しなさい。動物を愛しなさい。植物を愛しなさい。あらゆるものを愛すれば、それらのものの中に、神の秘密を知ることができるだろう」

第六章　美が世界を救う

1　美と倫理

「事実」は美の問題になりうるか

二〇〇一年に時計の針をもどそう。

ツインタワー崩落から六日後の九月十七日、電子音楽で知られるドイツの巨匠カールハインツ・シュトックハウゼン（一九二八〜二〇〇七）は、ハンブルク音楽祭でのインタビューの席上、記者の質問に答えて次のように語った。

「（ツインタワー崩落は――筆者注）この宇宙全体にあって可能なもっとも偉大な芸術作品です（the greatest work of art that is possible in the whole cosmos）（……）一つのパフォーマンスに集中する五千人の聴衆がいて、その後、五千人の聴衆が一瞬のうちに来世へと導かれる。私にはなしえなかったことです。それに比べたら、私たちは作曲家として、ゼロなのです」

（「ニューヨーク・タイムズ」）

一読して危険と感じた読者が少なくないはずである。この発言は、シュトックハウゼン自身の芸術理念上にあって、高度に哲学的な内容をはらむものであったが、現実にはその両義的なニュアンスはみごとに削りとられ、一つの政治的発言として世界に発信された。そしてこの発言以後、シュトックハウゼン本人にとってはもはや悪夢というしかない事態が相次いで起こる。彼の作品の大がかりな連続演奏会をメインにすえた音楽祭そのものがただちに中止に追いこまれ、世界中のコンサート会場でボイコットの流れが生じはじめるのだ。ちなみに「ニューヨーク・タイムズ」が、「悪魔が唆した」とのタイトルの署名記事を掲載し、「彼のキャリアは取り返しがつかないかもしれない（His career may be unsalvageable.）」と報じたのは、事件から二週間後の九月三十日のことだった。

私自身、当時はシュトックハウゼンの真意を顧みることなく、彼の発言に強い疑念をいだき、そこにある種の倫理的な欠落さえ感じた覚えがある。他方、ツインタワー崩落のシーンを芸術表現の一つにたとえた視点に、新鮮な驚きの念を覚えたこともたしかである。その後、シュトックハウゼンの発言を反芻しつつその真意を測りたいと願って、私はたびたびこの映像にアクセスし、「崩落」の映像と「芸術」の関係性について漠然と考えつづけてきた。おもな疑問は、次のような点にあった。すなわち、かりにいっさいの政治的、イデオロギー的意味をぬきにして接した場合、この「映像」をはたして一個の「芸術作品」と呼ぶことができるのだろうか。

もしもできるとすれば、それを支える論拠とは何なのか。

ウジェーヌ・ドラクロア（一七九八〜一八六三）の有名な『民衆を導く自由の女神』（一八三〇）と比較してもよい。二〇一三年二月、屍《しかばね》の上に立つ半裸の「女神」を描いたこの絵は、「AE911」とフェルトペンで落書きされたことでにわかに脚光を浴びた。あるいは、カール・ブリューロフ（一七九九〜一八五二）の有名な『ポンペイ最後の日』（一八三〇〜三三）。ヴェスヴィオ火山が吹きあげる炎、降りそそぐ粉塵《ふんじん》、累々と横たわる死体、逃げまどう人々……。さらには「崩落」の映像との比較でしばしば引き合いに出されるトーマス・コール（一八〇一〜四八）の連作『帝国の推移』の第五『荒廃』（一八三六）も大いに参考になる。これら一連の絵に接した十九世紀の人々の美と恐怖の体験は、私たちが「9・11」において経験したものと質的にさほど大きく異なるものだったとは思えない。実際、私自身、『ポンペイ最後の日』にはじめて接した際に感じたある種のタブー侵犯の感覚をいまもはっきりと脳裏によみがえらせることができる。なぜ、この絵を見ることにタブー侵犯の感覚が働いたのか。それはおそらく次のような理由によるものではなかったかと考える。すなわち、キャンバスに描かれた煽情《せんじよう》的な画像を前に生じる美的興奮が一方にあり、他方に、死の恐怖、さらには逃げまどう人々や死者への同情という倫理的な感情がある。それら二つの感情がたがいに拒否反応を起こした、それがタブー侵犯の感覚につながったのだ、と。では、これらの絵画で描かれた死者と、「崩落」のヴィデオに映しとられた死者との間に、どのような意味上のちがいがあるのか。

この問いかけから明らかになるのは、芸術は、高度に倫理的な問題と結びついており、現実の死者をその作品に介在させることを基本的に許さないということである。むろん、こうした結論を、ナイーブすぎると見る向きもあるかもしれない。しかし、私は次のような印象から逃れられない。何かしらの「映像」が現実の死者をモチーフの一つとして使用した瞬間、「映像」は「芸術（アート）」であることをやめ、それ自体が事件ないしは「事実（ファクト）」の次元へと移行する、と。

シュトックハウゼンの発言があれほどの批判にさらされた根底には、「事実」を美の問題として同じ議論の俎上《そじょう》に載せた行為そのものに対する根本的な不信があった。インタビューの途中、ひと言「オフレコで」と漏らしている事実が、その危険性を彼自身察知していたことを物語っている。シュトックハウゼンの発言にまつわるディテールと文脈が明らかにされたいま、改めて作曲家を責める理由は見当たらないが、それでもあえて非を探るとしたら、彼が海千山千のジャーナリストの悪意に気づかなかった甘さ、十分な前置きを置かずに発言したという問題に加え、彼自身を一瞬とらえた、ある種の「驕り」にもそれを求めることができるかもしれない。

作曲家の心に生じた一瞬の「驕り」

次に、９・11と「芸術」の関係性に思いをめぐらすうち、私の脳裏ににわかによみがえってきたドストエフスキーの言葉を一つ紹介したい。連想の突飛さに驚かれる読者も少なからずいると思う。『悪霊』に登場するイワン・シャートフが、ニコライ・スタヴローギンの過去の行状を責める場面で口にするセリフである。そこには、シュトックハウゼンに対して人格批判を繰り広げたジャーナリストの「本音」もまた暗に透けて見えるような気がする。

「で、ほんとうなんですか、なにかしら好色で、獣じみた行為と、なんであれ、人類のために命を犠牲にするといった英雄的な行為のあいだには、美という点で見ると差異はみとめられないと主張した、とかいうのは？（……）その両極に、美の一致を、快楽の同一性を見いだしたっていうのは？」

回答をにごすスタヴローギンに向かって、シャートフは全身を震わせながらさらにつめ寄る。

「なぜ、悪はけがらわしくて善は美しいのか、ぼくにもわかりません。でも、この違いの感覚が、なぜ、スタヴローギン的な人間のなかでは摩滅し、失われていくか、ぼくにはわかります」

シャートフは、このとき彼がイメージしていた「スタヴローギン的な人間」について次のような説明をほどこしている。

「あなたが善と悪の判断を見失ったのは、自分の民族を理解することをやめてしまったからです」

「神をはらめる民」としてロシアを称えるナショナリストのシャートフにとって、「自分の民族を理解することをやめる」とは、まさに神を見失うことを意味していた。

この期におよんで、シュトックハウゼンの言葉にニコライ・スタヴローギンの美的ニヒリズムを重ねることは、多少不謹慎すぎるかもしれない。しかしあえて繰り返すが、作曲家が、このツインタワー崩壊という未曾有の事件を、美的な基準に照らしつつ相対化するという、暗黙のタブーを犯した非だけはまぬがれない。ドストエフスキー＝シャートフの思想に照らしていうなら、作曲家はその瞬間、美と倫理との間に引かれたタブーを忘れ、つかの間ながら神を見失ったことになる。「ニューヨーク・タイムズ」の署名記事がタイトルに選んだ真の「悪魔」とは、おそらくハンブルク音楽祭という栄えある場に立った作曲家の心に生じた一瞬の「驕り」を示唆していたのではなかろうか。

2　マドンナの理想、ソドムの理想

美と信仰の本質

ドストエフスキーは、とりわけ『白痴』以降の小説で、美と宗教の関わりをめぐる記述を繰り返している。一八六七年から四年間にわたるヨーロッパ滞在が、そうした傾向に拍車をかけたことはまちがいない。また、日々、公人として立場が強まるのを意識しつつ、ロシア正教会との「距離」をしっかりと定めておきたいとの思いもあったと思われる。なぜなら、「美」を論じることは、信仰の本質とも深く関わっていたからだ。たとえば、ジュネーヴで書きはじめられた『白痴』の執筆動機について彼は次のように書いている。

「この小説の主な思想は、完全に美しい人間を描くことです。この世にこれ以上困難なことはありません。とくに今は。（……）**この世にはひとつだけ完全に美しい顔があります。キリストです。したがってこの、はかりしれず、無限に美しい顔の出現は、それだけでもう無限の奇跡なのです」**

（ソフィヤ・イワノワ宛書簡、一八六八年一月一日）

「完全に美しい人間」の「出現」を描くにあたって、作家は、ムイシキンすなわち「キリスト公爵」のかたわらに彼に劣らぬ美の体現者を数多く配置した。エパンチン家の三姉妹とナスターシヤ・フィリッポヴナの四人を中心に、ガーニャ・イヴォルギン、レーベジェフ家の娘ヴェーラら脇役たちの名も挙げることができる。エパンチン家の三姉妹は、ギリシャ神話の三美神（カリス）を連想させるところから、ヨーロッパ周遊中に観たボッティチェルリの『春（プリマヴェーラ）』やラファエロの『三美神』を念頭に置いていたとする見方が定説である。

ムイシキン公爵は、「美って、謎です」と言いつつ、エパンチン家の三女アグラーヤに向かって「ものすごい美人です。あんまりきれいすぎて、見るのも怖いくらい」と告白する。

そしてその後座には、「まばゆいばかりの美しさ」「不思議な美しさ」を湛《たた》えるナスターシヤ・フィリッポヴナが控える、という構図である。このナスターシヤについては、他方、創作ノートでの記述を含め、限りなく卑俗で（「売女」「獣」「地獄の女」「トラ」）、謎めいた表現が重ねられている。ナスターシヤの肖像写真を見たエパンチン家の次女アデライーダの口から、次のような思いがけない視点が提示される。

「こういう美しさって、力よね。（……）**これくらいの美しさがあったら、それこそ世界だってひっくり返せるわ」**

絵心あるアデライーダならではの思いつきともとれる言葉であり、ここで取りたてて注目する必要もない発言かもしれない。だが、ナスターシヤがその後見せる謎めいた言動や、ムイシキン公爵のセリフとされる「美が世界を救う」の真意を考えるにつけ、アデライーダのこの言葉には、作者が周到な計算のもとに差しはさんだ「伏線」としてのニュアンスを嗅ぎとらざるをえなくなる。

女性美の理想

ドストエフスキーにおける美の意味を考えるにあたっていくつもの重要なヒントを与えてくれるのが、『カラマーゾフの兄弟』である。ドミートリー・カラマーゾフは、作者における「美」の理解のさらなる深化を裏づけるかのような言葉を口にする。

「美っていうのは、恐ろしくて怖い代物でさ。なぜ、恐ろしいかといえば、あいまいだからで、それをはっきりさせられない理由は、神がもっぱら謎かけを行っているからなのさ。美のなか

じゃ、川の両岸がひとつにくっついちまって、ありとあらゆる矛盾が一緒くたになっているんだ」

ドミートリーには、彼がここまで多弁になれる確実な理由が一つあった。ほかでもない、愛するグルーシェニカの存在である。カラマーゾフ家の父親と長男ドミートリーを同時に魅了したこの「地獄の女」（A・ヴォルインスキー『ドストエフスキー』）こそ、『白痴』のナスターシヤに劣らず、「神がもっぱら謎かけ」を行った美のシンボル的存在だった。

ドストエフスキーにおける美の観念を探る際、私たちはある種の態度決定を迫られる。先ほどのシュトックハウゼンの例ではないが、ドストエフスキーを真の信仰者と見る視点に立つか、立たないか、その立場をはっきりさせておく必要があるのだ。しかし一概に信仰者といっても多岐にわたり、正統から異端にいたるまで広い範囲におよぶ。かりに前者の立場に立てば、ドストエフスキーが理想とする美は明らかに、キリスト的な観念と深い結びつきをもたざるをえない。そのことを念頭に置いて、ドミートリーの次の言葉に注目してみたい。

「最高のハートと最高の知性をもった人間が、マドンナの理想から出発して、ソドムの理想で終わるってことなんだな。それにもまして恐ろしいのは、ソドムの理想をもった男が、心のなかじゃマドンナの理想を否定もせず、むしろ心はまるでうぶなガキの時代みたいに、マドンナの理想に心から燃えているってことだ。いやあ、人間って広い、広すぎるくらいだ、だから俺はちっちゃくしてやりたい。（……）理性には恥辱と思えるものが、心には紛れもない美と映

るもんなんだよ」

常識的に、美の理想はそれぞれ人によって異なると考えるのが正道だろう。したがって、登場人物ごとに「理想」が異なるとする考え方は、「ポリフォニー性」というドストエフスキー文学の特質からして理に適っている。右に引用した言葉はあくまでもドミートリーその人の「世界観」である。したがってドミートリーの思想という視点に立って解釈すれば、「理想」には二つのタイプ、「マドンナの理想」と「ソドムの理想」の二つがあることになる。そしてドミートリーがいわんとしているのは、それら二つの理想が、同じ一人の人間のうちに同居しえる、人間はそれだけの懐の深さをもった存在なのだ、ということだ（「人間って広い」）。

ドミートリーのこの言葉を念頭に置きながら、二十世紀ロシアの亡命思想家ニコライ・ベルジャーエフの言葉を脇に並べてみる。

「ドストエフスキーを苦しめていたのは、美がたんにマドンナの理想のみならず、ソドムの理想にもあるということだった。彼は、美のなかにも暗い悪魔的な原理がひそんでいることを感じとっていた」（『ドストエフスキーの世界観』）

ベルジャーエフにおいてはすでにドミートリーの世界観がドストエフスキーの世界観として置き換えられている。しかし、それもよしとしよう。さしあたり、ドミートリーに憑依《ひょうい》したドストエフスキーの世界観として考えるほうが、話に道筋をつけやすいからだ（問題は「ポリフォニー性」にはない）。A・アレクセーエフという研究者の解説によると「マドンナの理想」とは、

「聖母マリアに対するキリスト教的崇拝にはぐくまれ、理想的な処女と母親の観念のなかで希釈されたキリストの普遍的な理想の、《女性的》かつ部分的バリエーション」(『ドストエフスキー　美学と詩学』)であるという。きわめて微妙な言いまわしだが、本質をついていると思う。とくに「《女性的》かつ部分的」という限定に注目したい。ドストエフスキーの「理想」では、基本的に女性美の理想がコアをなしており、当然のことながら、そこではいわゆる男性的原理は退けられている。かりに「マドンナの理想」が、「外面的な美が精神的な純粋さと純潔さとまじりあっている」女性によって体現されるとするなら、それに対峙する「ソドムの理想」は、精神的な全一性を欠落させた女性、情熱と美が純潔さをもたない、「エゴイスティックな快楽と残酷さ」(アレクセーエフ)を追求する女性によって体現される。しかしここで混同を避けなくてはならないのは、「マドンナの理想」とは「マドンナの美」ではなく、「ソドムの理想」もまた「ソドムの美」ではないということだ。美は、「マドンナ」も「ソドム」もこえた次元に存在している。

戦いの舞台としての美の世界

ドストエフスキーにおける美の観念をめぐって、独自の見解を示したのが、タチヤーナ・カサートキナである。彼女は、「美が世界を救う」という短いエッセーで、「理想」に美を重ねて美をアレゴリー化することは不可能だとし、次のように述べている。

「美が怖く、恐ろしいのは、それが、別世界のもの、（……）原罪以前の世界のもの、分析的志向、善悪の理解以前のものだからである」（『美が世界を救う』）

カサートキナはさらに、ドミートリーの発する「美っていうのは、恐ろしくて怖い」に言及し、ドストエフスキーがここでイメージしているのは、エジプト神話に現れる豊饒の女神「ヴェールにくるまれたイシス」のごとき存在だと述べている。ちなみにイシスとは、ギリシャ神話のデーメーテールやアプロディーテーと同一視される異教神で、後世の聖母マリア崇拝の源をなすものだが、同時にしばしば神々を支配する魔術的な存在として知られた。ここで私なりにひと言付け加えるなら、イシスはまさに「原罪以前の世界」にたたずむ「根源的かつ原初的」な力を与えられた女神ということができる。ただし、ここで見逃してはならないのは、美はあくまでもそれを見る者の目によって「形づくられ」、それ次第で変幻自在な性格をもつという点である。そうした美の特性を踏まえることではじめてドミートリーの次の問いに対する答えも定まってくる。

「**ソドムに美はあるのか？　いいか、美はだな、ものすごい数の人間のためにソドムに腰を下ろしているのだ**」

端的に答えるなら、ソドムに固有の美はない。事実、ドミートリー自身、ソドムに美が「ある」とは語っておらず、たんに「腰を下ろしている」と表現しているだけである。つまり、ここでドミートリーがイメージしているのは、「ヴェールにくるまれたイシス」のように謎に包まれたある種の根源性＝美が、ソドムという「牢獄」にあって、無防備のまま「ものすごい数の人間」の邪な目にさらされている状態、もっというならその犠牲者としてとどまっている事態である。無類の好色漢であり、ソドム人であるフョードル・カラマーゾフは、聖母マリアの面影を残す妻ソフィヤ（アリョーシャの母親）に欲情をそそられた経験を次のように告白した。

「あのときおれはな、あの無垢な目に、まるでカミソリでやられるみたいに心臓を撫《な》で切りにされたんだ」

他方、グルーシェニカは、「地獄の女」とまで貶められた金まみれの女性であり、まさに「ソドム」に君臨する「厚かましさの女王」ともいうべき存在だが、その彼女は逆にドミートリー・カラマーゾフという一人の「高潔な」力によって「ソドム」から救いあげられる。

カサートキナのみごとな解説を紹介しよう。

「もしもソフィヤの物語が、ソドムへの美の幽閉の物語であるとするなら、グルーシェニカの物語は、ソドムからの美の救出の物語である」（「美が世界を救う」）

これでほぼ意味は明らかだと思う。ドストエフスキーは、美を、私たちが一般に想像するラファエロ『サン・シストの聖母』＝美といった表面的な理解よりはるかに根源的な力として理解していた。つまり、ソフィヤとは、ソフィヤ以上の何かであり、グルーシェニカはグルーシェニカ以上の何かなのだ。その何か、すなわち「イシス」的な原初の力とは、それを見る人間の想像力によって異なる、そのことは、「理想」と「美」という概念をしっかり切り分けることによって明らかにされるとカサートキナは考える。このような理解に立ってはじめて、ドミートリーの次の言葉も理解可能となる。

「**美のなかじゃあ悪魔が神と戦っていて、その戦場が人間の心ってことになる**」

ドストエフスキーの「黒い言葉」のなかでもきわめつきの名言ともいうべき一文だが、ドミートリーは、人間の心が神と悪魔の戦いの戦場だ、と述べているわけではない。戦いの舞台はあくまで美の世界にあり、そこは、「善悪」以前の、まさに混沌とした世界である。その戦いが、まさに人間の心のなかにもちこまれる、というのである。ドストエフスキーを真の信仰者と見る人々は、むろんそこに次のような注釈を加えようとするだろう。悪魔と神は対等な戦いを繰り広げているわけではなく、悪魔がたんに神に戦いをいどんでいるだけだ、と。

3　ウラー！　クラサター（「美、万歳！」）

「美が世界を救う」

『白痴』の主人公ムイシキン公爵が語ったとされるひと言「**美が世界を救う**」は、『カラマーゾフの兄弟』のドミートリーが直接に口にした「美っていうのは、恐ろしくて怖い代物」と好一対をなしている。私が興味をそそられるのは、ドストエフスキーにおける「美」の観念と神の関係性である。私たちの常識的な理解では、神の「使命」は、まさに世界の不幸に救済の手を差しのべることにある。だが、イワン・カラマーゾフの「反逆」が示すように、この世界から不幸や虐待に苦しむ人は途絶えることなく、「神は世界を救う」などと正面切って主張することは、あまりに時代錯誤的である。マルクス、エンゲルスの『共産党宣言』が出たのが一八四八年、ニーチェが『悦ばしき知識』で「神の死」(Gott ist tot!)を宣告するのが、『カラマーゾフの兄弟』が書かれた二年後の一八八二年。十九世紀後半に生きた教養人であれば、神の不在、神の非力についてその程度の認識はもちえたはずである。それに対して美は、その定義の困難さにもかかわらず、ダイレクトに人間の心を揺りうごかす力をもつ。その点で、「神」の存在よりも圧倒的に優位に立っている。また、一八六〇年代のヨーロッパ思想界に物議をかもしたエルネスト・ルナンの「史的イエス」像が示すように、イエス・キリストを美の化身とする見方には、それなりの裏づけがあったと見てよい。

思うに、「美が世界を救う」という謎めいたひと言を発した(とされる)ムイシキンは、何かしら抽象的な一般論としてそれを口にしたわけではなかった。彼には、確たる信念があった。「美が、美こそが、神に代わって世界を救う」という信念である。しかし、ここで少し気になるのは、「美が世界を救う」という言葉を、作者があくまでもイッポリートの伝聞とし、その事実の裏づけを行っていない点である。その伝聞がかりに事実に基づくものだったにせよ、作者はなぜ、それをこうした間接的なかたちにとどめようとしたのか、という疑問が残る。

そこで一挙に空想が膨らみはじめる。「美が世界を救う」のひと言は、ことによると重篤の肺結核を病むイッポリートの世界観の表明であったのではないか、ということだ。『白痴』のなかで、ほかのだれよりも死の絶対性に目ざめているのが、イッポリートである。後で詳しくふれるように、ハンス・ホルバインの絵『墓の中の死せるキリスト』に対する彼の、過激なまでの反応がそれを示している。しかも彼はその絵に、「美などといったものはかけらさえない」とまで豪語してみせたのだった。かりに「神は死んだ」という認識と、死の絶対性という観念が一体のものとして認識されていたとすれば、もはやキリストの復活の目はない。しかし、それは、けっして「史的イエス」の存在とは矛盾しない。少なくともドストエフスキーはそのように理解していたはずだ。ドストエフスキーは、「完全に美しい顔」の持ち主であるイエス・キリストに、地上的な美の化身としての役割をになわせようとしていた。逆の言い方をすれば、美の観念と結びつけることなくして、現代世界にキリストをよみがえらせることは不可能だったということもできる。

美の体現者と「醜」の化身

この考えは、十九世紀末の思想家ウラジーミル・ソロヴィヨフ（一八五三～一九〇〇）の見解にも一脈通じている。

「みずからの信念において、彼（ドストエフスキー――筆者注）はけっして善と美から真理を切り離すことはしなかったし、その芸術作品においてけっして善と真理から美を放りだすことはしなかった。ドストエフスキーにとって、（……）真理は、人間の頭脳が思考しうる善であり、美はまた善であり、生きたる具体的な形を肉体的にまとった真理である。（……）だからこそドストエフスキーは、美が世界を救うと語ったのだ」（「ドストエフスキーを記念する三つの講演」）

いささか優等生的すぎる分析だが、世界の救済者であるキリストこそ、真、善、美の揺るぎない統一体であるとソロヴィヨフは述べている。それに対してカサートキナは、より内在的な視点から次のように反論している。

「美とは、救いという機能をもって勝ち誇らんばかりに世界に近づいてくる何かではなく、すでに世界のうちに存在する何かであり、世界内における美の存在ゆえに世界が救われる」（「美が世界を救う」）

カサートキナは、美の運命は、個々の人間の精神性にかかっているといおうとしている。人間とは、むろん、美の前に立つ人間、美の前に立ち、すべての事物のなかに美を見分けることのできる人間のことだ。美は確実に「世界内」にあり、「ソドムのうちに美を幽閉したままでおくことをやめる人間のまなざし」を介して、世界を救済へと導く。『白痴』の読者の多くを魅了するムイシキン公爵は、まさにその無性性によって「女性的」原理の一端をにない、美に向かって全方位的に開かれた感性と想像力の持ち主である。したがって彼自身、「世界を救う」使命を帯びていた。ところが現実には、彼は世界を破滅から救いだすことができないばかりか、世界を混迷の淵に立たせたまま物語の表舞台を去った。その意味で、「美が世界を救う」は、あくまでも一つの願望のかたちで、果たされなかった予言としてとどまるしかなかった。ドミートリーの言葉を援用すれば、ムイシキン公爵とは、まさにペテルブルグというソドムに「腰を下ろした」美、カサートキナの言を借りるなら、「原罪以前の」世界の存在であり、彼の物語は、「ソドムへの美の幽閉」の物語であると同時に、挫折した解放の物語でもある。言い換えると、ムイシキンは「堕罪以前の存在」として、美の体現者としてペテルブルグに姿を現した。「堕罪以前」であればこそ、ムイシキンには性が与えられなかった。物語の冒頭で、ムイシキンがみずからの性的不能を告白し、ロゴージンがそれに答えて次のように言う場面がここで生きてくる。

「公爵よ、おまえさんは正真正銘の神がかり、ってことになるわけだ、神さまは、おまえさんみたいな人間が好きなんだ」（『白痴』）

では、美に対立する「醜」の化身とは、だれなのか？

『悪霊』の読者なら覚えているはずである。ニコライ・スタヴローギンの「告白」を読んだチーホン主教が小さくつぶやく場面がある。

「えげつなさが台無しにしてしまう」（『悪霊』）

ここでチーホン主教が念頭に置いている「醜（ネクラシーヴォスチ）」すなわち「えげつなさ」とは、「驕り」であり、「エゴイズム」であり、告白という行為に潜む「自己露出」の願望である。いや、この「えげつなさ」には、ほかにいくらでも「醜い」言葉を重ねることができる。では、そもそも「原罪以前」の世界とは、何なのか。ここで神学論争にはいりこむことは、もはや私の手に余るが、不勉強のそしりを恐れずに単純な問いを立ててみたい。

すなわち、コスモスなのか、カオスなのか。

いま、私のなかで小さな連想がはじける。その連想は、何かしら抗《あらが》いがたい力をもって承認を迫ってくるように思える。かりにドストエフスキーがイメージする美が、カサートキナのいう「ヴェールにくるまれたイシス」のように原初的かつ根源的な力をになう存在だったとしよう。だとしたら、それは、カラマーゾフ的な力の表象とどう異なるのだろうか。「美が世界を救う」の理想こそ、やがては「カラマーゾフ、万歳！（ウラー！　カラマーゾフ）」へと成長する種子の役割を果たす「理想」ではなかったろうか。だとすれば、死んだ少年イリューシャの墓石のまわりに立った「子どもたち」は、「カラマーゾフ、万歳！」を叫ぶ前に、ひと言「美、万歳！（ウラー！　クラサター）」と言い添えるべきだったのではないか。

4　「黄金時代」と死

恐ろしい美、恐ろしさと一体となった美、私自身それを日々の夢見のなかで経験しつづけてきたような気がする。記憶するかぎり、どんなに優れた芸術も、「恐ろしい」といえるほどの体験をもたらしてはくれなかった。しかし夢見のなかでは、それこそ数えきれないほどの「恐ろしい美」を経験することができた。もっとも夢見は、あくまで経験そのものであり、再現が不可能であるという点で決定的に芸術とは異なる、つまり「事実」に近い。なぜなら芸術とは、本来的に再現を前提とする美的な営みだからである。しかし十九世紀に生きた多くの人間にとって芸術は、多くの場合、つねに一回限りの体験だった。ドストエフスキーがヨーロッパの美術館で得た多くの美的体験もそうだったと思う（だからこそ、彼は、バーゼル美術館で、一枚の絵を前に何十分も立ちつくしたのだ）。その意味で芸術は、私たちの夢見の体験と大きく変わるところはなかった。その点をドストエフスキーは理解しつつ、それゆえにこそ夢見を、かけがえのない素材として小説の内部に組みこんでいったのだと思う。

周知のように、ドストエフスキーが四度目のヨーロッパ旅行の際に立ち寄ったドレスデンの美術館には、彼の作品創造に決定的な影響をもたらした絵が二点展示されている。一点は、ラファエロの『サン・シストの聖母』であり、もう一点が、クロード・ロランの『アシスとガラテア』である。いま、ここで注目する『アシスとガラテア』は、「ソドムの理想」に深くからめとられたニコライ・スタヴローギン（『悪霊』）とアンドレイ・ヴェルシーロフ（『未成年』）の二人が、「黄金時代」と名づけた夢見の土壌（＝素材）となった絵画である。芸術と夢見の限りない接近、まさに究極の美の化身としての夢見――。

「それは――ギリシャの多島海の一角。穏やかなコバルトブルーの波、島々、巨岩、花咲く岸

辺、魅惑的な遠いパノラマ、呼びまねくような夕陽《ゆうひ》――言葉ではとても言いつくせない。ヨーロッパの人類がここをわが揺籃《ようらん》の地と記憶し、神話の最初の舞台となり、地上の楽園であったところなのだ。ここには、すばらしい人たちが住んでいた！　彼らは、幸福に、汚れも知らず、朝、目覚めては、夜、眠りについた。木々は彼らの朗らかな歌に満たされ、溢《あふ》れかえる大いなる力が、愛と素朴な喜びに変わった。太陽は、おのれのすばらしい子どもたちを楽しげに眺めながら、これらの島々や海にさんさんと光を注ぐ。なんという不思議な夢、気高い迷い！」

（『悪霊』）

スタヴローギンは、この「黄金時代」の夢見から目ざめに向かう夢うつつの状態で、かつて彼が凌辱した少女マトリョーシャの「現前」に遭遇する。

「過ぎさった夢を取りもどそうとするかのように、私はすぐにまた目を閉じたが、あかあかと輝く光のなかに、ふいに何かちっぽけな点を見たように感じた。その点はにわかに何かの形を取り、ふいに私の目に、ちっぽけな赤い蜘蛛の姿がありありと見えてきた」

「私は目の前に見た（ああ、現《うつつ》にではない！　もしもそれがほんものの幻であったなら！）。私は、げっそりと痩せこけたマトリョーシャを見たのだ。熱に浮かされたような目をし、私の部屋の敷居に立っていたあのときと寸分違わない、顎をしゃくりながら、私に向かってあのちっちゃなこぶしを振りあげた、あのマトリョーシャを」

まさに美＝恐怖の驚くべき光景。

しかし問題は、この「黄金時代」の夢見が、なぜ、スタヴローギンやヴェルシーロフという、恐ろしく複雑な個性をもつ人間にのみ訪れたのか、という点にある。ドストエフスキーは、「黄金時代」の夢を見るべき登場人物を見定め、その「特権」をほかのだれにも譲りわたそうとはしなかったように思える（『おかしな男の夢』にも同じ夢見のモチーフが用いられるが、自殺を決意した主人公もまたヴェルシーロフの影を深く背負っている）。では、この二人は、具体的にどのような個性の持ち主だったのだろうか。結論から先にいうなら、シャートフのスタヴローギン批判に示された「善と悪の判断」を見失った人間、「自分の民族を理解することをやめてしまった」人間である。彼らは、唯一、夢見という増幅された「神秘的な」ドラマによってしか人間的な涙にくれることができない。では、同じ「黄金時代」の夢を、『罪と罰』の主人公ラスコーリニコフは見ることができたろうか。私の直観では、できない。なぜなら、観念に凝り固まった自我は、それを許容する心の土壌を（おそらくは）もちえていないからだ。ラスコーリニコフの夢は、つねに闘争的な性格を帯びている。信念の固さ、傲慢さによって、「黄金時代」の夢見が現れるべき割れ目が固く閉ざされている。ラスコーリニコフ自身、「立ち割られたもの（ラスコール）」の名を負いつつ、一個の人格としていまだ分裂を知らず、それゆえ観念の憑依に対してはどこまでも無防備である。観念の憑依をはねのけ、無力な情熱に掻きたてられている人間のうちにこそ、「黄金時代」のセンチメンタルな夢見は宿る。では、なぜ、それが、ラファエロの『サン・シストの聖母』ではなく、クロード・ロランの『アシスとガラテア』なのか。答えは、簡単である。永遠の背教者スタヴローギンやヴェルシーロフにとって帰るべき場所は、キリスト教的神話の世界にはない。スタヴローギンが名前に背負った「スタヴロス」は、ギリシャ語起源で「十字架」を意味していた。作者は、この背教者に、きびしい十字架を、ユダと同じ首吊りという運命を科した。恒久的にラファエロを拒みつづける者として、彼は死ぬ運命にあったというべきかもしれない。

5　死と崇高、または「異端」の美

ドストエフスキーにおける信仰と美の理想を根本から揺るがした一枚の絵がある。これこそは、正当に「恐ろしさと一体となった美」と呼ぶに足る絵である。一八六七年八月、ジュネーヴに向かう途中バーゼルで下車した作家は、市内の寺院でハンス・ホルバインの『死の舞踏』の絵を観《み》たあと、バーゼル美術館で同じホルバインの『墓の中の死せるキリスト』の前に立った。

「夫のフョードルは、その絵につよい感動を受けたらしく、打たれたようにその前に立ちつくしていた。（……）それから十五分か二十分たって戻ってみても夫は釘《くぎ》づけになったように元の場所に立ちつくしていた。興奮したその顔には、何度も癲癇の発作の最初の瞬間に見た例の驚いた表情が見られた」

（アンナ・ドストエフスカヤ『回想』）

ドストエフスキーはのちに『白痴』で、過剰とも思える意味づけをこの絵にほどこすことになるのだが、この日、彼は、アンナ夫人が描きだす姿とはまったく異なる次元でこの絵のディテールを記憶にきざんでいた。言い換えるなら、この未曽有の絵を前にどのような言葉が啓示のように下りてくるかを待ち受けていたのである。その結果、生まれたのがイッポリートの「告白」の一部だった。

「画家たちは、もっとも恐ろしい苦しみにおいてさえ、この美しさが失われないように努めてきた。ところがロゴージン家の絵には、美などといったものはかけらさえない。これは完全にもう、十字架に架けられる前から、かぎりない苦しみに耐えてきた人間の死体そのものである」

「この絵を見つめていると、自然というものが、何かしら巨大かつ情け容赦もない、口のきけぬ獣のように思えてくる、というか、よりはるかに正確な言い方をすれば、奇妙なことながら、自然とは、最新のある巨大な装置を備えた機械のように見えてくる。そしてその機械は、偉大でかけがえのない存在を意味もなく鷲づかみにし、ものも言わず無感動に打ちくだき、一呑みしてしまった」

「美などといったものはかけらさえない」——、それはこの日、作家がバーゼルの美術館でじかにつかみとった直観だった。美の欠如ゆえに、おそらくは作家はおろか、ロゴージン家でこの絵のレプリカを見たムイシキン公爵までが次のように叫ぶ。

「あの絵が！　でも、あの絵を見て、信仰を失くしてしまう人だっているかもしれないよ！」

信仰と美の理想から美が剝落し、それがまた信仰をも損なう。では、信仰と美が剝落したあと、キャンバスに残ったものとはいったい何なのだろうか。それこそは、「最新のある巨大な装置を備えた」むきだしの自然ではないだろうか。

ロゴージンはこの絵について、「親父が、オークションで買ってきたもの」と説明したあげく、つぶやくように「じつはあの絵を見るのが好きでね」と告白している。ロゴージンの潜在的願望を暗示するひと言である。

では、ロゴージンの父親が、これほどにも危険な絵のレプリカを広間のドアの上に掛けた理由とは、はたして何だったのか。この問いに遠回しに答えるなら、次のようになる。すなわち、ロシア社会の片隅には、イエス・キリストのむごたらしい死を描いたこの一枚の絵に、みずからの「信仰告白」ばかりか、美と崇高を見てとった人々が確実に生きていたということ。ロシア正教徒として生きるという使命を痛切に感じながら、ドストエフスキーは、逆にそれを受け入れまいとする人々の美的感覚に、強い好奇心を寄せていた。その「人々」が、だれであるかは、もはや説明を要しないだろう。正統の正教信者よりも、はるかに深い「痛み」のなかで信仰を守りぬこうとした「人々」――。ロシアの民衆のうちでは、深く二つの観念が息づいていた。それは、「天上のキリストと、地下に埋もれたキリスト」である。彼らには、「地上から天上へと運び去る復活（昇天）の奇跡よりも、触知できる、物質的な聖物としての、すなわち、この地上にあるキリストの身体」（G・フェドートフ『ロシアの宗教詩』）のほうがより価値あるリアリティを備えているように思われたのだ。つまり彼らは、満身に傷を負ったキリストの遺体をこそ、真の美と真の信仰の「シンボル」と見て、「キリストとともに死ぬことのなかに」（G・エルミーロワ「『ロシアのキリスト』の悲劇、あるいは、『白痴』の《終わりの唐突さ》について」）大文字の「彼」の実在を感じとっていたのである。そして正統の信仰者たるドストエフスキーの心から、そうした「異端」の人々の世界観に対する、それこそ「痛み」をともなう共感が消え失せることはなかった。なぜなら、異端派の人々の世界観における美の感覚にこそ、美の根源性は宿されていると考えていたからである。

intermission「神がなければ、すべては許される」

1　境界線上の妄執

神と人間の関係性

およそ七十五億人が住むといわれるこの地球上にいま、神の存在を信じて生きている人々がどれほどいるのだろうか？　「アブラハムの宗教」と称される三大宗教（キリスト教、イスラーム教、ユダヤ教）だけでも、信者の数約四十一億人、うちキリスト教が約二十三億人、イスラーム教が約十八億人、ユダヤ教が約一千五百万人に上ると推定されている（二〇一五年時点、ピューリサーチセンターの統計による）。それぞれ呼び名は異なるが、これほどの数に上る「信者」たちのすべての前提である神の存在をめぐって、「神がなければ」という問いを発すること自体、無謀きわまりなく、いかに荒唐無稽であるかは、一目瞭然だろう。

しかしその問いが、ドストエフスキーの最後の小説『カラマーゾフの兄弟』において発せられた。

世界には、むろん、人知をこえる絶対存在としての神を奉じる宗教のほか、自然界の事象を擬人化したアニミズム、ヒンドゥー教、仏教など広い意味での多神教もあれば、現代の新宗教、さらにはカルト集団にいたるまで種々の宗教が存在している。多神教のなかには、小神格から大神格にいたるヒエラルヒー構造をなす宗教もあれば、同じ多神教から出て、善神群と悪神群の最終戦争といった二元論的な構造をもつにいたったゾロアスター教のような一神教もある。

では、そもそも、神とは何なのか。

神とは、おおむね人間を超越した力をもち、常人の知力でははかりえない能力をもつ存在である。そして時に、私たちの生死をも支配するところから、畏敬の対象となる。しかしこれはあくまで、総体としての神をめぐる定義にすぎず、問題はここから無数に枝分かれしている。

なかでもとくに私たちの興味を惹くのは、神と人間の関係性の問題である。私の頭にも、次々と素朴な問いが浮かんでくる。神は、信じる人々の心のうちにのみ存在するのか。信じると信じないとにかかわらず、存在するのか。神は、神を信じる者たちに対して何かしら責務を負う存在なのか。神が、かりに私たちの生の営みを支配しているとして、神と運命ではどこがどう異なるのか。しかし、神の存在と信仰をめぐる議論のなかで、つねに障壁として立ちふさがるのが、神が存在しながら、世界になぜあまねく不幸が生じるのか、という問題である。無神論の立場をとる人間からすると、すべての釈明が、眉唾に聞こえる。イワン・カラマーゾフが抱える最大の問題の一つもここにあった。

十七世紀末のイギリスに生まれ、フランス啓蒙主義に受け継がれた「理神論（deism）」は、この矛盾に満ちた問題に対する決定的な合理化の試みであり、ヴォルテールの「もしも神が存在しなかったなら、神を造りださなくてはならない」は、そのもっとも先鋭な表明ということができる。理神論によれば、神は、世界を創造した段階でみずからの役目を終え、それ以降のプロセスはすべて人類に責任がゆだねられたとされる。

理神論の誕生からはるかに遡る紀元一世紀に生まれた「グノーシス主義」では、現に私たちが生きる世界が「悪の宇宙」とみなされ、それに先立つ原初の時代には、至高神の創造による「善の宇宙」があったと考えられている。他方、無神論者は、この世界創造を、客観的に、かつ科学的知見によって説明しようとする。といっても、宇宙誕生の秘密を解き明かすビッグバン理論は、科学を理解しないものの頭からすれば、まさに矛盾だらけのような印象さえ受ける。

法からの逸脱をまぬがれるには

さて、私がはじめて「神の不在」という問題を意識したのは、いまからはるか半世紀以上も前のことだった。アメリカ文学を研究する兄の書架にある日、『神の代理人』（森川俊夫訳、一九六四）と題するタイトルの本がお目見えした。好奇心にかられた私は、パラフィン紙で上品にくるまれたその本（兄は、たいへんな愛書家だった）を手にとったが、ほとんど何ひとつ理解できないまま、最初の数ページで挫折してしまった。だが、兄のおおまかな解説をとおして、私がそれまで漠然と考えつづけてきたいくつかの問題が、世界の「根本」に通じていることを知るにいたった。ほかでもない、「黙過」の主題である。

『神の代理人』は、ドイツの劇作家ロルフ・ホーホフート（一九三一～二〇二〇）が書いた全五幕からなる戯曲で、一九六三年に西ベルリンで初演され、その後世界各地で舞台化されて大きな反響を呼んだ。ナチスの蛮行を知りつつ、ローマ教皇はなぜその事態を放置したのか？　曖昧な記憶をたどるうち、ふと気づいたことがある。ディテールはもはや定かではないが、当時私は、「神の代理人」ではなく、なぜ、「神」みずからが絶滅収容所のユダヤ人に救いの手を差しのべなかったのか、ということに、義憤めいた怒りを掻きたてられていたのだ。ことによると私は、「人間を超越した力をもち、私たちの知力でははかりえない能力をもつ存在」である神を信じ、しかもその神を、善意あふれる、心優しき存在として思い描いていたのかもしれない。当時の私は、絵に描いたような理想主義者であり、オプティミストだった。ところが、そうした理想主義者のユーフォリアは、二十代も終わりに近づく頃にはすっかり色あせ、ただの空疎な観念に凝固していた。「神の代理人」が人間である以上、無力であって当然である、「神の不在」という冷厳な事実は、どれほど知力に優れた教皇であっても隠しおおせるものではない、――そうした認識である。

では、神が不在であると仮定した場合、私たち人間ははたしてどのような規範にしたがって生きていることになるのか。むろん、その規範とは、一種の絶対的な規範、見えざる一線を意味している。ただしそれは、外部から脅しつける法のような存在ではない。事実、「神がなければ」法を破ることが許されると考えている人間は、この世界に〇・〇一パーセントもいないだろう。神を信じようと信じまいと、ある無意識の力が内圧として意識を支配している（フロイトの「超自我」に近い）。翻って、一人の人間において法の存在が意識されているという事態はきわめて危険である。なぜなら、その人間がすでに規範からの逸脱とすれすれの境界点に立っていることを意味するからだ。つまり彼の視界には、すでに「法の外」がはいっている。法を、かりに高圧電流が流れる鉄線の囲いに喩えるなら、私たちは、いわばその電流のおかげで法からの逸脱をまぬがれているといっても過言ではない。ハンナ・アーレントは、第二次世界大戦のさなか、ナチス・ドイツの蛮行に手を貸さなかった市民に対するヒアリングで、ある究極の答えに到達した。「わたしにはこんなことはできない」（『責任と判断』中山元訳。傍点は引用元による）。むろん、この解答には、先ほどふれた超自我や法意識までのすべてが内包されている。そしてこの二つの規範的な力を安定的に持続させていくのは、じつは人間の社会、すなわちコミュニティの成員を結びつける「良識」である。では、当該の社会やコミュニティから、かりにその規範意識なり「良識」なりが失われた場合、どうなるのか。誇張を恐れずに言うなら、それら二つの喪失の不安につねに苛まれてきたのが、ロシアの民ということになる。あるいは、思いきってこんな言い方をしてもよいかもしれない。境界線の妄執につねにつきまとわれているのが、ロシアだ、と。ロシア語で、「犯罪（プレストゥプレーニエ）」は、「またぎ越す」ことを意味する。

「ぼくらが神になった」

時計の針を改めて二〇〇一年九月にもどすことにする。

ニューヨーク・マンハッタンを中心に同時多発テロが起きた日の翌朝、私はロンドンのホテルの一室にいて、繰り返し映しだされるツインタワー崩落の映像をにらみながら膝の上のパソコンを開いた。この未曽有の光景を前に、はたしてどのような言葉が胸の奥から湧いてくるか、そんな思いでキーボードに両手を乗せる。何も出てこないだろう、はじめのうちはそんな予感が私を支配していた。ところがものの一分も経たないうちに言葉はこともなげにするすると舞い下りてきた。ただしそれは、恥ずかしくなるほど月並みな言葉だった。

「神は死んだ。身体は死んだ。ぼくらが神になった」

やがて私のうちに、ドストエフスキーの『悪霊』の一場面への連想が起こった。かれこれ二十年近くこの作家の作品に親しむことのなかった私にとってそれはまさに「事件」だった。

「私は、長いこと隙間からのぞいていた。納屋のなかは暗かったが、かといって、真っ暗闇というわけではなかった。ついに私は、必要だったものを見きわめた……完全に確認したかった、すべてのものを」

一読して怪訝な思いにかられた読者も少なくないだろう。原文は、不可解に乱れており、ほとんど一筆書きの危うささえ呈している。しかし作家は、この乱れた文章を、それこそ推敲《すいこう》に推敲を重ねたうえ、ある人物の「手記」の一部として書き残したのだった。

引用したのは、『悪霊』の中間部に収められたニコライ・スタヴローギンの「告白」の一節――。スタヴローギンは、みずからが凌辱した少女が自死することを予感しつつそれをやり過ごし、同じアパート内にある「納屋」へと向かう。少女が部屋を後にしてから、すでに三十五分が経過していた。三十五分は、少女が自死したと確信するまでに必要な時間の長さだった。では、その彼が、鍵のかかっていない納屋の奥に見た「必要だったもの」とは、何だったのだろうか。神をも恐れぬ傲岸な野心を胸に秘めた男にとって「すべてのもの」とは、ほかでもない、「神の不在」の証である。

9・11から八年後の二〇〇九年、『太陽を曳《ひ》く馬』の作者髙村薫さんとの対談に臨むため、下準備のつもりでYouTubeにアクセスした。『太陽を曳く馬』に、次のような印象深い一節が記されていたからである。

「小生たちが九月十一日に見たのは新しい抽象絵画であり、実体験できないものとしての死であり、この世界の外だったのかもしれない」

この「世界の外」とは何か？　それを確認したいと思った。

モニター画面に、たちまちのうちに一連の映像が現れた。ボーイング二機がツインタワーに激突する光景をビルの内側からグラフィック化した映像もアップされていた。画面に見入るうち、あの日、ロンドンのホテルで自分がなぜ、「神は死んだ」と感じたのか、その「直観」のもつ意味が徐々に明らかになってきた。その直観は、次のような感慨に発していた。もしもこの宇宙に神が存在し、それが善意ある神であるなら、現に私たちが見ている光景を見る機会を与えるようなことはしないだろう。神は、「神の御前では隠れた被造物は一つもなく、すべてのものが神の目には裸であり、さらけ出されているのです」（「ヘブライ人への手紙」第四章十三節）という誇りゆえにおのれの無力を恥じ、僕《しもべ》である人間の目からこの光景をさえぎろうとするにちがいない。この光景は、善意ある神が存在しないからこそ見ることのできた光景、あえて言い換えるなら、神ではなく悪魔が、下界の俗人どもとともに楽しむためにこしらえた光景なのだ、と。

顧みるに、人類がこれまで経験した不幸のなかには、このツインタワー崩落に匹敵する光景はそれこそ何百何千とあったはずである。人類がかつて経験した大戦の一つでは、数百万人単位のジェノサイドが起こったし、広島と長崎では何十万という人々が原爆の犠牲となった。だから、たかがツインタワー崩落のごときで「神は死んだ」などと喚《わめ》きたてる理由はない、そんなものは、歴史知らずで、ひとりよがりな人間の甘い誇張にすぎない、そんな批判を恐れる気持ちもあった……。

だが、その内なる声にもかかわらず、私は、ツインタワー崩落の映像から得た「神は死んだ」という言葉を取り下げる気にはなれなかった。そこには、惨禍の大小にかかわらず、過去の人類が経験できなかった特異な何かが存在しているように思えたからである。それこそは、世界の不幸をリアルタイムの映像として俯瞰《ふかん》的視点から見ることができる現代人の悲しい「特権」――。

2 神は存在するか

実存的な選択としての信仰

十九世紀前半のロシアに生まれたドストエフスキーは、五十九年の生涯を通じ、9・11に匹敵する大規模な惨禍にじかに遭遇したことはない。彼自身の経験としても、視覚的な体験としても。唯一、見聞できた惨禍は、クリミア戦争である。約一年におよんだセヴァストーポリの戦いでは両軍で二十万人以上の犠牲者が出た。しかし、当時ドストエフスキーは、中国との国境に近いセミパラチンスクで国境警備隊員の任にあって、兵役にとられることはないばかりか、元税関役人の妻への片恋に熱中していた。トルストイが『戦争と平和』でつぶさに描きだしたナポレオン戦争も、彼が生まれるおよそ十年も前の遠い出来事である。

しかしそれでもドストエフスキーは、神の存在と不在をめぐって終生問いを重ねつづけた。

その関心の根もとにあったのは、彼自身が二十代の終わりに経験した死刑判決の「傷」である。「傷」の疼《うず》きが、同時代のさまざまな不幸に対する関心を呼び寄せたのだ。

当初、ドストエフスキーにおいて、神の存否をめぐる問いは、キリスト教か、社会主義か、という二者択一のかたちをとっていた。ロマノフ王朝の誕生以来、二百四十年にわたって農奴制が続くなか、ロシアの民衆を無知や貧困から救いだす手段として、願わくは、正教による救いをと思いつつ、同時にそこにすべての望みを託すことの危うさにいら立っていた。そこでこの若い理想主義者が見いだした活路こそフランスの空想的社会主義者シャルル・フーリエが唱える「未来のファランステール（共同体住居）」の熱狂的な夢想世界だった。ところがシベリアへの流刑以後、彼は、フーリエ主義どころかすべての前提となるはずの神の存在そのものに対して疑念をいだきはじめる。そしてその疑念は、信仰への渇望が強まるとそれに比例するかのように強まっていった。

シベリアへの流刑時代、彼は手紙に書いている。

「わたしは、これまで、いやそれどころか棺《ひつぎ》の蓋が閉められるまで（わたしはわかっているのです）、時代の子、不信と懐疑の子です。わたしにとって、信じたいという渇望がどれほど恐ろしい苦しみに値してきたか、そして現に値していることでしょう。その渇望は、それに対立する論証が大きくなればなるほど、わたしの心のなかで強まるのです」

（フォンヴィージン夫人宛書簡、一八五四年二月）

では、ドストエフスキーは、この解きがたい矛盾からの解決をどこに見いだしたのだろうか。

答えは、キリストの実在性にある。思うに、彼にとって、キリストが実在したという「事実」は、一種の実存的な選択であった。キリストの実在こそが、唯一、神の存在を保証する証となったのだ。彼は同じ手紙で次のように書いている。

「だれかがわたしに、キリストは真理の外にあることを証明し、事実、真理がキリストの外にあったとしても、わたしは真理とともにあるより、むしろキリストとともにあることを願うでしょう」

言い換えると、ドストエフスキーにおいて、神は存在するか、しないか、という問いかけは成立しえても、キリストは存在したか、しなかったか、という問いかけは成立しえなかった。いや、成立してはならなかった。かりに、神はなくても、その欠落をキリストが立派に埋めてみせるにちがいない。信仰者ドストエフスキーは、アレクセイ・カラマーゾフがそうであったように、徹底して「現実主義者」だったのだ。

分裂するロシアの精神世界

さて、十九世紀後半のロシアの田舎町に想像の翼をのばしてみたい。町の名前は、スタラヤ・ルッサ。サンクトペテルブルグの南東約二百五十キロに位置する田舎町で、当時の人口は、約八千。ポルーシャ川のほとりに建つ屋敷の広間で、一家の主フョードル・カラマーゾフが、酒に酔った勢いから息子二人に哲学論議をもちかける。

「**神は存在するか**」

それに対して次男イワンは、答える。

「**神はいません**」

「**不死もありません**」

次に三男の修道僧アリョーシャは答える。

「**悪魔も存在しません**」

「**神は存在します**」

「**不死も存在します**」

二人の答えを聞いた父親は、イワンに軍配を上げる。

「**どうやらイワンの答えのほうが真実らしい**」

ここに一つ疑問が生じてくる。そもそも父親フョードルは正教徒ではないのか、という疑問である。むろん正教徒であり、アリョーシャが修行に励む修道院に寄進までしている。ところが、そのフョードルの信仰心といえば、現代に生きる無信仰の人間たちと大きく違わないほどドライで真摯さを欠き、彼自身、迷信の虜となっている。

では、この、酒飲みで、女好きな彼の信仰の喪失は、どこから生まれたのだろうか。一八六一年の「農奴解放」後、にわかに近代化の道を走りだしたロシアでは、まさにフョードルをとらえている拝金主義が、地方都市にまで浸透していた。猫も杓子《しゃくし》も、金稼ぎに没頭していた。他方、町外れの修道院では、何十人という修道僧たちが日々修行に励んでおり、なかにはフェラポント神父のように過激きわまりない戒律を守ることを第一義として、俗世の人間を「悪魔」呼ばわりする苦行僧もいた。

このコントラストが示すように、ロシア社会の精神世界がいまや二つに割れようとしていた。カラマーゾフ家の主フョードルから信仰を奪ったのは、地主として彼が日々享受している快楽だが、その胸のうちでしきりにざわめいているのが、悪魔の存在である。悪魔とは、ドストエフスキーにおいて、いうまでもなく「不信」を象徴する存在なのだ。

揺れ動くイワンの無神論

ドストエフスキーの文学における悪魔の系譜を考える際、その先駆けとしてまっさきに浮かぶのが、『罪と罰』の主人公ラスコーリニコフである。ドストエフスキーが、彼を、ひそかに「黙示録」の悪魔に喩えていたことが知られている。そしてラスコーリニコフ自身が、ある時点から自分が、悪魔的な力に支配されていると感じはじめる。章を追うごとにその感覚は強まり、ナポレオン主義と呼ばれる「高邁《こうまい》な」金貸し老婆殺害の動機も、徐々に曖昧さのなかに埋もれていく。

「悪魔にまどわされていた」

「あのときぼくは、悪魔かなんかに引きずられていった」

次に、私たちの関心の内にはいってくるのが、『悪霊』である。そもそもその原題が、「悪鬼」を意味する「べースィ」となっているが、これには、「悪鬼」と同時に「憑きもの」のニュアンスも含まれている。「悪鬼」は、主人公の分身にとりつく「狂気」の代名詞となり、結果、精神錯乱をきたした主人公の前に、人格的な概念を含む悪魔＝チョールトとして異形の姿を現す。

さて、父親フョードルとの会話で、神のみならず悪魔の存在も否定したはずのイワンだが、父殺しの犯人スメルジャコフの死後、その訪れを受ける狂気も、同じ「悪魔」である。

では、無神論者のイワンはなぜ、父親に向かって断定口調で悪魔の存在を否定したのだろうか。

イワンはその真意を、のちに料理店「都」でのアリョーシャとの話し合いのなかで次のように彼に説き明かしている。

「おれはこう思うんだ。もしも悪魔が存在しないなら、つまり、悪魔を人間が創ったんだとしたら、人間は悪魔を自分の姿に似せて創ったということさ」

神も悪魔も存在しないという認識は、無神論者イワンの哲学にとって不可欠の前提だったように思う。同じアリョーシャに向かって彼が、こうも豪語していたのを記憶する読者も多いだろう。

「おれが受け入れないのは、神によって創られた世界、言ってみれば神の世界っていうやつで」

「（……）」

「人間に対するキリストの愛なんていうのは、もともとこの地上では起こりえない奇跡なんだよ」

すなわち、神の恩寵もなければ、「キリストの愛」も存在しない、いや、悪魔の悪意すらなく、世界のすべての現象は、偶然の連鎖である、これがイワンの考えの基本である。そしてそうした一種の絶対無の思想が、「神がなければ」という前提として結実するのだ。しかも「すべては許される」とする彼の脳裏を占めていた世界は、後述するように、驚くほどペシミスティックな内容に満ちていた。

イワンの言動を注意深く追っていくと気づかされるのだが、彼の無神論は、実のところかなりはげしく揺れ動いている。神の存在と不在という二つの「直観」が彼を翻弄する。ただし、基本となる主張は変わらない。悪魔そのものの存在は認めないが、悪魔的な人間は存在するという主張である。いや、その信念はさらにラディカルに、悪魔とは人間である、との認識にまでおよんでいる。だとすると、それは、イワン自身である可能性もあるし、イワンにもっとも近しい隣人である可能性も生まれる。では、悪魔の悪魔たるゆえんとは、何なのか？　イワンの「悪魔」は、彼自身のなかにあって、「地下室人」さながら、その正体は人間の意識そのもの、といおうとしているかのようである。

3 「ベソフシチナ」とウォトカ

ロシア人とアルコールの関係

ウラジーミル一世によるキリスト教受洗（九八八）から千年、ロシアの大地に生きる人々は、現世の力をもってしては何としても癒すことのできない闇＝宿痾《しゅくあ》を抱えてきた。その闇＝宿痾をここではかりに「ベソフシチナ」と名づけておく。「ベソフシチナ」とは、「悪霊たちの謀《たばか》りが原因と見られる超自然的な事件、謎めいた事件」（「ウィキ辞典」）をいうが、より具体的に、一種の集団ヒステリーに起因する狂乱状態をイメージしていただいていい。では、それがなぜ、ロシア人の宿痾となるのか。

この「ベソフシチナ」の語により踏みこんだ意味づけを行ったのが、ドストエフスキーだった。M・プロコピエワによれば、ドストエフスキーは「ベソフシチナ」を「世界と人間の意識の破壊原理を意味する社会文化現象」（「社会文化現象としてのベソフシチナ」）としてとらえていたという。ドストエフスキーの目に、ロシアの「ベソフシチナ」として象徴的に映じた事件の一つが、一八六九年にモスクワで起こった「ネチャーエフ事件」と呼ばれる革命結社内の殺人事件である（いうまでもなく、『悪霊』執筆の動機となった事件である）。『悪霊』研究で知られる

L・サラスキナは、「ベソフシチナ」をめぐって、これを一過性の現象とみなさず、個々の社会の「永続的な状態」であるとし、「ベソフシチナ」それ自体が「仮面を変える習性をもつ」(『古典文学――その映画化の誘惑』)と述べている。

だが、この説明だけでは、「ベソフシチナ」の原因を十分に理解することはできない。ただ、一ついえることは、この荒ぶる「悪霊たちの謀り」とその「謀り」によって奔出する欲望を鎮める力として導入されたのが、ロシア正教だったということだ。「悪霊たちの謀り」は、第一に、自然の猛威の奥に潜む。ドストエフスキーが『悪霊』のエピグラフに用いたプーシキンの詩の一節を引用しよう。

あがいてもあがいても、わだちは見えない
おれたち、道に踏み迷った、どうすりゃいい?
悪霊ども、おれたちを荒野に連れだし
ほうぼう引きまわす腹づもりか

だが、「悪霊たちの謀り」は、何も、自然の猛威ばかりに限られているわけではない。飢饉《ききん》やコレラその他の人災もまた、「悪霊たちの謀り」の一つに数えられてきた。しかし私が、いま、拠って立つ仮説の一つは、より内的な「ベソフシチナ」であり、あるいはその起源としての「鬱」の病である。一般的に「人種は社会的な概念であって、生物学的には実体がない」とされるが、鬱病の一因として一定数の遺伝子変異が考えられるとするなら、「ベソフシチナ」と鬱病の因果関係を人種レベルで考えることは可能だろう。そこで第一に浮かびあがってくるのが、ロシア人とアルコールの関係である。現代を代表する作家の一人Ｖ・エロフェーエフは次のように書いている。

「われわれはみなロシアにあって、いかなる政治的システムにもましてウォトカの囚人である。端的に、ウォトカはロシアの神なのだ」（『ロシアの黙示録』）

エロフェーエフの考えを敷衍すると、ロシアには、神という観念によってイメージされるものが、二つあることになる。そしてその二つの神は、いわば、神と大審問官の関係にも似た絆で結ばれている。ウォトカは、まさにロシアの民を実効支配する大審問官になぞらえることができる。もっとも、「パンの自由」を説く大審問官と、大審問官＝ウォトカとの間には、大きなちがいがある。なぜならウォトカには、神的な自由とアナーキーな解放の感覚を同時にもたらす、絶大な「効能」が備わっているからだ。その「効能」があってこそ、ウォトカは「ロシアの神」の地位へ格上げされる。「ベソフシチナ」にして神、その両義性にこそウォトカの神性は隠されていた。

「神なき」世界におけるウォトカ

ウォトカがもたらす全能感について、ドストエフスキーは『虐げられた人々』に登場する一酔漢にこう語らせている。

「こうしてしこたま飲んで、ソファに寝そべって（わがソファはバネつきですばらしく心地いいんだ）、空想するんだ。自分は、そう、たとえばホメロスだとか、ダンテだとか、あるいはフリードリヒ一世みたいな人間なんだとね。だって空想でなら、だれにだってなれるだろう。（……）ぼくには空想があるが、君はせいぜい現実どまりってわけでね」

ドストエフスキー作品の多くの登場人物は、悲しみや正体不明の絶望、鬱からの救いをひたすらウォトカに求める。『罪と罰』に登場する酔漢マルメラードフの絶望的な語りに耳を傾けてほしい。

「わたしが酒を飲むのは、この、酒を飲むってことのなかに、哀れみの念を、哀れみの情を求めているからでして。快楽なんかじゃなく、ひたすら悲しみを求めているんです……酒を飲んでいるのは、二倍苦しみたいからなんです！」

飲酒の破壊力が、たんに個人だけではなく、家族全体、ひいては社会全体、いや国家全体の脅威となっていることにドストエフスキーは戦慄を覚えた。

「今日のわが国の予算のほとんど半分が、ウォトカによってまかなわれている。つまり、国民レベルの飲酒と国民レベルの堕落に、すなわちわがロシアの国民の未来によってまかなわれているというわけだ。われわれは、言うなれば、わがヨーロッパ国家としての堂々たる予算を自

分たちの未来によって支払おうとしている」（「作家の日記」一八七三）

「（酒は——筆者注）**人間を動物に、獣に変え、冷酷にし、明晰な思考を忘れさせ、ありとあらゆる善良な教えにたいして無感覚にする」**（同、一八七六）

この二つの引用を読めば、当時のロシア人がいかにウォトカに救いを求め、逆にそれがいかにロシア人の精神性を陋劣《ろうれつ》なレベルに追いやっていたかがうかがい知れる。

「神がなければ、すべては許される」を唱えるイワン・カラマーゾフもまた、「神なき」世界の具体的なイメージを、過剰なウォトカ摂取を介して獲得していた可能性がある。これはたんなる想像にすぎないのだが、イワンは、ウォトカの何たるかを、ウォトカがもたらす全能感から絶望にいたる全領域においてひそかに経験していたのではないか。同時に彼が、あのヴォルテールの「もしも神が存在しなかったなら、神を造りださなくてはならない」を口にしたのも、深読みすれば、ある意味で必然だった。神の存在を前提としなければ、彼の「反逆」の論理が成り立たなくなるからだ。しかし同時に、その言葉は、「ベソフシチナ」の闇を内に抱えこんだイワンの内的欲求の証でもあった可能性がある。

他方、イワンの無神論とうらはらに、いや、ウォトカや金という新しい「神々」（の僭称者《せんしょうしゃ》たち）の台頭とうらはらに、神聖にして高貴なる神の存在が失われる恐怖も、ロシア人の心のうちに逞《たくま》しく息づいていた。とりわけロシアの民衆にとっては、「神の不在」などあってはならない事態だった。なぜなら、「神の不在」は、自然と人間をコントロールする超越的な規範＝絶対（アブソリュート）の消失を意味するからである。規範＝絶対の消失は、無限の広がりをもつ大地に生きる彼らにとっていわば致命的ともいうべき中心の喪失と存在の揺らぎを示唆していた（フョードル・カラマーゾフが悪魔に対していだく病的な恐怖を思いだすのもよい）。したがってかりに神の存在が否定されるなら、巨大な自然力に拮抗しうる人為的な力が求められるだろう。まさにヴォルテールの言である。ロシアの精神性がそれほどにも自立性を欠いているという事実を、驚くべき大胆さで喝破してみせたのが、ワシーリー・グロスマンである。彼は、著書『万物は流転する』において「千年の奴隷」という言葉でそれを表現した。グロスマンの念頭にあったのは、むろん同時代を支配していたスターリン権力だが、スターリン権力とは、そもそも、ロシア人の神への依存と他律主義が「共産主義」へと反転し、大規模なかたちで現実化した悲劇だった。

4　「神がなければ、すべては許される」

無神論者イワンの哲学とされるこの言葉は、厳密な意味において彼自身の口から吐かれることはいちどもない。作品のなかでたんに又聞きのかたちで示されるため、イワンの真意を見きわめようにも手立てがない。「神がなければ、すべては許されることになる」と、いわば未来形として語ったのか。それとも、「神は存在しないのだから、すべては許されているのだ」という認識をたんに述べたにすぎないのか。
ところで、作者のドストエフスキーが、「神がなければ」との仮定に基づいて言説を展開したのは、『カラマーゾフの兄弟』がはじめてではなかった。私の知るかぎり、『悪霊』にその萌《ほう》芽《が》的な問いかけを見ることができる。

「もしも神がなければ、どうしてこのわたしなんか大尉でいられる！」

ここには、ヴォルテールの『カンディード』に示されたオプティミズム（「万物の秩序と調和」）に対する嘲笑が感じられる。
晩年の「手帳」には、次のようなバリエーションも存在する。

「神なき良心は恐怖そのものだ。そんな良心は、もっとも不道徳なところにまで迷いこみかねない」

ここでいう「最も不道徳なところ」とは、「目的は手段を正当化する」というマキャベリの提唱する公理にひとしく、ラスコーリニコフのナポレオン主義へとつながる意味の広がりをもつ。
「作家の日記」（一八七三）には、右の引用に通じる次のひと言が記されている。

「いったんキリストを否定したならば、人間の知恵は驚くべき結果へとたどり着きかねない。これは公理である」

キリスト不在の世界を想定することは、ドストエフスキーにとって、想像を絶する恐怖であった。それゆえこの言葉には、並々ならぬ危機感が感じられる。

イワン・カラマーゾフは、ゾシマ長老の問いかけに答えて次のように述べている。

「**不死が存在しないのなら、善行など存在しません**」

ちなみに、同時代の革命家たちも「神の存否」をめぐる議論に大きな興味を示していた。

ミハイル・バクーニンは、次のように書いている。

「神が存在するとすれば、人間は奴隷だ。

人間は理性をもち、正しく、自由である、ゆえに神は存在しない」

（『連合主義・社会主義・反神学主義』）

この言葉は、いかに「神」の存在がロシアの発展を阻害してきたか、その事実に対する革命家の怒りを物語っている。バクーニンにとって「神の不在」は、自明の理であり、なおかつ、すべての出発点だった。

「神がなければ」という仮定のもとで枝葉をのばした言説のなかで、もっとも衝撃的な世界観を開示してみせたのが、『悪霊』に登場する建築技師アレクセイ・キリーロフである。人神思想、すなわち、死の恐怖を克服したものが神となるとする思想の持ち主である彼の、誇らしげな叫びに注目する。

「**神がいないなら、ぼくが神になる**」

そのキリーロフが、神の観念について説明するくだりを読んでみたい。

「生命とは痛みだし、生命は恐怖だし、人間は不幸です。いまはもう痛みと恐怖ばかりです。いま人間が生命を愛しているのは、痛みと恐怖を愛しているからです。（……）いまのところ、人間はまだ人間になっていません。いずれ新しい人間が出てきます。幸福で、誇り高い人間が、です。生きてようが生きていまいがどうでもいい人間が、新しい人間ってことになる。痛みと恐怖に打《う》ち克《か》つことのできる人間が、みずから神になる。で、あの神は存在しなくなる」

　ニーチェの「超人」とキリーロフの「人神」の思想のちがいは明らかである。そのちがいを理解するには、二人の言葉を、崩落するツインタワーから地上に落下していった人々（ダイヴァーズ）の恐怖と重ねるだけでいい。キリーロフの脳裏では神の姿そのものが描けていない。

「神というのは、死の恐怖の痛みのことを言うんです」

　克服すべき対象が「痛み」と「恐怖」であり、それらを克服したものが神であるというのだから、死の恐怖から来る痛みが神の概念に結びつけられるのは論理的必然である。さらにキリーロフの哲学を敷衍すれば、痛みであり、苦痛である生命そのものも神であるという結論につながる。

　もし、神が「死の恐怖の痛み」であるとすれば、その神は、「死の恐怖の痛み」を経験する人間の内側に存在することになる。

「自殺できる人間が神になるんです」

　つまり、みずからの死をもってしか神を実現できない、とキリーロフは考えるのだ。この考

え は結果的に、神は存在しないという結論にたどりつく。キリーロフによれば、人間はいま、歴史的な転換点に立っている。ゴリラから進化した人間が、神を絶滅させる、まさにその転換点である。

「そこで歴史は二つの部分に分かれます。ゴリラから神が絶滅するまでの部分と、神の絶滅から（……）地球と人間の物理的な変化までです。人間は神になり、物理的に変化する」

必ずしも明確な答えになっていないが、神が「絶滅」したのち、少なくともこの地球からは「死の恐怖の痛み」が消え去ることになって、そこで誕生した「新しい人間」が神となる。ただし、そのときには、人間も地球も「物理的に変化」を遂げていなければならない。キリーロフが、この「物理的」な「変化」という言葉において、何をイメージしていたか、私たち読者にはわからない。人間そのものが、霊的な存在に変化するということだろうか。

サルトルとドストエフスキー

だが、自殺を決意したキリーロフを待ちかまえていた最期は、まさに悲惨そのものだった。キリーロフの最期を描く作家の筆致は冷徹そのものであり、彼のあまたある小説のなかでも傑出した恐怖の場面の一つに数えられる。

しかし、ここでひと言書き添えておきたいのは、このキリーロフの哲学が、いまや驚くばかりの現代性をもってよみがえりつつあるということだ。そこには、現代における「ポストヒューマン」思想の萌芽を見ることも可能だし、『ホモ・デウス』の著者ユヴァル・ノア・ハラリの予言、すなわちAIとバイオテクノロジーを駆使するごく少数の人間の支配のもと、人類の多くは「無用者階級」に堕《お》とされるという予言に通じるものもある。思うに「アルゴリズム」こそは、「神の絶滅から地球と人間の物理的な変化」に決定的な役割を果たすにちがいない。ハラリに同調するかのように、『悪霊』の登場人物シガリョーフも次のように予言していた。

「彼（シガリョーフ――筆者注）**はですね、問題の最終的な解決策として、人類を二つの不均等な部分に分割することを提案しているのです。その十分の一が個人の自由と他の十分の九に対する無制限の権利を獲得する。で、他の十分の九は人格を失って、いわば家畜の群れのようなものになり、絶対の服従のもとで何代かの退化を経たのち、原始的な天真爛漫《らんまん》さに到達すべきだというのです」**

ただ、注意してほしいのは、「神がなければ」の前提のもとに提示された、ドストエフスキーのいくつかの言説が、必ずしも、キリーロフやイワン・カラマーゾフの言葉にあるようなペシミズムを帰結としているわけではないということだ。時として、オプティミズムが、夢が、作家の想像力を豊かにはばたかせることもあった。シガリョーフがイメージする「原始的な天真爛漫さ」は、翻って、ドストエフスキーの主人公が憧れる黄金時代の夢をも示唆している。自殺を決意した『おかしな男の夢』の主人公が、仮死の状態で見る夢に現れたのは、まさに「神なき世界」の黄金時代だった。『悪霊』の悪の主人公スタヴローギンもまた、ドイツの田舎町のホテルでつかの間の眠りに落ちるなかで、クロード・ロランの一幅の絵画『アシスとガラテア』に二重写しにされた神なき黄金時代を夢に見る。さらには、『未成年』に登場するアンドレイ・ヴェルシーロフは、よりリアルに、「不死」なき世界の「幸福」に言及する。

「わたしはときどき、神なくして人間はどう生きていくのか、いつの日か、そんなことが可能な時代が来るのか、考えずにはいられなかった。わたしの心はそのつど、不可能だという結論をくだしたのだ。（……）**不死という大きな理想が消えてしまったのだから、何かしらそれに代替するものを見つけなくてはならない。そこで、不死なるものに注がれていたそれまでのありあまる愛が、自然に、世界に、人々に、すべての草木に向けられることになるだろう。彼らは大地と生活をかぎりなく愛するようになり、そしてそのうち徐々に、もはや以前の愛とは異なる特別な愛によって、かぎりあるおのれの人生のはかなさを自覚していくにちがいない」**

だが、少し先走りしすぎたようである。イワンのテーゼにもどろう。ドストエフスキーは、作家として作品の外部に立ちながら、イワンのテーゼ「神がなければ、すべては許される」にどのような可能性を見いだしていたのだろうか。

思うに、イワンのテーゼを理解するうえで大切なヒントとなるのが、イワンの哲学を「実存主義の出発点」とみなしたジャン・ポール・サルトルの考えである（『実存主義とは何か』一九四六）。積極的に、果敢に、神なき世界に立て、とサルトルは主張する。実存主義にとって、すべてが許されるという命題ほど、理想的かつ魅力的な前提はない。人間は、完全に自由意志の存在として、未来に向かって自己を投企できるからである。これは、むろん「大審問官」で提示される哲学とは真っ向から対立している。では、ドストエフスキーは、サルトルの主張に対し、どのような言葉をつき返すことができただろうか。もちろん私見だが、ドストエフスキー自身に、答えはなかった。それは、大審問官に対して為《な》されたキリストの無言のキスが暗示している。ドストエフスキーは、被支配のなかに、マゾヒズムのなかに、真の快楽を見いだしていた。だからこそ、神なき「黄金時代」の夢にも、シガリョーフの「原始的な天真爛漫さ」にも、ポジティブな意味を添えることができたのだ。

カラマーゾフの下劣な力

では、そもそもイワンのペシミズムが、「神なき世界」の具体的イメージとして思い描いていたのは、どのような世界だったのか。それは、むろん「黄金時代」とも、「原始的な天真爛漫さ」とも異なる、野蛮でかつむごたらしく野放図な世界である。ちなみに「神がなければ」という仮定は、二つの意味をもつ。

一、非キリスト教世界における現実

二、キリスト教世界にあって神の不在が意識された状態

神の存在を意識しつつも、すべてが許されるという事態が発生する可能性はないではない。しかしいま、ここで議論されているのは、そのような事態ではない。「神がなければ」の仮定

は、「存在していた神が見失われたならば」という事態として受けとめなくてはならない。でなければ、無神論の社会においては、すべてが許されるという、いささか倒錯的な極論に陥ることになるだろう。無神論の社会においても、けっしてすべてが許されているわけではない。いま、議論の対象とすべきは、神の掟や法の掟とひとしい超越的な何かが機能している社会なのだ。

深く読みこんでいくと、イワンが「神なき世界」に、希望と絶望の双方の光を見いだしていることが明らかになる。一方に、いっさいの規範から解き放たれ、人間の自由意志の輝く世界がある。まさに無神論の世界である。他方、いっさいの規範から解き放たれ、ソドムと化した、堕落と崩壊の世界がある。イワンは、おそらくロシアという混沌を背に、この二つの「神の不在」をイメージしていた。そして、ここで一つだけ確実にいえることは、イワンには、この神なき世界を乗りきる自信があったということだ。

「たとえ人生が信じられなくなり、大切な女性にも世の中の秩序にも幻滅して、それどころか、すべてが無秩序で、のろわしくて、ひょっとして悪魔の混沌そのままなんだとまで確信して、人が幻滅することから来るいろんな恐怖にうちのめされたって、やっぱりおれは生きていたい、人生という大きな杯にいったん唇をつけた以上、最後までこれを飲み干さないかぎり、ぜったいに手からはなさない、ってな！」

「この生きたいっていう願望というのは、ある面、カラマーゾフ家の特徴なんだよ。（……）

おれは生きていたい、だからおれは、たとえ論理にさからってでも生きるよ。世の中の秩序なんて信じないが、春に芽を出すあのねばねばした若葉がおれにはだいじなのさ。青空がだいじなのさ」

「知恵や、論理なんて関係ないんだ。はらわたと魂で愛するんだ、この生まれる力、この若い力を愛するんだよ……」

ところが、謎めいているのは、イワンが本来の「生きたいっていう願望」によってサバイブできるのは、三十歳までだと断定し、それ以降の人生についてはいっさいの言質を与えないことである（「そのあとは、杯を床に叩きつけるだけだ」）。

「そんな地獄を心や頭に抱いて、そんなことが可能ですか」

と不安がるアリョーシャに向かって、イワンは冷ややかな笑みを浮かべる。

「いや、どんなことにも耐えていける力があるのさ！」

そしてその力の正体についてイワンはこう説明する。

「カラマーゾフのさ……カラマーゾフの下劣な力だよ」

神なき世界に「耐えていける力」とは、何だろうか。「カラマーゾフの下劣な力」とは何だろうか。アリョーシャが問いかける「性におぼれて、堕落のきわみで魂を押しつぶす」ことだろうか。いずれにしても、イワン、いや、「カラマーゾフ」には、二つの力がある。おそらくは「高貴な」と呼びうる力と、「下劣な力」である。

イワンは、いま、二十三歳。

5　現代へのこだま　タルコフスキーと「神の不在」

信仰は限りなく恋愛に似ている

「ベソフシチナ」という病を、歴史的な起源に遡って映像化した映画監督が、アンドレイ・タルコフスキー（一九三二～八六）である。十四～十五世紀に生きたイコン画家アンドレイ・ルブリョフの生涯と彼をとりまく時代の再現にはじまり（『アンドレイ・ルブリョフ』）、五百年後のスターリン時代にいたるまで（『鏡』）、一貫して「ベソフシチナ」にとりつかれた人間の「生態」を描きとってきた。そのプロセスをひと言でいうなら、狂気の外在化から、狂気の内在化への道ととらえることができる。『アンドレイ・ルブリョフ』（一九七一年公開）におけるタルコフスキーは、一人の敬虔《けいけん》なイコン画家の目をとおして、異教徒やタタール人による「ベソフシチナ」の姿を眺めることができたが、スターリン時代を背景とした『鏡』（一九七五）では、狂気はすでにこちら側にある。つまり内在化されている。それも、むろん、当然の帰結である。なぜなら、十月革命後のロシアは、キリスト教を捨て共産主義を受け入れることで、『アンドレイ・ルブリョフ』が描きだした異教徒やタタール人の側に回ったからだ。だが、一九八四年に西側に出て実質的に亡命を果たしたタルコフスキーは、「ベソフシチナ」とすれすれの境界線に置かれた信仰のテーマに立ち向かうことになった。たとえば『ノスタルジア』（一九八三）や『サクリファイス』（一九八六）で彼が描こうとした世界は、狂信すなわち病的といえるほど過剰なまでの昂《たかぶ》りに襲われた人物の、自己犠牲への欲求である。『ノスタルジア』では、世界の終わりを予言する老狂信者ドメニコの最期と、タルコフスキーの分身ともいうべき一人の作家の最期が暗示的な手法で描かれる。

タルコフスキー最後の作品『サクリファイス』では、それまで神の存在など一瞥《いちべつ》すらすることのなかった元舞台俳優アレクサンデルが、核戦争勃発のニュースを聞いてパニックに陥り、全面破壊から世界を守ってくれるように神に祈りはじめる。そればかりか、旧約聖書のアブラハムよろしく愛するわが子を生贄《いけにえ》にささげようとしてその殺害を企て、魔女と噂される女とまで交わろうとする。そして一夜が明け、まるで何ごともなかったかのように平穏な日常が舞いもどってくるが、狂ったアレクサンデルの目に、もはや平穏な日常が平穏なものとしては映らない。正義はどちらにあるのか。平穏な日常をまやかしと感じ、自死をもいとわず自宅に火を放つアレクサンデルの「予感」か（つまり世界はほんとうに終わりをはらんでいるのか）、それとも平穏な日常そのものか。答えはない。

最晩年、タルコフスキーはインタビューに答えて次のように語っている。

「幼い頃、わたしはなぜか父親にこう聞いたことがあります。『神さまは存在するの？』。父親のわたしに対する答えは、一大発見でした。『信じないものにとっては、存在しない、信じるものには存在するのさ！』」

（インタビュー「美が世界を救う……」）

神と人間は、あくまで相互関係のなかにある。その意味で信仰は限りなく恋愛に似ている。『サクリファイス』では、『ノスタルジア』に登場する老狂信者と作家が一つの人物像へと統合される。この二本の映画で、タルコフスキーは、「神の不在」という恐怖にかられた、そして神に恋をした一人の道化としてみずからの内面のドラマを自虐的に描きだしてみせた。いや、道化の姿で描かざるをえないほど、ヨーロッパでの彼の孤立と絶望は深かったということなのだろう。

イワンへの愛情と共感

タルコフスキーに勝るとも劣らぬ情熱と執拗さをもって「神の不在」のテーマにいどみつづけた映画監督にイングマール・ベルイマン（一九一八〜二〇〇七）がいるが、タルコフスキーは、同じインタビューで、ベルイマンがあたかも無神論者であるといわんばかりのきびしい口調で語っている。

「ベルイマンが神について語るのは、この世界に神の声が聞こえない、神は存在しないということをいうときのためだけなのです。ですから、わたしたち二人の間で比較などできるはずもありません」

はたしてこの指摘は正しかったのだろうか?

タルコフスキーは、また、「なぜ、キリスト教信者は、どうかすると、キリストが唯一の答えだ、といった言い方をするのでしょうか」と疑問を呈している。これは、キリスト教の信仰におけるキリスト個人への過剰な思い入れを警戒する言ととれる。

「わたしたちが持っている唯一のもの、それは信仰です。ヴォルテールは言いました。『もしも神が存在しなかったなら、神を造りださなくてはならない』と。それは彼が信じていなかったからではなく、まさにその通りだったからです。原因はそこにはありません。唯物論者や功利主義者たちは、ヴォルテールの言葉をまったく誤って理解していました。信仰というのは、人間を救うことのできる唯一のものなのです。これは、わたしのもっとも深い確信です。でなければ、わたしたちはいったい何をなしとげることができるというのでしょう。信仰は、人間に文句なしにそなわっている唯一のものです。ほかの残りのものは、本質的ではありません」

信仰をめぐるタルコフスキーの言葉から、アイロニーの響きはいささかも聞きとれない。ヴォルテールの「もしも神が存在しなかったなら、神を造りださなくてはならない」についても、きわめて実直な解釈に徹している。タルコフスキーにとって、信仰は、アルファであり、オメガなのであり、神への欲求は(「造りださなくてはならない」)、ほとんど身体的ともいうべきレベルにまでおよんでいた。

いずれにせよ、タルコフスキーのキリスト教は、キリスト個人に回帰するドストエフスキー

（「わたしは真理とともにあるより、むしろキリストとともにあることを願うでしょう」）のそれと大きく一線を画していた。なぜなら、ドストエフスキーの信仰は、むしろ信と不信の間で揺れ動くこと自体にアイデンティティを見いだしていたからである。でなければ、無神論者イワン・カラマーゾフをあそこまで追いつめることはしなかっただろう。ドストエフスキーには、イワンへの愛情と共感があった。だからこそ彼は、どこまでもイワンをいたぶり、発狂にまで追いやったと考えていい。「大審問官」の章の終わりが暗示するように、イワンを愛するドストエフスキーの思考の奥では、「キリスト」の姿がかがり火のように揺れていた。ドストエフスキーにとってキリストこそは、キリスト教が成立するためのアルファであり、オメガであったのだ。

6　神があれば、すべては許される？

二〇一一年三月十一日、圧倒的な力で人間にのしかかる自然の威力を前にして私は、再びドストエフスキーの世界を思い起こした。ゾシマ長老の遺体から発せられた腐臭に衝撃を受け、神に対する自然の優位という現実にさらされたアレクセイ・カラマーゾフの恐怖である。大震災から四か月を経て、私は、被災地を訪問した。そして最初に降り立った釜石の港で、何かしらある強烈な働きかけを受けた。世界は三次元ではなく、四次元であるという不思議な感覚、言い換えると、神は存在し、この悲惨な現場をともに見ているという感覚である。その神は、けっして人間の顔をしていたわけではなく、私を背後から包みこむ巨大な霊的な存在（ないしは気配）として知覚された。そしてその無力な神の、慈しみあふれる微笑のようなものまで感じとることができた……。

スラヴォイ・ジジェクが書いている（「神があれば、すべては許される」）。ドストエフスキーが語った「神がなければ、すべては許される」という言葉は、「ソ連時代の収容所群島や、獣姦《じゅうかん》や、同性結婚が話題になるというと、ごくふつうに思いだされる」と。話題は、米国カトリック教会における四千人以上の幼児性的虐待（映画『スポットライト　世紀のスクープ』〈二〇一五〉でも知られた）にまでおよぶ。ジジェクは、ジャック・ラカンがその精神分析の仕事を経て発見した「神がなければ、すべては禁じられている」というテーゼを引き、ドストエフスキーの言葉は、現代の、とりわけリベラルな無神論者たちの快楽主義に奉仕しているという。また、現代における宗教的暴力の高まりについては、物理学者スティーヴン・ワインバーグの言葉を引用している。

「宗教がなくても良い人は良いことをするし、悪い人は悪いことをする。だが、良い人に悪いことをさせるためには、宗教が不可欠である」

ジジェクによれば、キリスト教の神は、超越的な立場から禁止や制限を加える神ではなく、愛の神であり、神が存在するのは、その神の追随者たちの間に愛が存在するときのみである。よって、ラカンのテーゼを反転させた「神があれば、すべては許される」が多くのキリスト教徒によって受け入れられているのは、ある意味で当然のことだという。それが、神の愛の助けを得て禁止の掟を克服するキリスト教の教えの結果だからである。

十九世紀後半、幾度かのヨーロッパ旅行のなかでドストエフスキーが見たのは、信仰と神が失われた世界の姿だった。偽善に蔽《おお》われた西欧が信仰するカトリックを無神論より悪いとしたドストエフスキーの心情は、現代のアメリカに対する多くの人々の気持ちに似ている。西欧、そしてアメリカでは、すでに神は死んでいる。だが、中東・イスラームでは、ますます神は威力を増している。かつて、IS（イスラーム国）の話題が世界の耳目を集めていた時期、砂漠の真ん中で、人質が一人ずつ殺害される映像を目にしながら、多くの人々は、宗教のちがいをこえ、ダイレクトに「神の不在」を実感していたのではないだろうか。「神の不在」という感覚の因ってきたるところが、その世界を「見ることができる」という点にあることも明らかだった。しかも、人質の殺害を実行していたISのメンバーは、けっして「リベラルな無神論者」でもなければ、サイコパスでもなく、ことによると全身に神を感じていたナルシシストたちかもしれないのである。殺人という行為が、自然の掟をこえ、至高の神の命令に変わった。「神があれば、すべては許される」。すなわち殺人も。神が支配する世界では、人命の重さは、限りなく軽いものとなる。翻って、もしもドストエフスキーが、ISによる殺戮《さつりく》の光景を目の当たりにしていたら、どのような言葉を発することができたろうか。『カラマーゾフの兄弟』のイワン同様、この世を神が創ったということは認めない、と息まき、いきり立ったろうか。

それとも、大審問官にキスをするキリストのように、ただ無言のまま、テレビ画面の前から立ち去るだけだったろうか。

7　日本の「ベソフシチナ」

山岳ベース事件とオウム真理教

「雪解け」の波に乗り、タルコフスキーが精力的に映画作りをはじめた一九六〇年代から七〇年代前半にまたがる時代、日本では、戦後生まれの若者たちが、初心な正義感を炸裂させていた。私がいま念頭に置いているのは、一九七〇年の安保延長を前に全国で吹き荒れた学生運動の嵐のことだが、なかでも私たちの記憶に深くきざまれているのが、群馬県山中で起きた「山岳ベース事件」（一九七一〜七二）である。十二名の死者を出したこの事件では、文字どおり、ドストエフスキーが『悪霊』で描いた「ベソフシチナ」が現出した。事件後、逮捕された青年の一人は、雑誌のインタビューに答え、「ぼくたちのことがドストエフスキーの『カラマーゾフの兄弟』に書いてある」と答えたという。その青年は、むろん勘違いをしていた。彼らが実地で演じたのは、『悪霊』のモデルとなった事件、すなわち、一八六九年のモスクワで起こったネチャーエフ事件だったからだ。この事件では、革命家ネチャーエフが率いる五人組のうち、脱会を申しでたペトロフ農業大学の学生が銃で殺害されたうえ、大学構内の池に投げこまれた。

一九七〇年代のはじめ、まだ二十歳を少し過ぎたばかりの私が、群馬県山中で起きたこの事件に思い描いた世界は、「神なき世界」のなまなましい「地獄絵」である。先ほど少しふれたが、私の胸のうちには、じかに手でふれることができそうな「価値基準」があった。それゆえ、その「価値基準」が失われた世界への想像力はどん欲に膨らみ、「神の不在」を、暗鬱な後光をいだくアウラとして経験することができたのだ。

「ベソフシチナ」との関連で次に参照したいのが、それから二十三年後の一九九五年三月に起こった「地下鉄サリン事件」である。シヴァ大神を主神として奉じるカルト集団、オウム真理教が引き起こしたこの事件では、十四名の死者、六千人以上の負傷者が出た。そしてこの事件は、「神がなければ」の前提を根底から突きくずすような、日本の「ベソフシチナ」を現実化してみせた。ほかでもない、「神があれば、すべては許される」。

事件から十年近い時を経て、宗教学者の山折哲雄はある対談で、教団の創始者麻原彰晃《しようこう》について次のように語っている。

「彼（麻原彰晃――筆者注）が教団のサティアンの隠し部屋で捕らえられたときには、直感的にドストエフスキーの『悪霊』の主人公、得体の知れない巨悪をなし、人間の根源的なニヒリズムを体現する悪魔的な人物のことを連想しましたね」（「オウム麻原判決対談」）

山折が示唆している『悪霊』の主人公とは、いうまでもない、ニコライ・スタヴローギンでである。

一方、山折の対談相手である宗教学者の鎌田東二は、オウム真理教が勢力を強めていくプロセスをたどりつつ、よりなまなましくその実態を解説してみせた。

「麻原の密教的ワールドが怖いのは、彼が弟子の精神世界にどこまでも入り込んでくるからです。どこまでも修行。修行するぞ、修行するぞ、修行するぞ。お前が今与えられている困難な事態は修行だ。獄中に入っても修行、死んだ後も修行。この修行依存症のアリ地獄に落ち込んだら、殺人は修行ではないと見切って脱出するのは難しい」

鎌田が列挙する「最終解脱者」たる麻原が課したさまざまなイニシエーションは、まさに「神があれば、すべては許される」世界での一連の「修行」を意味している。「修行」の一環として行われた地下鉄テロに加わった「弟子」たちは、否応なく、「ベソフシチナ」の世界に足を踏み入れていた。しかし興味深いのは、「すべてを許され」たのは、必ずしも「弟子」たちの精神ではなくて、既存の体制を転覆させる意図をもった宗教集団の戦略の一環においてであった点である。「修行」という名のすさまじい規律が現出していたのは、むしろ「神があれば、すべては禁じられる」という真逆の世界であった。

秋葉原事件と相模原《さがみはら》事件

ドストエフスキーとの関連で次に問題になるのが、二〇〇八年六月に秋葉原で起こった「無差別殺傷事件」である。一人の青年のうちに暴力的に湧き起こった憤りが、多くの人間の命を奪い、青年の人生にとっても取り返しのつかない悲劇の誕生につながった。人命の尊さ、かけがえのなさという絶対的な「価値基準」、いや、「殺すなかれ」の戒めを忘れさせたのは、ほかでもない、憤りの裏側に張りついた驕りである。ところがその驕りは、妙に自信なげに見えた。

問題は、青年の供述に、「相手は誰でもよかった」との動機づけの説明があることだが、その供述について、精神科医の斎藤環《たまき》が興味深い意見を述べている。すなわち、斎藤は、殺す「相手は誰でもよかった」という供述のうちに、殺す「主体は誰でもよかった」というつぶやきが聞きとれるというのだ。はたしてそれを驕りと呼ぶことができるのだろうか。主体が欠落しているという意味で、それはもはや自然災害と何ら変わるところがない。なぜならこの弱気な青年は、他者に対し、絶大な力をおよぼす運命の化身ともいうべき立場をとっていたのだから。それはともかく斎藤の意見に耳を傾けよう。

「『誰でも良かった』という言葉」は「彼らが自分自身に向けた言葉でもあったのではないか。少なくとも私には、それが『(これをするのは)自分ではない誰でも良かった』という呟きとしても聞こえたのだ。(……)九〇年代の酒鬼薔薇事件に代表されるような動機の不可解な犯罪は、しばしば若者自身の『犯罪行為による存在証明』のようだった。(……)しかし、一連の通り魔殺人においては、そのような『表現衝動』すら、かぎりなく希薄にみえる。(……)たとえ犯罪をおかしたとしても、自らの匿名性は変わらない。彼らの語ったとされる言葉からは、そのようなあきらめすら感じられる」（「若者を匿名化する再帰的コミュニケーション」）
「存在証明」の「表現衝動」が「希薄」である、ということと、徹底して世界の外部に立とうとする意志はおのずから質を異にしている。では、「殺す主体」はだれでもよいという感覚に支配的なものとは何なのか。それこそは一種の全能感、ドストエフスキーのいう「ベソフシチナ」の感覚ではないだろうか。ネット上に現れた犯人の青年に対する賛美には少なからず、『罪と罰』の主人公ラスコーリニコフへの連想に発するヒロイズムがあったことを思いだしてほしい。

　犯行後のラスコーリニコフの脳裏に浮かぶ動機づけは、多岐にわたっている。熱に浮かされたように彼は言う。

「権力っていうのは、身をかがめてそれを拾いあげようとする勇気あるものだけに与えられるってことさ。それに必要なのはひとつ、ひとつだけ、つまり勇気をもって身をかがめることなんだ」

「権力」を、「権利」と読みかえてくれてももちろんいい。そこに見られるのは、外部に立とうとする意志とはうらはらな、強烈な内的衝動である。ところが、当のラスコーリニコフにも、斎藤が、秋葉原事件の関連で述べた「何ものかであろうとする欲望の気配」の欠落、すなわち一種の自己疎外が忍び寄る瞬間があった。

「ぼくはあのばあさんを殺したんだろうか？　ぼくは自分を殺したんで、ばあさんじゃなかっ

た！　あのとき、ぼくはほんとうにひと思いに自分を殺してしまった、永久に……あのばあさんを殺したのは悪魔で、ぼくじゃない」

最後に、そのスケールと衝撃度において、秋葉原事件に勝るとも劣らない事件について言及しておこう。二〇一六年七月、当時二十六歳の青年が相模原の知的障がい者福祉施設内に侵入し、十九人を刺殺し、二十六人に重軽傷を負わせた事件である。当時の新聞報道によると、犯人の元施設職員は次のように供述している。

「障害者の安楽死を国が認めてくれないので、自分がやるしかないと思った」

「障害があって家族や周囲も不幸だと思った。事件を起こしたのは不幸を減らすため。同じように考える人もいるはずだが、自分のようには実行できない」

「殺害した自分は救世主だ」

（「朝日新聞」二〇一六年八月十七日夕刊）

犯行は「日本のためだ」との結論なのだが、この元職員に、人間の幸不幸の観念に対してどのような基準があったのか明らかではない。しかしこの青年の考えは、ドストエフスキーが「神がなければ」という仮定のなかで思い描いていた「ベソフシチナ」の状況を彷彿《ほうふつ》させてくれる。施設の常勤職員として働いた約三年間、青年の心のなかに、たとえ一瞬でも、国家ならざる神は、最終的に救いの手を差しのべない、現実だけがむきだしのまま残されるという絶望にくれる瞬間が訪れることはなかったろうか。相模原の悲劇は、知的障がい者に対する憎悪と差別のまなざしが、人間の「幸福」をめぐる主観的そして客観的視点、この二つを交差させて

いる点にその根深さがある。青年が、「死刑は重すぎる。死刑になるつもりはない」と答える
のは、彼の論理としては正当なのかもしれない。なぜなら、ここにも、斎藤のいう主体の欠落
が潜んでいるからである。すなわち、主体の名が、国家のそれに置き換えられている。犯人は、
国家の悪意をそのまま体現する救世主とみずからを意味づけることで主体を欠落させた。主体
がなければ、当然のことながら裁きは存在しない。

『悪霊』に登場するキリーロフの声がにわかに響いてくるようだ。

「**神がいないなら、ぼくが神になる**」

第七章　「全世界が疫病の生贄となる運命にあった」

1　「顕微鏡レベルの微生物」

ラスコーリニコフの悪夢

「全世界が、ある、恐ろしい、見たことも聞いたこともない疫病の生贄となる運命にあった」

（『罪と罰』エピローグ）

『罪と罰』の主人公ラスコーリニコフが流刑地、オムスクの監獄で見る悪夢はこのように語りだされている。

「疫病は、アジアの奥地からヨーロッパへ広がっていった。ごく少数の選ばれた人々をのぞいて、だれもが死ななければならなかった。出現したのは新しい寄生虫の一種で、人体にとりつく顕微鏡レベルの微生物だった。しかもこの微生物は、知恵と意志をさずかった霊的な存在だった。この疫病にかかった人々は、たちまち悪魔に憑かれたように気を狂わせていった。そしてそれに感染した者たちは、病気にかかる前にはおよそ考えられもしなかった強烈な自信をもって、自分はきわめて賢く、自分の信念はぜったいに正しいと思いこむのだった」

この「顕微鏡レベルの微生物」に感染した人々はおよそ意味のない悪意をいだき、ひたすら殺しあい、あげくの果てには、相手の肉をむさぼり食う。

「火事が起こり、飢饉が襲ってきた。人間も、ものも、すべてが滅び去った。疫病は勢いをまして、みるみる広がった。世界じゅうで難を逃れることができたのは、ごく少数の人たちだけだった。それは汚れない、選ばれた人々で、彼らの使命は、新しい人類をつくり、新しい生活をはじめること、大地を刷新し、浄化することにあった。ところが、だれも、どこにも、そうした人々を目にしたものはなく、彼らの言葉や声を耳にしたものはなかった」

ラスコーリニコフの夢に現れたこの光景は、十九世紀のロシアの文学が生みだしたもっとも優れた黙示録的ヴィジョンということができる。これに類した記述は、同時代の作家はおろか、ドストエフスキー自身のほかのどの作品にも見いだすことができない。

この夢に盛りこまれたディテールの出所について簡単に説明しよう。一八六〇年代前半のドイツで、動物の筋肉にはいり、人間にも寄生する「微生物」の存在が明らかとなった。話題はやがてロシアに飛び火し、大パニックを引き起こすことになるが、いち早くこのことに着目した作家は、ここから生物学的視点をすべて削り落として、純粋に形而上的意味づけをほどこそうとした。改めて説明するまでもないが、この謎の「微生物」に感染した患者が示す症状は発熱や咳《せき》ではなく、自分のみが絶対に正しいと信じる恐るべき「驕り」である。その驕りゆえに人類全体が滅びる、と作者は、いや、夢のなかのラスコーリニコフは考えたのだ。では、この夢を経験したあとの青年のうちに起こった精神の変化はどのようなものだったのか？　それについては、本章の最後にふれることにしよう。

今日の視点から見て、微生物を「知恵と意志をさずかった霊的な存在」とする意味づけには、イメージ的にも論理的にもいささかの飛躍が感じられ、唐突な印象を否めない。現代の先進医学に関心をもつ読者なら、それを理由に鼻白む向きもあるはずである。だが、十九世紀に生きた一人の作家からすれば、これはある意味で、命がけともいえる解釈だったのではないかと私は思う。なぜなら、ドストエフスキーとその同時代人が、この時、未曽有の脅威として受けとめていたのは、みずからの存在の根幹をゆるがしかねない信仰の喪失であり、ニヒリズムの嵐だったからだ。

ロシア人の精神性が生みだす帰結

さて、同じ「アジアの奥地」に生まれ、世界的な広がりを見せた新型コロナウイルス（以下、「新型ウイルス」）は、欧米諸国での爆発的流行を経て、ついに最後の標的に狙いを定めたかのような印象を受ける。ユーラシア大陸の三分の一を占め、人口一億四千万をこえる大国ロシアでの異常な感染スピードが、それを端的に物語っている。二〇二一年六月十五日の段階で、確認されている感染者の数は約五百二十五万人、死者の数は、十二万七千人強に上る。

二〇二〇年春、ロシアにおける新型ウイルス拡大のニュースに接した私のなかに、強い懸念といくつもの連想が広がった。何よりもまず、十九世紀末の思想家ウラジーミル・ソロヴィヨフが提示した「終末」のヴィジョンがある。アジア全域を征服した皇帝率いるモンゴル軍がロシアからさらにヨーロッパ全体をも支配下に収める。だが、言葉や習慣のちがいから混乱をきたしあえなく崩壊、ヨーロッパは自力で復活をなしとげるが、そこへ「全世界の王」を僭称するアンチ・キリストが現れ、敬虔なキリスト教徒たちを迫害しはじめる。しかし、あるとき、天空を東西に切り裂く稲妻とともに真のキリストが誕生し、「僭称者」は駆逐されて、永遠の女性の導きのもと神の国を実現する――。一読しておわかりのように、「黄禍論」をベースに組み立てられた「黙示録」の再解釈である。

第二の連想は、十九世紀初頭と二十世紀中葉に起こった二つの「祖国戦争」。前者のナポレオン軍との戦いでロシア軍は二十一万人の犠牲者を出し、後者のヒトラー（ナチス・ドイツ）軍との戦いでは、じつに二千七百万人の兵士と市民が犠牲となった（ちなみにヒトラーによる世界制覇の野心を、「ペスト」になぞらえた歴史家もいる）。

新型ウイルスがかりにロシアに「侵入」した場合、犠牲者の数は桁外れなものになるだろうとの私の予測は、じつは、これらの連想とは別の出自をもっていた。二〇二〇年二月、ロシアの人気ブロガーが YouTube にアップした一本のドキュメンタリー動画が、公開から一週間で一千三百万回のアクセス数を得たというニュースをネット上で知ったのだ。この動画は、ロシア国内におけるＨＩＶ感染者の爆発的増加をテーマとしたもので、その深刻さを真に憂慮させる内容だった。私見を述べれば、一九八〇年代の終わりからロシアで劇的に拡大しはじめたエイズこそ、ソ連崩壊がもたらした負の遺産という以上に、ロシア人の精神性が生みだした宿命的な帰結である。まさにこれらとのアナロジーから、新型ウイルスの蔓延《まんえん》を危惧する理由が生まれたといっていい。かりに共産主義政権の時代であれば、中国・武漢並みのロックダウンを強行することも可能だったろう。だが、現ロシア政権にそれだけの強制力を発揮する勇気はない。したがって、ドストエフスキーがかつて、「ベソフシチナ（悪霊たちの謀り）」の名のもとに恐れた「混沌」と、新型ウイルスに呑みこまれつつある現代のロシアの姿が否応なく二重写しとなったわけである。あたかもこのウイルスが、「知恵と意志をさずかった霊的な存在」であるかのように……。

2　「バタフライ効果」から「患者選別」へ

『罪と罰』に描かれたラスコーリニコフの悪夢を介し、新型ウイルスとドストエフスキーの哲学を一つにつなぐモチーフの存在に気づかされたのは、二〇二〇年四月のはじめ、公園の桜の見物をかねて、夜の散歩に出かけたときのことだった。「自粛」や「社会的距離」の重要さが叫ばれる折から、夜の一人歩きには少なからず後ろめたさがともなったが、他方、感染の可能性は限りなくゼロに近いとの確信もあって、三日にいちどの散歩がいつしか日課となった。その夜、公園に続く裏道を歩く私の脳裏ではさまざまな連想が駆けぬけていった。スターリン時代末期のモスクワの夜、昔読んだトーマス・マンの小説、地下鉄サリン事件で無期懲役の刑に服する元医師の姿。記憶が幾重にももつれあうなか、最後に浮かびあがってきたのが、数日前に観た映画のラストシーンだった。映画のタイトルは、今回のパンデミックを予言したとしてネット上で話題を呼んだスティーヴン・ソダーバーグ監督の『コンテイジョン』（二〇一一）。なかでもとくに強い衝撃を覚えたのは、冒頭まもなく謎の疫病で急死する香港《ホンコン》帰りのエリート女性が、まさに「ゼロ号患者」となる瞬間を、秒きざみのカットで劇的につないだラストの回想シーンである。

絢爛《けんらん》と桜の咲き誇る公園にはいった私のなかに、唐突に次の連想が湧き起こったとき、私は確実にこの映画を意識していた。

「ブラジルの一匹の蝶《ちょう》の羽ばたきはテキサスで竜巻を引き起こすか？」

一般に「バタフライ効果」の名で知られ、未来の予測がいかに困難か、を比喩的に表した言葉だが、『大辞林』（第三版）の定義には、次のように記されている。

「初期条件の僅かな差が、その結果に大きな違いを生むこと。チョウがはねを動かすだけで遠くの気象が変化するという意味の気象学の用語を、カオス理論に引用した」

ここで改めてカオス理論に言及することはしないが、一つだけ確実に言えることがある。「ブラジルの一匹の蝶」とは、ほかでもない、現に夜の公園で深呼吸している私であり、「テキサスの竜巻」とは、いま、世界を席捲《せっけん》しているパンデミックの嵐だということ。その夜、私はあたかも「ゼロ号患者」になり代わったかのような、微妙に危うい罪の感覚に支配されたまま公園を後にした。ひどく非科学的な説明だとは思うが、人は、吸う息によって被害者となり、吐く息によって加害者となる。一人の人間が、ひと呼吸ごとに、被害者から加害者へ、加害者から被害者になり代わる。この微妙に危うい感覚は、昼間の日常にもどってからますます強くなり、人前で呼吸することすら不思議な息苦しさを覚えるようになった。

そしてそれからほどなくして、次の連想が湧き起こった。ドストエフスキー、いや、ゾシマ長老が修道僧のアリョーシャに伝えた教えの一つである。

「**かりにわたし自身が正しい人間であったなら、わたしの前に立っている罪びとはそもそも存在しなかったかもしれない**」　（『カラマーゾフの兄弟』）

では、「バタフライ効果」とゾシマ長老の右の言葉は、どこでどう意味的なつながりをもったのだろうか。長老の言葉の裏を返せば、私が正しくない人間だったために、私の目の前の人間は罪を犯したのだ、という意味になる。ここで前提とされている「私」と「罪びと」との間に直接の利害関係はないが、大切なのは、こうして見ず知らずの他人に対してすら、罪の感覚がうごめくという心のありようである。長老がここで示唆した世界とは、以前にもいちど述べたことがあるが、罪の意識でたがいに結ばれる人間の運命共同性である。そしてその精神に息づくメッセージとは、むろん「驕り」から去れ、なのだ。

思うに、こうした共同性の存在を蔑み、原罪の感覚に背を向けて立っていたのが、『罪と罰』の元大学生ラスコーリニコフであり、『カラマーゾフの兄弟』のイワン・カラマーゾフである。とくにラスコーリニコフの展開する、「天才」と「凡人」の二つの階層をめぐる理論では、人類は、「**生産に供される材料**」にすぎない「第一の階層」（すなわち「凡人」）と、「**さまざまなよりよきもののために現在あるものを破壊すること**」を要求できる「第二の階層」（すなわち「天才」）の二つに分かれる。当然のことながら、後者は、屋根裏部屋でじっと息を潜める貧しい主人公とはうらはらの、この地上におけるもろもろの特権を享受し、最優遇されるエリート（選民）である。

新型ウイルスとドストエフスキーの連想はとどまるところを知らなかった。世界の関心が、中国・武漢から遠く北イタリア、フランスへ移り、日々刻々とその惨状が伝えられるなか、私のなかでもう一つ連想の糸がつながった。このラスコーリニコフの選民思想から北イタリアやスペインの病院で起こった「トリアージ（患者選別）」へである。「生きるに値するもの」と「生きるに値しないもの」の選別において、両者の動機にはむろん天と地ほどの開きがあり、次元を異にする。しかし、少なくとも現象面だけを見れば、そこには奇妙ともいうべき一致が見受けられる。だれの命を救い、だれの命を見捨てるか、という重大な決断を、一方で、ファナティックな妄想にかられた元大学生が、他方では、生命救助という気高い使命をになわされた医師や看護師がくだす。生命の重さに貴賤上下の区別はない。しかしまさにその神聖かつ不可侵の規範からはみださねばならない事態が生じたのだ。そのことはとりもなおさず、現下の状況がいかに重大で、戦時下にも匹敵する危機的状況にあるかを示す証である。

3　ロシアの災厄

手を加えることのできない現実

今回の新型ウイルス禍にも匹敵する「災厄」として、ロシア文学がしばしば取りあげてきたのは、戦争、飢餓、疫病である。しかし、トルストイが『戦争と平和』で描きだした「モスクワ大火」（一八一二）の場面は、歴史小説ならではの壮大なスペクタクル性を醸しだしているもののの、その悲劇的な状況への沈潜は、必ずしも十分とはいえない。戦争に劣らぬ桁外れな死者をもたらした飢餓については、同じトルストイの告発の書『飢餓について』（一八九一）やウラジーミル・コロレンコの現地報告『凶作の年に』（一八九一～九二）が知られている。これらの著作はいずれも、一八九〇年代初頭のロシアで三十七万五千人の犠牲者を出した大飢饉を扱っているが、総じて「飢餓」のテーマを、文学的なそれとして自立させることは困難だった。飢餓は、まさに手を加えることのできない現実そのものであって、フィクション的な趣をそこに添えること自体タブーとする無意識の規制が働いたためだと思われる。

ロシア社会が直面する問題につねにリアルな関心をもちつづけたドストエフスキーだが、彼もまた、戦争や飢餓のディテールを、ダイレクトなかたちで小説のなかに取りこむことを避けざるをえなかった。口述筆記のスタイルを採ったせいもあり、後年の小説ではとりわけ、現実の描写に一定のたががはめられるにいたった。晩年の訪れとともに、彼の小説では、事実を故意に曖昧化するミステリーの手法や「娯楽性」が重んじられ、同時に、小説のもつ象徴的な意味作用への関心が強まっていくが、しかし初期の小説にも、わずかながらこの象徴的な意味作用に対する関心を示す作品が見られる。以前も取りあげた『プロハルチン氏』（一八四六）を例にとろう。莫大な金貨や銀貨をベッドの下に隠しこんだままこの世を去ったプロハルチン氏が夢でみる火事の場面では、怒りにかられた民衆に追い立てられる彼の姿と、「モスクワ大火」の前で呆然《ぼうぜん》とするナポレオンのイメージが二重写しにされる。人知れず蓄財に励む誇りと野心、そしてそれとはうらはらな喪失の恐怖は、ナポレオンその人の野心や恐怖と同質であると作家はいおうとしていたかのようである。同時に、蓄財そのものにまつわる疚しさや、それを反民衆的な驕りであるとする隠された自覚が、自分を追い立てる民衆のイメージを誘いだすことになる。こうして、「モスクワ大火」という一個の歴史的事象が夢によって内面化され、一人の登場人物の複雑な心の動きをみごとに構造化していくのである（「燃えていたのは、どうもプロハルチン氏の頭のほうだったようだ」)。

コレラ禍

本題にはいろう。

戦争、飢餓に劣らず、ロシア文学のシーンに深い影をもたらしたテーマが、コレラ禍である。コレラはもともとベンガル地方に流行する風土病にすぎなかったが、イギリスによる植民地経営を介して世界各地に広がった。ロシアにその第一波が押し寄せてきたのは、一八三〇年から三一年にかけてのことである。潜入口となったのは、カスピ海にそそぐヴォルガ河河口の町アストラハン。その後、ヴォルガ河沿いに西進を重ね、ツァリーツィン（現在のヴォルゴグラード）、サラトフ、サマーラを経て、ヴォルガ最大の交易の町の一つニジニ・ノヴゴロドに到達する。得体のしれぬ疫病への感染を恐れた市民が、別の町に避難するという悪循環が続き、事態は悪化の一途をたどっていった。統計によると、このときのロシア国内における罹患者《りかんしゃ》は約五十三万四千人で、そのうち二十三万人が死亡したとされている。

このコレラ禍は、市民、農民、兵士を巻きこむ大規模な反政府行動を引き起こした点で歴史的な意味をもった。検疫所の設置、防疫線の武装化、移動の禁止などの措置に人々の多くが反発した。役人たちによる市民や農民の毒殺という風説も彼らの抗議行動に拍車をかけ、果ては、役所や官立の病院を襲い、役人、将校、地主たちの殺害にまでおよんだ。一八三〇年十一月にタンボフで起こった暴動では、蜂起した市民が県知事を襲い、軍隊がその鎮圧に乗りだすといった一幕も生じた。翌三一年六月、ペテルブルグのセンナヤ広場で起こった暴動は、それから四十年を経て、ドストエフスキーの『悪霊』における労働者の暴動の描写にヒントを与えることになる。

コレラ禍第一波が猛威をふるうなか、いわばその遺物ともいうべき作品がアレクサンドル・プーシキンの手によって書かれている。イギリスの作家ジョン・ウィルソンの『ペストの町』（一八一六）の一場面を翻案した『ペスト流行下の宴《うたげ》』（一八三〇）である。プーシキンはこの戯曲で、死の絶対性のもとに生きる二人の対照的な人物像を描きだした。「悔い改め」と天上の幸福を説く老司祭に対し、破滅型の青年ワリシンガムは、宗教的な救済をいっさい拒否し、「ペスト賛歌」を歌いながら宴を催す。ロシア文学者越野剛によると、「理屈の上では司祭の方が筋をとおしており、ワリシンガムの言動は矛盾に充ちているが、プーシキンの共感は現実の不条理を受け入れることを拒むワリシンガムに向けられている」という（「ドストエフスキーとロシアにおける病の文化史」）。

コレラ禍第二波は、ヨーロッパに革命の嵐が起こる一八四八年五月にはじまった。モスクワ県全体で五万九千人の罹患者を生み、うち二万八千人が死亡、ペテルブルグでは、罹患者三万二千人中、半数の一万六千人が犠牲となっている。一八四八年は、若きドストエフスキーが、「ペトラシェフスキーの会」に出入りしていた時期にあたり、この年の夏、彼はペテルブルグを出て、ペトラシェフスキーの別荘のあったパルゴロヴォで避難生活を送っている（「私は病気が発生した最初の頃にはコレラを怖がっていました」D・シェリフ『苦悶する都』）。

ロシアにおけるコレラ禍第三波は一八五三年に、さらに第四波は、一八六三年から七五年にかけて起こった。一八七〇年には八百五十四人の死者が出た。翌七一年には、三月に二千四百九十五人が罹患し、一千百三人が死亡、その後、再燃と沈静化を繰り返しながら、一八七三年夏の終わりにその頂点を迎えた。ここに、コレラ罹患を病的なまでに恐れた作家ツルゲーネフの興味深い「告白」がある。

「今にもコレラにかかるかもしれないという考えが、片時も私の頭から離れない。（……）狂人さながらコレラを擬人化さえしている。それは、何やら病んで、黄緑色をした、悪臭を放つ老婆のような姿で想像されるのだ。（……）妙だと思われるだろうが、私が恐れているのは、死ではなく、コレラなのだ。このコレラの恐怖に打ち勝つことは、私の意志の外にある。私は無力だ」

（P・フォーキン『素顔のツルゲーネフ』）

ツルゲーネフのパラノイアックな恐怖が、当時四割近くに達したという死亡率の高さに起因していたことは、いうまでもない。では、そのツルゲーネフが、「コレラ時代に持続的につづく腹痛」（ツルゲーネフ『書簡』一八六六年九月三十日）に喩えた『罪と罰』の作者ドストエフスキーの場合はどうだったのか？

4　コレラとニヒリズム

「コレラの発生源かつ温床」

ドストエフスキー一家が、四年にわたるヨーロッパ旅行からペテルブルグにもどったのは、一八七一年七月、この年二度目のコレラ再燃で七百人近い犠牲者を出した時期にあたる。もっとも、ドストエフスキー自身が、コレラにまつわる不安や恐怖を漏らした私的なエピソードはどこにも見当たらない。アンナ夫人の『回想』にも「コレラ」の字は一つもなく、作家がこの相次ぐコレラ禍を強い精神力でもって生きぬいていったことを暗にほのめかしている。

先述の『罪と罰』の「悪夢」に続き、彼が「疫病」のモチーフを取りあげた作品が、『悪霊』（一八七一〜七二）だった。この小説では、革命家ピョートル・ヴェルホヴェンスキー率いる五人組による新国家樹立のたくらみと、コレラ接近で生じた世情不安とがたくみに二重写しされている。

「このシュピグーリン工場では、ちょうどそのころ、例の『シュピグーリン事件』が起こりかけていた。この事件については町でうるさく騒がれ、首都の新聞にもさまざまな風説が書きたてられたものである。三週間ほど前、一人の労働者が真性コレラに感染して死亡した。つづい

て何人か発症した。コレラが隣の県から迫りつつあったので、町じゅうの人々が怖気《おじけ》づいた」

　シュピグーリン工場が、「コレラの発生源かつ温床」とみなされるのには、理由がある。作家は、コレラとニヒリズムを意識的にダブルイメージ化しているのだ。ツルゲーネフに見るように、致死率四十パーセントに上るコレラへの恐怖は、人々のうちに極度の不安と興奮をもたらし、にわかには信じがたい狂態を日常的に現出させていく。

「だれもがひそかにスキャンダルを予期していた。スキャンダルも、それほどに期待されているとしたら、どうして起こらずにいられよう」

　プーシキンの『ペスト流行下の宴』さながら、第三部冒頭では、古代ギリシャの「バッカナール」もどきのけたたましい祝典が催される。革命家ピョートルによる権力奪取のたくらみは、コレラ拡大をばねに、このカーニバル的狂騒に乗じるかたちでたくみに台本化された。ピョートルがニコライ・スタヴローギンに向かって、来るべき国家建設のヴィジョンを「**まるで酒に酔っているよう**」に語りかける場面に注目する。

「『ぼくたちはこれからあちこちに火を放ちます……伝説を流します……（……）そうして動乱時代がはじまるわけです！　世界がいまだかつて見たこともないような動揺が生まれます……古いロシアは霧にかき消され、大地は古い神々をしのんで泣きだすでしょう……そう、そこをねらいすまして、あるひとりの人物を野に放つのです……それは、だれか？』

『だれです？』

『イワン皇子です』」

ピョートルがスタヴローギンに重ねた「イワン皇子」とは、アファナーシエフの民話に登場し、悪の権化カスチェイと対決する伝説のヒーローではない。「イワン皇子」の名のもとにピョートルがイメージしていたのは、ほかでもない、「僭称者」すなわち「アンチ・キリスト」の存在である（O・マイオーロワ「農奴解放期の社会的神話における皇子＝僭称者」）。

「その方は存在している、だが、だれもその姿を見たものはいない、その方は身を隠しておられる。もっとも、たとえば十万人のうち一人ぐらいには見せてもいい。そうすると、全国に『見たぞ、見たぞ』という声がひろがりはじめますから。（……）**あなたは美男子で、神のように誇りたかくて、自分のためには何ひとつもとめず、犠牲のオーラにつつまれ、『身を隠しておられる』。大事なのは、伝説をひろめることです。あなたなら人々を征服できるし、ちらっと一瞥をくれるだけで征服できる」**

二種類の悪霊

歴史上、ロシアでは、政治的危機に陥るたびに僭称者の存在がクローズアップされてきた（B・ウスペンスキー「皇帝と僭称者」）。僭称者イワン（＝スタヴローギン）による権力奪取の計画は、十六世紀終わり、ボリス・ゴドゥノフのさしがねで殺害されたとされるイワン四世の子どもドミートリー王子の再来伝説に則《のっと》っている。権力側はこれを逃亡した修道僧グリゴーリー・オトレーピエフだとして正体をあばこうとしたが、修道僧あがりのヒーローに対する民衆の信望は厚く、ついに彼はポーランドの後ろ盾を得て政権の座に就く。革命家ピョートルは、この「偽ドミートリー一世」の伝説を奇貨として政府転覆をはかろうとしていたのだ。そこでは、五人組が本来的にめざすべき社会主義の理想など、もはや歯牙にもかけられない。自己目的化した権力奪取の妄想が描きあげる未来のヴィジョンとは、同じ五人組の一人シガリョーフが誇示したディストピアである（人類を二つの不均等な部分に分割し、その十分の一がほかの十分の九に対する無限の権利を獲得する必要があるとする）。ロシアの歴史にたびたび現れる「僭称性」について、これを「戦闘的な無能さ」と呼んだのは、ロシアの研究者ユーリー・カリャーキンだが（『ドストエフスキーと黙示録』）、「うわさ」「匿名の手紙」「暴露」「目撃」「うそ」「疑心暗鬼」「自己欺瞞」「デマ」など、策士ピョートルが弄する手練手管はその「戦闘的な無能さ」を補ってあまりあるものである。こうして「口コミ社会」に固有の情報伝達の危うさから町全体が混沌に陥り、「革命」の下地が造りあげられていく（津久井定雄「『悪霊』の町はこうして燃え始めた」）。

祝典のさなか、ついに町に火が放たれる。放火犯は、シュピグーリン工場の労働者と謎の懲役囚フェージカ。ポーランドの映画監督アンジェイ・ワイダが撮った映画『悪霊』（一九八七）をご覧になった方なら、ラスト近い鮮烈な火事の場面を記憶している人も少なくないだろう。

「この場合、夜の火事には、どこかわくわくさせるような印象はあっても、恐怖と、多少とも身の危険を感じさせるところから、何かしら脳震盪《のうしんとう》めいたものを見物人（もちろん家が焼かれ

ている住人ではない）に引きおこし、独自の破壊本能を呼びさますことになる。ああ！　この破壊本能は、だれの心にも、家族持ちで温厚そのものの九等文官の心にすらひそんでいるのだ……この隠微な感覚には、いつも人を酔わせるような感じがある」

「火事」の場面で何よりも鮮烈な印象を呼び起こすのは、陶酔的な感覚のなかで狂ったように走りまわる県知事レンプケーの滑稽かつ無残な姿である。

「レンプケーは青ざめた顔に目をぎらつかせながら、奇怪きわまる言葉を発していた。おまけに帽子もかぶっていなかった。もうかなり前に失くしていたのだ。

『ぜんぶ放火だ！　こいつはニヒリズムなんだ！　燃えているものがあれば、そいつはニヒリズムだ！』」

だが、この混沌を創りだした張本人は、あくまでも正体を隠している。ドストエフスキーの『悪霊』には、確実に二人の悪霊、二種類の悪霊が存在する。それは、「革命」という偽りの大義のもと、「小鬼」どもを使嗾し、マリオネットのごとく操るピョートルという固有名をもつ悪霊と、そのピョートルが愛憎に引き裂かれながらひたすら神格化するニコライ・スタヴローギン（「あなたなしじゃ、ぼくは蠅《はえ》と同じで、試験管のなかの思想にすぎない」）。前者が、集団的な狂騒のなかに出没する邪悪な「小鬼」どもの統領であるなら、後者は、より明確に一個の人格をもった一種の形而上的な存在としての悪霊といってよい。ただし、こちらの「悪霊」はすでにいっさいの欲望に倦《う》みつかれ、生きる屍と化している。

この小説の冒頭に引用されたエピグラフが、作者ドストエフスキーの世界観を代弁する。

「悪霊どもがその人から出て、豚の中に入った。すると、豚の群れは崖を下って湖になだれ込み、おぼれ死んだ」

（「ルカによる福音書」第八章三十三節）

ドストエフスキーの思想に照らして考えるなら、『悪霊』が描きだした世界は、じつは悪霊であると同時に豚でもあるすべての人間の悲劇的な末路である。この小説に登場するただ一人の良心ともいうべきステパン・ヴェルホヴェンスキーが解説している。

「病人から出て豚のなかに入る悪霊ども、これはね、何世紀、そう、何世紀にもわたってぼくたちの偉大な愛すべき病人、つまり、ぼくたちのロシアに積もりつもったすべての疫病、すべての病毒、ありとあらゆる不浄の輩《やから》、ありとあらゆる悪霊ども、その小鬼でもあるんです。

（……）これはぼくたちなんです、ぼくたちであり、あの連中なんです」

「悪霊」の悪霊たるゆえんは、まさに神を恐れないという一点に尽きる。では、神とははたして何なのか？　ステパン・ヴォルホヴェンスキーは言う。

「人間存在のすべての掟というのは、人間がつねに、はかりしれず偉大なものの前でひれ伏すことができる、という一点にあるのです。人間から、このはかりしれず偉大なものを奪い去ってしまえば、彼らはもう生きることをやめ、絶望に暮れたまま死んでしまうでしょう」

5 「悪夢」のあとに

ラスコーリニコフが流刑地で夢に見た「顕微鏡レベルの微生物」の正体とは、繰り返しになるが、彼自身が病んでいた「驕り」である。『罪と罰』では必ずしも明確に示されなかった「驕り」の意味を、徹底的に解明しようとしたのが、『カラマーゾフの兄弟』におけるゾシマ長老の「説教」である。ゾシマ長老によれば、「驕り」ゆえキリストという信仰、「キリストの約束」を失った人類は、「血の海」に沈まざるをえない。

「なぜなら、血は血を呼び、剣を抜いた者は剣によって滅びるからである。そして、もしキリストの約束がなければ、彼らは、地上の最後の二人となるまで、たがいを滅ぼしあうだろう。それにこの最後の二人は、自分の傲慢さからたがいを鎮めることができず、ついには最後の一人が相手を滅ぼし、あげくの果ては自分をも滅ぼすことになるのだ」

ゾシマの「説教」は、次の決定的なひと言によって閉じられる。

「彼らは、自分の怒りの火のなかで永遠に焼かれながら、死と虚無を渇望しつづける。だが、死は得られない……」

では、人類が「驕り」による滅亡からまぬがれる手立てを、作者自身どのように考えていたのだろうか。たんに謙虚であれ、と呼びかけるだけでは空疎なお題目にすぎなくなる。同じゾシマ長老の「説教」に、かすかながらもそこからの救いを暗示する言葉を見いだすことができる。人間は、もはや原点に立つしかない。

「もし自分が罪を犯し、そのいくつもの罪を、あるいは思いがけないはずみで犯したひとつの罪を悔いて、死ぬほど悲しい思いをするときは、ほかの人のために喜ぶがいい。正しい人のために喜ぶがいい。おまえは罪を犯したけれど、かわりに正しい人が罪を犯さなかったことを喜ぶがいい」

多くの人間は、他者に対してどこまでも無自覚的である。それどころか、身近になればなるほど、他者に対する憎悪は生まれやすくなる（イワン・カラマーゾフは言う、「**身近な人間なんて到底好きになれない。好きになれるのは遠くにいる人間だけだ**」）。むろん、近親憎悪もまた「驕り」の産物にほかならない。しかしそれでも人間は、なにがしかの絆で結ばれている、とゾシマは考える……。

本章の冒頭で約束したとおり、『罪と罰』のラスコーリニコフが夢で見た「疫病」の話にもどらなくてはならない。「顕微鏡レベルの微生物」の悪夢から覚めたラスコーリニコフにどのような精神的変化が訪れたのか。

「ラスコーリニコフは苦しかった。この無意味な悪夢が、あまりにも哀しく悩ましく記憶にこだましつづけ、この熱にうかされた夢の余韻から、長いこと逃れられなかったからだ」

ドストエフスキーはさりげなく読者を導こうとしている。ラスコーリニコフは、「**大斎期の**

終わりと復活祭週間」に、病気で入院中にこの悪夢を見る。「**まだ熱を出してうなされていたときに見た夢**」とされている点が鍵である。そして事実、『罪と罰』は、この悪夢のエピソードを境にがらりとトーンを一変させ、その数頁先では、ラスコーリニコフとソーニャとの間に、魂同士のふれあいともいうべき新たな出会いが生まれている。

「**ふたりの目には涙がにじんでいた。ふたりとも青白く、やせこけていた。しかしそのやつれはてた青白い顔にも、新しい未来の、新しい生活への完全な甦《よみがえ》りの光がきらめいていた。ふたりを甦らせたのは、愛だった。**（……）**彼らは辛抱づよく待つことを決めた。彼らにはまだ七年が残されていた。それまでには、どれほどの耐えがたい苦しみと、はかりしれない幸せがあることだろう！　しかし彼は甦った**」

『罪と罰』の読者のなかには、この「エピローグ」の終わりの数ページが過剰といえるほどに感傷的であることに気づいた人も少なくないだろう。作者自身、はたしてラスコーリニコフの復活に、この最後の一行（「彼は甦った」）ほどの確信をもつことができたのか。むろん、作者自身、よみがえりのための長く苦しい道のりをそれなりに想定していたことはまちがいない。

「**新しい生活は、ただで得られるものではなく、それははるかに高価であり、それを手にいれるには、将来にわたる大きな献身によって償っていかなければならない……**」

しかし、はたして何をもってよみがえりとするのか。「将来にわたる大きな献身」とははたして何を意味するのか。作者が、それに対する明確な回答をもっていたとは思われない。が、この物語が、これ以外のフィナーレはもちようがなかったこともまた事実なのである。

第八章　夢想家、または「永遠のコキュ」

1　「夢想家」をめぐる問い

すさまじい夢想家

一八四四年一月、ドストエフスキーはネヴァ川のほとりで不思議な幻視を経験する。

「その時、もう一つ別の物語が目の前に浮かんできた。ある暗い貸間に、正直で、純潔で、道徳的で、上司に忠実な九等官、そして彼とともに辱めを受けた、悲しみに打ち沈む少女がいる。二人のそんな物語に、ぼくの心は深く引き裂かれる思いだった」

（「詩と散文でつづるペテルブルグの夢」一八六一）

創造的啓示と呼ぶにふさわしい、かけがえのない経験だった。ドストエフスキーはこの啓示に促されて、かりに失敗したら「**首を吊る**」か「**ネヴァ川に飛び込む**」覚悟で、新しい小説の稿を書き起こす。デビュー作『貧しき人々』（一八四六）が産声を上げた瞬間である。

ドストエフスキーは、後年、当時の文壇の大立者ベリンスキーによってこの小説が絶賛された際の興奮を、次のように回想している。

「私は、全身で感じていた。私の人生に厳粛な瞬間が、永遠の転機が起こったのだ、と。（……）（ちなみに私は当時、すさまじい夢想家だった）」

（「作家の日記」一八七七）

それから四年後の一八八一年、作家は死の直前のメモにこう書きつけることになる。

「私は心理家と呼ばれているが、それはまちがいだ。私はもっとも高い意味におけるリアリストであるにすぎない。つまり、人間の魂の深みを隅々まで描くのだ」

「夢想家」から「リアリスト」への変貌――、ドストエフスキーの三十五年におよぶ作家としての歩みをかりにこのように総括したとしても、大きく的を外すことはない。では、回想によって顧みられた自画像ではなく、作家自身がリアルタイムで感じとった自画像とはどのようなものだったのか。

デビューからまもなく作家は、兄ミハイルに宛てた手紙で次のように書いている。

「ぼくには恐ろしい欠点があります。限度を知らない自尊心と名誉心です」

（一八四六年四月一日）

あらかじめ注意しておきたいのは、作家がここに書いている「自尊心と名誉心」とは、あくまで作家としてもてる自信の表明であったということだ。

では、この「夢想家」に託されたイメージとは、はたしてどのようなものだったのか。

「夢想家というのは、――もしくわしい定義が必要なら言いますが――それは人間じゃなくて、そう、一種の中性的な存在なんですよ。彼らは、おおかた、どこか人が近寄りにくい隅にへばりついて、まるで白昼の光さえ避けながら、そこに身を潜めている……」（『白夜』一八四八）

慌ただしく引用を重ねてしまったが、私がここでいいたいのは、作品のなかに描かれた「夢想家」と、晩年の回想で作家が記した「すさまじい夢想家」の定義の間には、いちじるしい断絶が存在しているということだ。そもそもドストエフスキーが、作家デビューからペトラシェフスキー事件にいたるまでの約三年間、「一種の中性的な存在」であったことはいちどとしてない。むしろ「夢想家的」な装いをみずから剝ぎ、夢想家の仮面の下にしまいこまれたアイロニーの牙をひそかに研ぎつづけていたというほうがはるかに事実に即している。

さらに注意すべき点は、一口に「夢想家」といっても、さまざまな顔がそこに隠されているということである。夢想家的な資質をもつ登場人物の間にもちがいはあるし、いま述べたように、物語のなかの「夢想家」と「すさまじい夢想家」だった作家本人との間にも、文字どおり「すさまじい」開きがある。そしてこの、物語のなかの「夢想家」と、「自尊心と名誉心」の虜となった「すさまじい夢想家」は、デビュー作『貧しき人々』が産み落とされた段階ですでに別々の道を歩みはじめていたと考えることができるのだ。

世俗的な欲望を共有しあう分身同士の葛藤

往復書簡の形式で綴られた『貧しき人々』は、夢想家肌の貧しい小役人マカール・ジェーヴシキンとうら若きワルワーラ・ドブロショーロワが織りなす、物悲しい心の交流の物語である。日常生活上のこまごまとした話題を介して、二人はおたがいの寄る辺なき悲しい境遇を慰めあう。しかしそれは、後年のドストエフスキーが好んで描いた「偶然の家族」の一つの姿にほかならず、物語のどのページを繰っても、性愛への発展を暗示するくだりは見いだせない。言い換えるなら、最初から出口をふさがれた愛、闘争性をはらみえない愛、逆に闘争性が自覚されたとたん、すべてが悪夢と化してしまう微妙なバランスの上に成り立った愛ということができる。他方、この物語の出口ないし花道を準備するのは、ワルワーラの隠された魅力に目をつけ、結婚を申しいれる大地主ブイコフである。読者の目は、「貧しき人々」の「幸福」を破壊するこの第三者の邪な視線に否応なく釘づけとなる。

夢想家の孤独な夢を、半ば一方的に破壊せしめる第三者というモチーフは、続く『分身』（一八四六）でもさらなる強度を得て反復された。だが、外見的に瓜二つ《うりふた》の分身同士である新旧のゴリャートキンが夢みるのは、夢想家たちが本来の理想とする友愛や自己犠牲の理念といったものではなくて、地位、名誉、愛という、世俗的な願望である。したがって、分身同士の間には必然的に競争と葛藤が生まれることとなる。ルネ・ジラールによる優れた解釈を紹介しよう。

「自尊心の強い人間は、その孤独な夢の中では、自分はひとりだと信じているが、失敗に出くわすと、軽蔑すべき存在と、それを見下す観察者とに、分裂する。そして自分自身にたいして『他者』になる。（……）軽蔑する観察者（『自己』の中の『他者』）は、勝ち誇るライバル（『自己』の外の『他者』）に限りなく接近する。いっぽう、（……）わたしはこの勝ち誇るライバルの欲望を模倣し、ライバルはわたしの欲望を模倣し、その結果、このライバル（『自己』の外の『他者』）は限りなく『自己』に接近する。意識の内部分裂が深刻化するにつれて、『自己』と『他者』との境界が不明瞭になっていく」

（『ドストエフスキー　二重性から単一性へ』鈴木晶訳。傍点は引用元による）

世俗的な欲望を共有しあう分身同士の葛藤というテーマは、『分身』後の作品の一つ『弱い心』（一八四八）においても引きつがれている。ただしこの『弱い心』では、「夢想家」の像そのものにわずかながらも思想的な色合いがほどこされている。当時、作家が強い関心を寄せていた空想的社会主義の影響である。

ペテルブルグの役所で日々筆写の仕事に汲々《きゅうきゅう》とする主人公ワーシャ・シュムコフに、幸運の女神が微笑みかける。役所の上司の覚えもめでたければ、私生活ではリーザという美しいフィアンセを得るなど、人もうらやむ幸せぶりである。ところが、もともと夢想家肌で足が不自由なワーシャは、天から降って湧いたこの幸福が信じられず、その幸福をみなと分かち合いたいと願う。そうして同居する親友アルカージーにフィアンセを紹介するのだが、そのアルカージーもまた一目で彼女の虜となってしまい、ワーシャの本心とはうらはらに、三人による共同生活の夢が膨らみはじめる。だが、それこそは凶兆だった。ワーシャの心は徐々に変調をきたして筆写の仕事にも身が入らなくなり、ついには仕事の遅れを理由に兵隊にとられるのではないかとの、突拍子もない妄想の虜となってしまう……。

強者の心理に寄り添う

「夢想家」を描く一連の小説で作家が取りあげようとしたのは、みずからが理想とするものの前で挫折する夢想家の弱さだった。ワーシャの狂気の原因が、締め切りの迫った筆写の仕事にないことは、だれの目にも明らかである。同時に、当時の若いエリートたちを魅了した空想的社会主義にも原因がないことは、これまた自明である。ワーシャの狂気は、彼のよきライバルたるアルカージーの一方的な善意に、木下豊房のいう「直情径行」(「小説『弱い心』の秘密」)に由来している。他者の「直情径行」が徐々に八方ふさがりの状況へとワーシャを追いやり、地位、名誉、愛に関わるアイデンティティを根本から剝いでいく。思うに、彼の、狂気にいたるほどの苦しみは、新ゴリャートキンによって次々と夢を剝ぎとられていく旧ゴリャートキンのそれに通じている。ワーシャの狂気に「成就恐怖症」を見てとったのは中村健之介だが(『ドストエフスキー人物事典』)、物語に描かれたワーシャの苦悩は、より深刻で、より悲劇的な様相を呈している。

では、こうして夢想家が一様にたどる挫折に対し、作者はどちらの立場に身を寄せておのれの世界観を投影しようとしていたのか。「弱気（ワーシャ）」だろうか、「強気（アルカージー）」だろうか。未読の読者は、おおむね弱気な立場にみずからを重ねるヒューマンな作者像を期待するが、現実は逆の方向を向いている。『弱い心』を読み終えた読者が感じる気配とは、強者の目、あるいは、強者に寄り添う作家の影である。強者は、必ずしも対象の独占を望むことなく、願望の部分的な実現で自足する。『貧しき人々』のブイコフもこのアルカージーもある意味で、部分に自足できる人間である。その余裕が、弱者をいら立たせ、破滅へと追いやるのだ。ドストエフスキーは、なぜかしら、この強者の心理に深く精通していた。

2　「ぼくには、狂人になるプロジェクトが（……）」

一八四六年のデビュー以降、ドストエフスキーは一作ごとに変貌を重ねていった。それらの変貌を促したのは、いうまでもなくおのれの力量を誇示したいという作家的野心（「自尊心と名誉心」）である。作家がこのとき思い描いていた戦略は、すでにベリンスキーらの理解をこえる新たな境地に早くもはいりつつあった。兄ミハイルに宛てて作家は書いている。

「ぼくには新しい傾向があると見られています（ベリンスキーほか）。その傾向は、ぼくが総合ではなく分析によって行動する点にあるというのです。つまり、深さのなかに分けいりながらも、個々の原子に分解しながら全体を探りだそうとする。それに対し、ゴーゴリはいきなり

全体をとらえようとする、そのためにぼくほど深くないのです！」（一八四六年二月一日）

ドストエフスキーはその小説作りにおいてどこまでもディテールにこだわった。物語を一読した読者が、かりに感傷的なたたずまいをそこに感じたとしても、物語の裏地には驚くばかりに多彩なディテールが縫いこまれており、「原子」への分解にどこまでも注意力をゆきわたらせようとする作家の努力が垣間見える。

ドストエフスキーが、「夢想家」と「リアリスト」の二つに分裂していくさまを正確に映しだした作品が、『他人の妻とベッドの下の夫』（一八四八）と『白夜』（一八四八）である。前者から後者の執筆へと移行する変わり身の早さ、ステップの軽さには、舌を巻くほかない。

『他人の妻とベッドの下の夫』の舞台は、冬のペテルブルグ。とあるアパートの前に一人の青年がたたずんでいる。そこへ恰幅《かっぷく》のいい紳士が姿を現し、会話がはじまる。寝取られ亭主である紳士と、寝取った色男が、アパートの三階の一室まで来ると、突然ドアが開いて、第三の男が姿を現す。中からはなまめかしい女の声。ドアの前に立ちつくす夫の姿を認めた妻は「あなたでしたの」と言いつつ、こともなげに馬車に乗りこんでいく。翌日、劇場に赴いた夫の頭に一枚の紙が落ちてくる。密会の場所を愛人に伝える女のメモだった。客席から見上げると、そこには……。

『白夜』の主人公は、極端にはにかみやの小役人で、年齢は二十六歳。ある夜、主人公の「ぼく」は、運河のほとりで十七歳の娘ナースチェンカと出会い、意気投合する。二人は、あくる日の夜も同じ場所でデートを重ね、自分の夢をとめどなく語りあう。ナースチェンカには、若い間借り人の婚約者がいたが、出稼ぎに出てしまった。すでにペテルブルグにもどっているはずなのだが、何の音沙汰もない。その打ち明け話を聞いた「ぼく」は、彼女のためと思い、その男に手紙を届けてやることにする。最後の夜、ナースチェンカは決意し、「ぼく」に間借り人として引っ越してくるように勧めるが……。と、そのとき、二人のかたわらを「黒い影」が通りすぎる。そしてそれに気づいたナースチェンカは、ひと声発して駆けだしていく。まもなく、失意に暮れる「ぼく」のもとに、彼女からの真情あふれる慰めの手紙が届く。

「ああ！　あなたがたお二人を同時に愛することができたならば！」

悲しいかな、またしても「共有」！　しかし「ぼく」は、くすんだ部屋にひとりたたずみ、深い喜悦にひたりつづける。

「ああ！　まぎれもない至福の時！　人の一生とまるごと引き比べてすら、はたして遜色があるだろうか？……」

一読して対照的とも思える作品が、ほぼ同じ時期に書かれたという事実は、「すさまじい夢想家」である作家の自己分裂を暗示している。と同時に、「夢想家」のテーマそのものが、現実から遊離した一種のモード、いうなれば、小説という枠内での「約束事」にすぎなかったことを物語っている。

しかし視点を変えると、この『他人の妻とベッドの下の夫』と『白夜』との間にも、一読しただけではそれとわからない共通のモチーフが隠されていることに気づく。それこそは、夢想家が無前提に「善」と理解している「共有」の理想である。ただし、それぞれの作品にそそがれた作家の目が、たがいに別の表情を湛えていることもまた疑えない事実だ。一方に、シニシズムを湛えた表情、他方に、慈しみと涙をにじませた表情……。

「夢想家」の生態を描こうとする「すさまじい夢想家」（つまり作家）は、時として「リアリスト」としての素顔を遠慮なくさらけだしている。初期の作品のなかでもっともミステリアスな中編『女主人』（一八四七）では、異端派である悪魔的人物ムーリンが、自分の妻に恋心を寄せる夢想家のオルドゥイノフに向かって自説を披露する。

「女の気持ちなんて海の深さとはちがうから測ろうと思えばいくらでも測れる。しかしじつに狡猾《こうかつ》で、強情で、おまけに不死身ときている！」

「すさまじい夢想家」の声は、こうして二つに割れ、さらに三つ、四つと、複数の声へと分散していく。しかし確実にいえることが一つある。表向き、いかに跛行《はこう》的な歩みに映ろうと、若いドストエフスキーが突きすすもうとした道は不変だったということだ。十代の終わり、日々、小説の世界に耽溺《たんでき》しながら、それでもまだ作家という生業《なりわい》が、はるか遠い彼方での出来事のように思われていた時期、ドストエフスキーは兄ミハイルに宛てて書いた。繰り返しになるが引用したい。

「ぼくには自信があります。人間は謎です。それは解き明かさなくてはなりません。もしも一

生をかけてそれを解きつづけたとしても、時間を浪費したとは言えないでしょう。ぼくはこの謎と取り組んでいます。なぜかといえば、人間でありたいからです」（一八三九年八月十六日）

思うに、若いドストエフスキーは、このときすでに、「人間」の「謎」を、自分自身の魂の「解析」を介して解き明かそうとしていたのだ。

「ぼくには、狂人になるプロジェクトがあります」（一八三八年八月九日）

3　失われた夢想、牙を剝く性

全存在を賭した激烈な感情のドラマ

ドストエフスキーは、五十九年にわたる生涯において、私たちがその内情を詳しく知ることのできる恋愛を三つ経験している。そのうち、これから紹介する最初の二つは、まさに、作家が自分の全存在を賭した激烈な感情のドラマであり、そのドラマは、当然のことながら、彼の後の作品に絶大な影響をおよぼさざるをえなかった。

最初の恋の相手は、オムスク監獄を出所後、セミパラチンスクの国境警備隊に配属されてまもない一八五四年五月に、知人宅で出会った元税関役人の妻マリヤ・イサーエワ。もしその恋を成就できなければ、イルトゥイシ川に飛びこむとまで覚悟して臨んだ恋だが、夫イサーエフの死後、彼女にはヴェルグノーフという名前の愛人がいたことが明らかになる。その事実を知った作家は、手のひらを返したように二人の関係に「恩人」として、また「忠告者」として関わっていく。『白夜』を思わせる三角関係がマリヤを軸にして生まれ、彼は「夢想家」をめぐる一連の小説の主人公を地で演じていく。ただし、その献身的なふるまいの蔭《かげ》には、一つの確たる目的が隠されていたと私は空想する。恋のライバルに対する「献身」は、狡知をつくした恋の駆け引きとしての性格も併せもつものだった、と。むろん、相手のマリヤも、ドストエフスキーに劣らず狡知に長《た》けた女性だった。娘リュボーフィ・ドストエフスカヤらの回想によれば、マリヤは、ドストエフスキーと無事婚約を果たしたあとも、元愛人ヴェルグノーフとあいびきを重ねていたという（M・クシニコワ、V・トグリョフ「ドストエフスキーのクズネツクでの結婚式」）。それはともかく、イサーエフ夫人としてのマリヤ、そしてヴェルグノーフの愛人たるマリヤとの関係において作家が果たした役まわりは根本から異なるものだった。そしてマリヤの関心が自分に向かいはじめたとたん、愛それ自体はすみやかに推進力を失う運命にあった。ドストエフスキーの小説における「三角関係」のモチーフの多くがここに由来する。

ドストエフスキーの第二の恋の相手は、当時二十二歳の学生アポリナーリヤ・スースロワ。研究者A・S・ドリーニンによれば、二人が出会ったのは、一八六一年夏のことで、出会いからまもなく二人は親密な関係にはいった（『スースロワの日記』解説）。もっとも、当初、二人がたがいに対していだいていた思惑は大きく異なるものだったらしい。そしてそのすれちがいが、やがて二人の関係に不協和音を生みだしていく。先のドリーニンによれば、農奴の出自をもち、精神的に屈折したスースロワを相手に、作家は、受難者たるみずからのオーラを裏切るかのように、すさまじく奔放な正体をさらけだした。ドリーニンの解説を引用する。

「二人の関係が深い男女の関係になったとき、その関係はスースロワにとって本当に喜びに満ちたものではおそらくなかっただろう」

「ある暗くよどんだ体験が重い層となって積み重ねられていったにちがいない」

スースロワは手紙に書いていた。

「あなたにとってはあの関係はいかがわしいものではなかったのです。ご立派な、お忙しいお方のようにあなたは振舞った。どこかの偉いお医者さまか哲学者が〝月に一度はぐでんぐでんに酔っぱらう必要がある〟とおっしゃっているからそれに従わねばならないのだとか言って、快楽にふけることを必要不可欠と考えている、そんなお方のようにあなたは振舞った」

(『スースロワの日記』中村健之介訳、以下同)

作家の性の真実

これ以上の説明はもはや不要だろう。ドストエフスキーとアポリナーリヤ・スースロワが、「愛」と「関係」を峻別《しゅんべつ》しつつ語ろうとした真実は(おそらくは検閲を気にしながら)、『罪と罰』以降の五大長編に、陰に陽に濃い影を落とすことになる。

「それは喜ばしい愛ではなく、苦しい愛であった。そして、これが『虐げられた人たち』の作者であり、その小説の主人公が目ざす清らかな自己犠牲の愛という理想のために感動の涙を流したばかりの作者その人であったから、この変貌は一段と耐えがたいものに感じられた」

（『スースロワの日記』解説）

『虐げられた人々』の読者のだれひとり、作者ドストエフスキーが、悪の主人公の系譜に連なるワルコフスキー公爵の「分身」であるとは思わなかったろう。だが、アポリナーリヤのみは、おそらく作家の性の真実をつぶさに観察しつづけていた。だからこそ彼女は、いちどは袖にした彼に対して未練をもち、その後も援助を惜しむことがなかったのだろう。ドストエフスキーをめぐる性の真実は、後にこのスースロワと結婚した思想家ワシーリー・ローザノフの回想にも微妙な影を落とすことになった。

「たくさんの男を惹きつけ操ってきたこの女は、（……）ひとことで言えば、正にカトリーヌ・メディチです。（……）もしも必要となったなら、彼女は平然と罪を犯したことでしょうし、顔色ひとつ変えずに人を殺しもしたでしょう。（……）要するに、スースロワは実にすばらしい女でした。（……）気性は完全にロシア女でしたが、ロシア女はロシア女でも、分離派の〝無憎派〟の女でした、いや〝鞭身派の聖母〟と言った方がいいでしょう」

（『スースロワの日記』解説所収）

ローザノフのこの文章には、過剰に筆が先走っている印象がある。ただし、一つだけ、その先走りとは異なる次元の真実が表明されている。アポリナーリヤに与えられた「鞭身派の聖母」という表現に注意したい。「鞭身派」とは、帝政権力のきびしい監視下にあって正教会から完全に独立し、広く民間に流布したセクトの一つである。信者たちは、「ラジェーニエ」と呼ばれる儀式の際、たがいに身体を鞭打ちながら舞い、その頂点にあっては無差別の性の交わりをもったとされる（そしてそこで妊娠した女性は、「聖母」と呼ばれた）。要するにローザノフは、「鞭身派の聖母」としてアポリナーリヤを定義した際、その定義によってドストエフスキーの性的関心のありようを暗示した可能性があるということだ。

この問題に関連して、もう一つ別の問いが浮かびあがってくる。ドストエフスキーのそうした性的関心は、はたしてアポリナーリヤとの出会いをとおしてはじめて顕在化したものだったのか、という疑念である。おそらくそうではなかった。知られるところでは、ドストエフスキー自身すでに工兵学校時代から異端派の存在に関心を寄せていた。その後、『貧しき人々』の成功に浮かれ、放埒な生活に明け暮れる彼が、ほかのどの作家よりも早く異端派に目を向けたのには明確な理由があった。周囲の顰蹙《ひんしゅく》を買い、逆に怖いもの知らずとなった作家は、つねに新しい小説、新しい主題を求め、挑戦していった。そしてこの異端派への関心の下に隠しもった主題こそ、ロシア民衆の基層、いや作家自身の内部における性愛のありようそのものだったと考えていい。そのような前提ぬきには、『貧しき人々』によるデビューから一年後に『女主人』を書き、美しき人妻をめぐる夢想家の青年と、異端派の頭目である夫の対決という構図を描きあげるにいたった動機はとうてい説明できない。あるいは時代を置いて、『罪と罰』に登場する淫蕩漢スヴィドリガイロフが、ラスコーリニコフに向かって放った「**君とぼくは同じ畑のイチゴだ**」というひと言も説明が困難である。また、『賭博者』の主人公アレクセイと一夜をともにしたポリーナが、屈辱の思いから五万フランの大金を突き返した背景には、アレクセイの尋常ならざる性愛が影響したと見ることもできる。さらに、『白痴』において、鞭身派、去勢派のそれぞれに対する興味を示唆しつつ、さまざまな性的シンボルを用いた背景には、作家の特異な性的関心が反映していたと見ていい。また、アポリナーリヤ・スースロワの面影を深く宿したナスターシヤが、最後にめざした道は、ローザノフが示唆した「鞭身派の聖母」だった可能性も大いにある。

4　永遠の「コキュ（寝取られ夫）」たち

嫉妬という絶対的な感情

ドストエフスキーが四年におよぶヨーロッパ滞在中に完成した『白痴』（一八六八～六九）は、世界文学のなかでも指折りの恋愛小説として知られる。そこには、愛をめぐる含蓄あふれる言葉をいくつも見いだすことができる。

「完全というのは、愛しうるものではありません。完全というのは、たんに完全なものとして眺められるだけのもの、そうではありませんか」
「抽象的に人類を愛するということは、ほとんど例外なく自分だけを愛するということになります」

しかし『白痴』は同時に、深く道化芝居的、コキュ劇的な趣を湛えた作品でもある。事実、道化的な脇役の多彩さにおいてこれをうわまわる小説はほかにない。

「夢想家」の系譜に照らして考えると、「完全に美しい人間」のモデルとしてキリストを想定し、その現代における再臨として描いた主人公ムイシキン公爵もまた、「共有」（それはまさに「博愛」の一形態でもある）の理想に貫かれた人物だった。「共有」の善意が、ロゴージンを追いこみ、独占欲にブレーキをかけ、最終的には殺意を誘発していく。

『弱い心』から『白痴』にいたる二十年間、ドストエフスキーがこの「共有」という観念にこだわりつづけてきた理由は謎である。むろん、その間彼の内部にくすぶりつづけていた「空想的社会主義」への未練も影響していたかもしれない。しかし、少なくとも次に取りあげる『永遠の夫』（一八七〇）に関するかぎり、そうした表層的な説明ですませるわけにはいかない。この小説が、いわば「心理家」にして「リアリスト」たる作家の真骨頂を示す傑作であるだけに、「共有」の説明にはそれなりに十分な説得力が求められる。

物語全体は、驚くほどミステリアスな気分に包まれている。T市に住む善良な役人トルソーツキーの前に、ある日、恐ろしい秘密が露呈する。突然死した妻が残した手紙から、長年、自分が寝取られ夫であったこと、愛する娘のリーザが他人の子であったことが明らかになるのだ。こうして娘ともども、妻の不倫相手の男どもを探しにペテルブルグへと向かったトルソーツキーだが、ようやく浮気の相手の一人ヴェリチャーニノフの居場所を探し当てる。他方、トルソーツキーから、昔の不倫相手の死を知らされたヴェリチャーニノフは、かつて彼女から妊娠の兆候を告白され、ペテルブルグに逃れてきた経緯を苦々しく思い起こす。その後、トルソーツキーは、このヴェリチャーニノフをともない、若い婚約者の家を訪れることになるが、婚約は彼の一方的な思いこみであったことが明らかになる。失意のどん底にあるトルソーツキーは、ヴェリチャーニノフに向かって愛憎の入りまじる複雑な思いを吐露したあと、就寝した彼にカミソリをもって襲いかかる。

物語のあらすじを読めば、これが、若い時代に作家が夢みた「夢想家」の物語とは根本から性質を異にしていることが明らかになるだろう。「夢想家」ならざる「永遠の夫」は、もはや屈辱や自己犠牲に甘んじることなく、妻を寝取った男に対して殺意をいだくまでに成長している。作者は先にふれた『他人の妻とベッドの下の夫』でこう書いている。

「**感情は絶対的なものである。なかでも嫉妬は、この世のなかでもっとも絶対的な感情である**」

ところが、この言葉を裏切るかのように、「コキュ」の「苦痛」をいちど味わわされた男は、二度とそこから逃れられないと作者は考えているかのようである。少なくとも『永遠の夫』のトルソーツキーにとって「コキュ」であることは、彼に降りかかった運命であると同時に、彼自身が選択した運命でもあった。

寝取る男たちの絶望

ラストシーンが圧巻だ。

再会から二年が経ち、ヴェリチャーニノフは、黒海の町オデッサへと向かう途中、ある駅のプラットホームで若い妻と若く美しい将校にともなわれたトルソーツキーの姿を目撃する……。

孤独な境遇に身を置く永遠の「コキュ」たちの不信は、とどまるところを知らない。短編『おとなしい女』（「作家の日記」一八七六）に、興味深い見本が一つある。主人公の「わたし」は、金貸しを生業とする中年男だが、極貧の優しい娘を妻に迎えて、人生の再スタートを切ろうとしている。はじめのうち若妻は、自分よりはるか年上の夫との生活に初々しい夢をいだくが、愛情表現のいろはも知らぬ夫の冷たい態度に徐々に追いつめられていく。夫はある日、ふとしたきっかけから心の和みを覚え、若妻との水入らずのヨーロッパ旅行の計画を立てる。しかしその矢先、若妻は、アパートの四階から聖像画を抱いたまま飛び下り自殺してしまう。

物語は、妻の遺体を目の前にした金貸しの主人公「わたし」の独白というかたちで展開されていく。男はそのなかで、いささか被害妄想の気配をにじませた女性観を披露する。

「女には、独自性ってものがない。これは、公理だ。（……）恋する女、そう、恋する女というのは、――愛する男の悪徳や悪行ですら、神のように崇め立てる。女が愛するものの悪行のために見つけてくれるような弁明は、男がどう苦心したところで、探し出すことはできない。これは、寛大な行為だが、独自性があるとはいえない。女を滅ぼすものは、この独自性の欠如なのだ」

この独り言を、偏屈な金貸しの世迷い言ととらえるわけにはいかない。運命と愛から見放された男にとって、恋する女の「独自性」の欠如、分別のなさほど、恐ろしい疎外感を呼び招くものはないからである。

ドストエフスキーの作品中、もっとも偉大な「永遠の夫」は、『悪霊』のイワン・シャートフである。「神をはらめる民」という愛国的理念をスタヴローギンから引きつぎ、革命結社からの脱退を宣言した彼は、愛するマリーをその偉大な「師」に奪われた過去をもつ哀れな「コキュ」である。しかしシャートフは、そんな事実も意に介さず、スタヴローギンの子を身ごもったマリーの出産のためにかいがいしく立ちまわる。ドストエフスキーはこのシャートフにみずからの相貌を分かち与えたと多くの研究者が指摘している。思うに、一八七〇年代にはいってニヒリズムの運動が不吉な盛りあがりを見せるなか、作家はこのシャートフに託し、真の自己犠牲に貫かれた「夢想家」の復権をはかろうとしていたのではないか。

他方、女たちを寝取り、彼女たちを一様に破滅の淵に追いやった悪の主人公スタヴローギンは、人類が無垢であった黄金時代の夢を旅先のホテルで見る。夢見のきっかけとなったクロード・ロランの絵『アシスとガラテア』には、海辺の天幕で愛の営みにふけるギリシャ神話のヒーローとヒロインが描かれている。二人は、自分たちに嫉妬する一つ目の巨人キュクロプスの存在に気づく気配もない。絶対的な合一という理想が、一瞬の夢、いや、一幅の絵の中でしか実現しえないことを、この罪深い「夢想家」は認識していた。

『悪霊』の語り手はつぶやく。

「総じて女性というのは、後悔しきるということがない」

寝取る男たちもまた、永遠の夫たちと同様、深く絶望に暮れているのだ。

5　カラマーゾフの愛

「魂をぬかれる」状態

ドストエフスキーの小説のなかで、「成熟」という言葉に真にふさわしい愛の物語が綴られているのは、『未成年』である。物語の語り手は、二十歳の青年アルカージーだが、その青年が、見聞した実の父ヴェルシーロフの二つの愛には、人間ドストエフスキーにとって「等身大」とでも言い表すべきリアルな臨場感があふれている。

第一に、ヴェルシーロフと農奴出の妻ソフィヤの愛。第二は、ヴェルシーロフと名門貴族出のカテリーナ・アフマーコワとの愛。この二つの愛は、いずれも実践と内省に基づいたリアルさという点で、ほかのどの長編小説とも一線を画している。前者の愛でもっとも読者の心に訴えるのは、ヨーロッパを遍歴中のヴェルシーロフが、突如、農奴出の妻ソフィヤへの愛に目ざめる場面だろう。一種のノスタルジーにも似た妻への思いは、むろん、気まぐれとしか呼びようがない側面もあるが、このノスタルジーこそは、ドストエフスキーにおいては、唯一、人間の生命を永遠性の観念へと結びつける絆の役割を果たすものなのだ。息子アルカージーを前に、父ヴェルシーロフは、ロシアの女性についてしみじみと語っている。

「ロシアの女というのは早く老ける、その美しさはつかの間の幻みたいなもんだ、そしてそれは、じっさい、人種的な特徴のせいというばかりでもない、ひとつには、惜しみなく愛を与えることができるからだ。ロシアの女は愛したとなると、なにもかもいちどに与えてしまう。――瞬間も、運命も、現在も、未来も。出し惜しみということを知らず、蓄えるということを考えない、そしてその美しさがたちまち愛するものの中に流れ去ってしまうのだ」（『未成年』）

だが、ヴェルシーロフとカテリーナの愛において描かれるのは、共有か、独占かをめぐってしのぎを削る闘争的な愛である。父の宿命の女カテリーナに対してアルカージーは、まさに「欲望の模倣」を絵に描いたようなはげしい慕情にもだえる。カテリーナが、ビョーリング男爵と結婚するとの噂を耳にしたヴェルシーロフは、その瞬間、猛烈な欲望の虜となって彼女に迫る。ここにも「欲望の模倣」の構図をまざまざと見てとることができる。喪失の予感によってしか確認できない愛、傲慢との境界を失った愛。だが、カテリーナとの愛のドラマそれ自体が、すでに黄昏《たそがれ》の光に包まれている印象を否めない。

愛のテーマの深化という視点から見て、『カラマーゾフの兄弟』はすでに完全に別次元に立っている。

男女間の愛から、親子同士の愛、神と人間の愛、さらには動物への愛にまで広くおよんでおり、晩年の作家の精神的な幅の広さに驚かされる。前作『未成年』で、ストイックにくすぶりつづけていた力が、ここに一挙に炸裂する感がある。興味深いのは、この小説では、多くの登場人物が、自己を解放し、おのれの信念にしたがい、のびのびとみずからの役を演じきっていることである。少なくとも求愛の表現においてだれひとり臆するものがいない。『未成年』に登場するカテリーナと『カラマーゾフの兄弟』に登場する同じ名のカテリーナでは、精神の自由さにおいて雲泥といってもよい開きがある。

ドストエフスキーの登場人物を深く呪縛していた「共有」の理想は、『カラマーゾフの兄弟』において、ついに息の根を止められた。逆にその意味でこの小説は、もっともドストエフスキーらしからぬ小説ということができる。最後の作品に来て、ドストエフスキーはついに「共有」ではなく、登場人物の一人ひとりがみずからの生存を懸けた嫉妬のドラマを全開させ、さらには隠蔽から露出へと向かわせることで、驚くべきスペクタクル性を獲得した。そこでは、

「欲望の模倣」という概念さえかすんでしまうほど、極度に単純化された人間ドラマが展開する。だれひとりとして「共有」の理想を語るものはない。嫉妬に狂ったカラマーゾフ家の長男ドミートリーは、酒に酔った勢いで弟アレクセイに向かって言う。

「惚《ほ》れ込むってのは、愛するっていうのとはわけが違うんだよ。憎みながらでも惚れ込むことはできるんだ」

「惚れる」とは、「魂をぬかれる」状態をいう。また、「魂をぬかれる」とは、「悪魔がとりつく、憑依される」状態を意味する。愛は盲目であり、憎しみとの間に分け目はなく、惚れこんだが最後、運を天に任せるほかない。「魂をぬかれる」ことほど恐ろしいことはないが、逆にそれぐらいの恋ができたら、結果はどうあれ、生きてきた価値があろうというものである。スイスの哲学者ドニ・ド・ルージュモンは書いている。「惚れるのは状態であり、愛するのは行為である」と。状態は混沌を受け入れるが、行動は混沌を受け入れないということだろう。しかし、まさにこの混沌こそが、『カラマーゾフの兄弟』の醍醐味ということができるのである。

性の極意

ドストエフスキーは「欲望の模倣」から登場人物を解放した。彼ら、彼女たちは、純粋にみずからの存在を懸けて演じきろうとする。愛する婚約者をグルーシェニカに奪われたカテリーナが、屈辱に耐えきれずヒステリーの発作に倒れる場面で、彼女をひそかに慕うイワンがアレクセイを相手に冷徹にこう言い放つ。

「ヒステリーで人が死んだって話は、いちども聞いたことがないな。ヒステリーならヒステリーでかまわんよ。神が女をいとおしんで贈りとどけたのがヒステリーなんだ」

世の男たちは、つねに女の怒りに戦《おのの》いているが、女の怒りを恐れる理由とは、多くの場合、怒りの理由がわからないからだ。理由がわからないだけ、女の怒りは、神の怒りに近くなる。だが、ヒステリー症の女たちが、同時に、豊かな母性愛の持ち主であることもまた事実であり、とりわけ老いた女たちの度量の深さは男たちを、読者たちを文句なしに圧倒する。

では、カラマーゾフ家の主フョードルはアレクセイに向かってどう語りかけたか。次に引用するのは、夢想家にしてリアリストのフョードル・ドストエフスキーが、フョードル・カラマーゾフの口を介して、いわば性の極意にふれたくだりである。

「おまえたち、尻の青いおまえらにはわからんだろうが、おれの人生に醜女《しこめ》なんてひとりも存在しなかったんだ。(……)おれの信念でいうとな、どんな女だって、ほかの女には見つけられない非常に面白いものが見つけられる。ただし、それを見つける能力が必要だ」

「女ってことだけでもう全体の半分はカバーしている」

「裸足娘や醜女ってのは、最初にアッと言わしちまうのが手でな。これが確実に相手をものにするコツなんだよ。知らなかったろう？　アッと言わせなくちゃあならない。有頂天になるぐらい、ぎくっとするくらい、恥ずかしくなるくらいにな」

では、アレクセイの精神上の父であるゾシマ長老は、愛について彼にどう語ったか？

「人を愛するものは、人の喜びをも愛する」

第九章　不吉な道化たち

1　「余計者」から「無用者」へ

プーシキンの見えざる怒り

一八二〇年代から五〇年代にまたがるニコライ一世の治世に、ロシアの作家が好んで描きだした一群の人物像がある。ロシアの将来に幻滅し、自己実現の可能性を見いだすことができず鬱々と生きる高等遊民、俗に「余計者」と呼ばれる人々である。彼らは、貴族社会の一員として無為の生活を送るばかりではなく、時として無意味な決闘にかまけ、無垢で幸せな人々の幸福を台なしにしていった。そうした人物像を生みだす共通の土壌として、一八二五年の「デカブリスト事件」による影響が指摘されるが、時代が下るにつれて、「余計者」の背後にある状況は不透明さを増していく。

「余計者」の先駆的人物として知られるのが、グリボエードフ『知恵の悲しみ』のチャーツキー、プーシキン『エヴゲニー・オネーギン』のオネーギン、レールモントフ『現代の英雄』のペチョーリンの三人。いまここで一人ひとりの「余計者」ぶりを明らかにすることはしないが、その典型として一人だけ、チャイコフスキーのオペラで知られるエヴゲニー・オネーギンの例を挙げておこう。ご存じのようにオネーギンは、初心な恋心を寄せる田舎娘タチヤーナを冷たくあしらったあげく、舞踏会でその妹オリガにちょっかいを出したことから決闘騒ぎとなり、ついには詩人で親友のレンスキーを撃ち殺してしまう。その後、長い放浪を経てペテルブルグにもどった彼は、かつての田舎娘タチヤーナが、いまは美しい公爵夫人として社交界に君臨する姿を見て新たな恋心を掻きたてられる。他方、タチヤーナも、オネーギンの不意の出現にははげしく動揺するものの、最後はその執拗な誘惑を振りきって永遠の別れを告げる。詩人レンスキーの決闘死にしろ、最後のタチヤーナの毅然とした姿にしろ、そこには、「余計者」の驕りに対するプーシキンの見えざる怒りを感じとることができる。

一八六〇年代、ロシアの社会状況は一変していた。アレクサンドル二世が行った「農奴解放」（一八六一）は、結果的に大きなひずみを生み、「ニヒリスト」と呼ばれる革命家たちの登場を促していった。それと軌を一にするかのように、「余計者」のモチーフは同時代の文学シーンの中心から徐々に後景へと追いやられるにいたった。もっともそれは、「余計者」が、一つの社会現象として普遍的な広がりを見せはじめた証とも解釈できるかもしれない。

そうした状況のなかで、ドストエフスキーの作品世界に新たに登場しはじめたのが、「余計者」というより「無用者」の名にふさわしい一群の人物たちである。彼がモデルとしたのは、プーシキンやレールモントフらのロマン主義的な主人公というより、むしろゴーゴリのリアリズム文学（バフチンの用語を用いるなら「グロテスク・リアリズム」）が描きだした「小さい人間」の系譜だった。デビュー作『貧しき人々』以後、ドストエフスキーが手がけた作品には、例外なくこの「小さい人間」の影を負った人物が登場する。中央アジアから帰還したあともそうした傾向に大きな変化が現れることはなかったが、「小さい人間」は確実に、「無用者」の名にふさわしいれっきとした道化的人物へと変容を遂げていった。そしてその先陣を切った人物こそが、『ステパンチコヴォ村とその住人』（一八五九）に登場する名うての道化フォマー・フォミッチだった。まず、そのプロフィールを紹介しておこう。

「まったく何の取柄もない、きわめて小心な、社会の死産児、だれにも必要とされず、まったくの役立たずで、醜悪極まりなく、そのくせ自尊心だけは桁外れにつよく、おまけにその病的に苛立った自尊心を多少とも裏づけてくれるような才覚など、なにひとつ授かってはいない男」

否定的な形容を重ねたこの書きぶりが、多少の誇張を含んでいることは否定しがたい事実である。人物紹介の文章と、現実の姿との間にかなりの開きがあるからだ。だが、まさにこの誇張のスタイルが、フォマーの人物像そのものを示唆しているといってもよく、かりに「無用者」という表現がふさわしくなければ、作者自身が説明に加えた「死産児」の語を用いることも可能だろう。ただし、一般に読者がイメージする「死産児」と「無用者」との間にもやはり大きなちがいがある。まさにその差異の指標となるのが、道化性、道化的精神の有無である。

無用者の系譜

ステパンチコヴォ村を舞台に、勝手のかぎりをつくすフォマーと対照的に、フォマーの主人エゴール・ロスターネフ大佐の描写は過剰とも思えるほど理想的な姿で描かれている。ロシアの文学研究者N・ナセートキンは、「ドストエフスキーの世界に登場するすべての善良で無私無欲な登場人物のなかでもっとも善良」（『ドストエフスキー百科事典』）とこの人物を評したが、そこにひと言「病的な」という形容詞を書き添えることを忘れなかった。いずれにせよ、ここに、「病的な」までに慈しみあふれる主人と、「病的な」までに身勝手で、歯に衣着せぬ道化という、道化芝居にはまさにうってつけのカップルが誕生した。バフチンを引用する。

「ステパンチコヴォ村の生活はすべて、かつては居候の道化で、いまではロスターネフ大佐の屋敷の無制限な独裁者となったフォマー・フォミチ・オピースキンを中心に、つまりはカーニバルの王を中心に回っている。したがってステパンチコヴォ村の生活は一から十まで、くっきりと鮮やかなカーニバル的性格を帯びている。それは、正常な軌道から逸脱した生活であり、ほとんど《あべこべの世界》である」　（『ドストエフスキーの詩学』望月哲男、鈴木淳一訳）

だが、同じ「無用者」の系譜でも、『虐げられた人々』のワルコフスキー公爵、『罪と罰』のスヴィドリガイロフ、『悪霊』のスタヴローギンなどの「放蕩児《リベルタン》」たちは、ひたすら自己の快楽を追求しつづける点で「余計者」たちと、また道化精神の欠落という点においてフォマー的な「無用者」とも一線を画している。ちなみにみずからの罪業を告白するスタヴローギンが何よりも恐れていたのは、「笑い」だった。それを喝破したチーホン主教が言う。

「**もっとも偉大な懺悔という形式のなかにすら、すでにもう何か滑稽なところが含まれております**」（『悪霊』）

時代の激動にさらされた「無用者」たちは、徹底して自閉的な世界にひきこもるか、みずからの甘えを捨てて新しい道に歩みだすほかはなかった。「無用者」が選んだのはおおむね前者の道だが、後者の道に憧れつつ、その気弱な性格ゆえに自閉を強いられた元大学教授ステパン・ヴェルホヴェンスキーの矛盾した姿もひときわ読者の胸を打つ。

「**『いいですか、あのですね、シベリア送りでも、アルハンゲリスク送りでも、市民権剝奪でもいいんですよ。破滅は破滅ですから！　でも……ぼくが怖れているのはべつのことなんです**

（……）』

『**いったいなんです、何なんです？**』

『**鞭ですよ**』」（同）

無用者の系譜のなかで、彼は独自のステータスを獲得している。物語の終わりに来て彼は、キリスト教の理想と、「ベソフシチナ」の本質をめぐって真の覚醒に到達するが、彼の口から発せられた箴言《しんげん》の数々は、強欲に身を任せることなく、「余計者」と「無用者」の境界にありつづけた良識ある道化ゆえの発見と呼ぶことができるだろう。

2 「食客」としての道化

五人の「嘘つき」たち

一八七〇年代のロシアは、一八六九年にモスクワで起こった「ネチャーエフ事件」の余波もあって、社会全体に不吉な予感が満ちわたっていた。このネチャーエフ事件に材を取った『悪霊』の発表からまもない一八七三年、ドストエフスキーは「作家の日記」に「嘘についてひと言」と題する興味深い文章を寄せている。

「わが国では、もっとも尊敬すべき人たちがもっとも尊敬すべき目的をもって、まったく何の理由もなく嘘をつくことができる。わが国では圧倒的多数が、相手をもてなすために嘘をつく。聴き手に美的な印象を与え、相手を満足させたい一心で、いわば聴き手のために自分を犠牲にしてまで嘘をつくのである」

あたかも、作家がみずから作品の解説を買ってでたかのような印象を与える内容だが、公の場でこうして正面切って発言したという事実は、彼の描く「無用者」が、けっして文学の世界にとどまる現象ではなかったことを暗示するものだ。ただし、作家自身はロシア人における虚言癖の由来を明らかにすることなく、たんに彼らの多くが抱える劣等感（「自分を恥ずかしいと思う」）にその原因を求めたにすぎなかった。

デボラ・マルティンセンは、ドストエフスキーの小説におけるもっとも顕著な「嘘つき」の例として、次の五人を挙げる。

一、イヴォルギン将軍、二、レーベジェフ（以上『白痴』）、三、レビャートキン大尉、四、ステパン・ヴェルホヴェンスキー（以上『悪霊』）、そして五、フョードル・カラマーゾフ（『カラマーゾフの兄弟』）。

そして、彼らに共通する特徴として、全員が四十代から五十代に属し、なおかつその社会的ステータスが「曖昧」な点であることを指摘している（『恥辱に驚かされて』）。

では、この「曖昧」さは、具体的に何を意味しているのだろうか。これら五人のなかには、経済的に自立している人間もいれば、逆に完全な居候の身分に甘んじている人物もいる。月「十七ルーブル」の俸給で糊口《ここう》をしのぐ名うての金棒引きレーベジェフは、黙示録の解説を得意とするかたわら、ライバルのイヴォルギン将軍に勝るとも劣らない虚言癖をもつ。また、癲癇の発作を起こしたムイシキン公爵を「禁治産者」に仕立て、後見人としての立場を得ようとたくらむ策略家の一面も垣間見ることができる。

一方、『悪霊』のレビャートキン大尉は、ニコライ・スタヴローギンを神のごとく崇めるロマンチストの気質の持ち主だが、詩人としての仮面の奥に、他人の秘密を探っては金をせびりとる恐喝屋の顔を隠しもつ。同じ『悪霊』のステパン・ヴェルホヴェンスキーは、富裕な女地主ワルワーラ夫人の手厚い庇護《ひご》のもと、酒とカードにうつつをぬかす純然たる食客である。

カラマーゾフ家の主人フョードルはどうか。この大酒飲みの好色漢については、食客ならざる食客と定義するのが正しい。亡き妻の持参金として預かった現金や土地以外、その財産の基盤をなしているものの正体が何か、読者にはほとんど理解がおよばない。彼の死後、残された財産は、不動産を含めて十二万ルーブルに上ったが、それが、正当な労働の対価として生まれた金であった保証はどこにもない。作者はそのプロフィールをこう説明している。

「つまり、一風変わった、ただしあちこちで頻繁に出くわすタイプ、ろくでもない女たらしであるばかりか分別がないタイプ、といって財産上のこまごました問題だけは、じつに手際よく処理する能力に長け、それ以外に能がなさそうな男だと——事実、フョードルは、ほとんど無一文からなりあがった零細の地主で、よその家の食事にありつき、居候としてうまく転がりこむことばかり考えてきたような男だった」

道化性、道化心

十九世紀前半に生きた「余計者」たちには、「地主貴族」という確固たるステータスがあったのに対し、ドストエフスキーの描く「無用者」たちには、それに類した社会的ベースはない。

共通するのは、彼らがいずれも「食客《プリジヴァーリシチク》」と呼ばれる身分に甘んじている点である。そして彼ら「食客」たちには、否応なく一つの「役まわり」が課せられている。それは、ほかでもない「道化」の役まわりである。ただし、ここであらかじめ言い添えておく。修道僧のアレクセイ（アリョーシャ）も、ある意味で修道院に囲われて生きる食客であるということ。他方、カラマーゾフ家の下男スメルジャコフには、彼が絶大な信頼を寄せる次男イワンの「イデオロギー的な食客」（F・マカーリチェフ「『嘘って、かわいいもんさ』――ドストエフスキーの芸術世界における嘘」）としての一面がある。ただし、道化性、道化心が欠如している点で、アレクセイもスメルジャコフも、文字どおりの意味での「食客」の不名誉な烙印をまぬがれている。

さて、ドストエフスキーは、貴賤上下の別なくロシア人の国民的性格そのもののなかに笑いの精神が息づき、それが「嘘」のかたちをとってあからさまに露出する状況を冷静に観察していた。ロシア人の精神的本質を、道化性、道化心に見たといっても過言ではない。

では、その道化性、道化心の由来とは何だったのだろうか。むろん、ここで中世ヨーロッパに起源をもつ宮廷道化の歴史を紐解《ひもと》く余裕はない。ただ、ヨーロッパの伝統から離れて、ロシアの文学が道化的人物の描写に心を砕いてきた理由として思いあたることが一つある。近代リアリズム文学の祖ゴーゴリが『検察官』（一八三六）で描きだした主人公、フレスタコフの存在である。

『検察官』は、カード賭博で一文無しとなった若者フレスタコフが、田舎町の旅館から出るに出られず困り果てていたところ、彼を近々視察が予定されていた「検察官」と勘違いした町役人たちが押し寄せ、彼を歓待しては、賄賂まで受けとらせるという話である。かくしてフレスタコフは、にわかペテン師になり代わるわけだが、前出のマルティンセンによると、前に挙げた五人の「嘘つき」たち全員が、フレスタコフの「フィクショナルな同時代人」なのだという。また、ドストエフスキーが彼ら「嘘つき」に対して行った年齢設定（四十代から五十代）も、作者が、彼らの同時代人たることを意識していた証だとする。

カラマーゾフ家の「老いぼれ道化」

そこで、より内在的な視点から道化ないしは「食客」の存在様式に注意を向けてみよう。ここで明らかになるのは、食客における道化的行為が、演じる者とそれを見る者との親密な信頼関係を前提としている事実である。第一の前提として、食客には必ず、彼の身分を保証してくれる主人ないしは王の存在がある。そして道化はその対価を、主人ないし王を喜ばせるための笑いで支払う。しかし、本来的に無色透明の道化というのは存在しない。なぜなら、笑いそのものが冒瀆《ぼうとく》的な機能を帯びているからだ。したがって食客＝道化は、しばしば、本音とは別の阿《おもね》りから皮肉、毒舌へと向かう。他方、主人（＝王）にしても、その胸のうちにはつねに、二枚舌への警戒が潜んでいるため、また、自戒を促す意味もあって、歯に衣着せぬ言葉を食客＝道化に求める傾向がある。こうして主人と道化の間には、一種微妙な力学が働きはじめるが、社会的上下のしきたりを一時忘れた道化が、その後どんなしっぺ返しを食わされるかは、『ステパンチコヴォ村とその住人』のフォマーにみごとな例がある。

安定した主従関係のなかでの食客による道化的行為＝嘘が、ポジティブなものとして受け入れられる場面もある。文化史家のA・パンチェンコが言うように、「道化は笑いでもって悪徳を治癒する」（『古代ルーシの笑い』）ことができる。神がかり的な資質を同時にもちあわせた『白痴』の主人公ムイシキン公爵がまさにその好例だが、ドストエフスキーの場合、道化の末路はおおむね悲惨である。

カラマーゾフ家の「老いぼれ道化」フョードルに注目してみよう。修道院での会合で、ゾシマ長老を前にしたフョードルは、待ってましたとばかり徹底した道化ぶりを発揮する。これは、フョードルの胸のうちに、主人たるゾシマと道化たるわが身の対比が定着していたことを暗に物語っている。なぜなら、フョードルが純粋に道化と化すのは、ゾシマの前のみといっても過言ではないからだ。フョードルは、多くの場面で自分の不機嫌を隠さない。

「あなたがいまご覧になっているのは、道化、ほんものの道化でございます！　情けないことに、これは昔からの習慣でして！」

「わたしは根っからのというか、生まれつきというか、要するに道化もんでして、長老さま、まあ、神がかりと同じようなもんですよ。（……）**ひょっとすると、わたしの体のなかにゃ悪魔が住みついているかもしれないんだ」**

読者の多くは、こうしたフョードルのへりくだりに、一種のマゾヒズムの存在を嗅ぎあてるかもしれない。ここにはたしかに、そうした個人的な動機に帰するしかない側面もうかがえる。だが、フョードルは、さらに一歩踏みこみ、みずからの道化心の因ってきたるところについて次のように説明している。

「わたしが道化なのは恥ずかしさゆえなんです。恥ずかしさから生まれた道化なんです。長老さま、わたしが暴れまわるのも、もっぱら疑い深い性分のせいなんです」

「恥ずかしさ」を覆い隠す仮面としての道化、これは、すでにドストエフスキーが、「嘘について言」で述べたくだりを部分的になぞるものである。「疑い深い性分」ゆえの「嘘」とは、結局のところ、みずからの演技を相手に信じこませたいと願う道化の、いわば堂々めぐりする自意識の存在を暗示する。

「でも、わたしはほんとうに嘘をつきまくってきたんです。これまでずっと、毎日、毎時間ごと。まさに、嘘は嘘の父なり、ですね。まてよ、どうも『嘘の父』じゃなかったような気もする。わたしはこうやって、いつも聖書の文句をごっちゃまぜにしているんですよ。でもまあ、嘘の子でもかまいませんが」

ゾシマ長老は、そんなフョードルを哀れみ、主人としての立場から優しく忠告する。

「大事なのは自分に嘘をつかないこと。自分に嘘をつき、自分の嘘に耳を傾ける人間は、自分のなかにもまわりの人間のなかにも、どんな真実も見分けがつかなくなり、ついには自分に対

しても他人に対しても尊敬の気持ちを失うことになる」

ゾシマの忠告はきわめてまっとうといえるが、それが聴き手であるフョードルの心にどこまで響いているかは大いに疑問である。しかも、ゾシマの忠告が、ほとんど薄っぺらな言葉にしか聞こえないほど、フョードルの道化は堂に入っている。見方を変えれば、ここにもバフチンのいうカーニバル的原理が働いているということだ。ドストエフスキーがかりに、真実を善とみなし嘘を悪とみなすといった硬直的な価値のヒエラルヒーを足場にしていたなら、『カラマーゾフの兄弟』に満ちあふれるカーニバル的気分はけっして生まれなかったろう。「修道院」での「場違いな会合」とは、まさに「カーニバルの王」たる道化（フョードル）による奪冠の儀式、いや、ゾシマ長老殺しになぞらえることができる。

3　不吉な道化たち

「作家の日記」で表明したみずからの懸念を裏切るかのように、ドストエフスキーの小説世界における「嘘」は、芸術の本質の問題に深くリンクしていた。『罪と罰』においてすでに、嘘の効用ないし嘘の美学とでもいうべき哲学を開陳する人物がいたことをここで思いだそう。「道化的」という形容からは程遠い登場人物、ドミートリー・ラズミーヒンである。

「ぼくは、嘘を言われるのが大好きなんです！　嘘っていうのは、あらゆる生物に対して人間

がもっている唯一の特権なんです。嘘は、真《まこと》に通ずってわけですよ！　嘘をつくから、ぼくも人間なんです。前もって十四回、いや、ひょっとしたら百十四回でもいい、それだけの嘘をつかずに得られた真実なんてひとつもありません。（……）ところがぼくたちは、その嘘ひとつ自分の頭じゃ考えつけない！（……）自己流に嘘をつくほうが、他人が考えた真実を口まねするより、よっぽどましじゃないですか。こっちは人間、そっちはただの小鳥ですよ！」

「嘘」の擁護にまわるラズミーヒンの哲学は、「嘘は、真に通ず」のひと言に要約される。ただしこの言葉は、ドストエフスキーの「現実」認識に深く通じていた。

「ロシアにおいては、真理はほとんどつねに、完全に幻想的な性格をもっている」

（「作家の日記」一八七三）

歴史的なパースペクティブから眺めるなら、民衆にとっては「嘘をつくこと」が一つのサバイバルの方法としてあった。ロマノフ王朝の成立以来、つねにきびしい専制権力のもとで生きた民衆にとって、本音と建て前をたくみに使い分け、権力の目をどうくらまして生きていくかが知恵の使いどころだった。「嘘」が許される場面で、真実にこだわることは、逆に身の破滅を招く。そんなしたたかな認識と知恵を彼らは身につけていたともいえる。ロシアの諺《ことわざ》の一つに「賢い嘘も、時には愚かな真実に勝る」があるが、これこそは、ロシア的処世術の真骨頂である。ドストエフスキーは、「嘘」をめぐって限りなく警句を吐きつづけている。

「人間というのは、人に騙されるよりも、自分で自分に嘘をつく場合のほうが多い。もちろん、

他人の嘘よりも自分の創り話のほうをよけいに信じるものと相場は決まっている」（『悪霊』）

「ところで、ほんとうの真実というのは、いつでも真実らしくないものなんだ。（……）**真実をより真実らしく見せるためにはどうしてもそこに嘘を混ぜる必要がある」**（同）

思うに、『悪霊』のレビャートキン大尉ほど、マルティンセンのいう「曖昧さ」の点で際立った「嘘つき」は稀だろう。まず、彼の身体的特徴から紹介しよう。

「上背が二メートルもあろうかという大男で、でっぷりと肉がつき、髪は縮れ毛で、真っ赤な顔をしていた」

次に、その人物像を記したくだりを引用する。

「とにかく、ヒゲをひねくりまわすことと酒を飲むこと、思いつくかぎりの、およそ洒落《しゃれ》にもならない冗談を口走るしか能のない男だった。この男は、無礼はなはだしくも、（……）**他人の家の飯ほどうまいものはないといわんばかりに食っちゃ寝の生活をつづけ、あげくの果てには主人を上から見おろすような態度をとりはじめた」**

噂によれば、レビャートキンにとって唯一の「定収」は、神がかりの妹マリヤの誘惑者から何年にもわたってせびり取ってきた慰謝料である。彼の胸の奥では、スタヴローギンの義兄という立場を利用し、一家の財産を奪いとろうとの野心が息づいている。レビャートキンはまた、他人の秘密をにぎり、それをネタに金を巻きあげる典型的な恐喝者でもある。その対象は、スタヴローギンはおろか、革命家のピョートル・ヴェルホヴェンスキーにまでおよぶ。

その一方、道化としての汚名をそそぐべく、彼はもう一つの「自伝」をでっちあげてはこれを吹聴して回る、恐るべき「僭称者」である。四肢ともに健全な身でありながら、セヴァストーポリでの戦いで片手を失った「勲功」を謳《うた》いあげる。

しかし道化として彼がもっとも際立っている点は、王（スタヴローギン）の欲望の模倣者としてのそれではなかろうか。スタヴローギンに恋する億万長者リーザに接近するのも、まさに「模倣の欲望」のなせるわざであり、あげくの果て、スタヴローギンと対等の地位にのしあがるべく、その巨体を高級な衣装で飾り立てる。スタヴローギンとレビャートキンとの間には、本来あるべき王と道化の関係は成立していない。レビャートキンとはそもそも「カーニバルの王」から現実の王へなりあがらんとする、不敵な欲望の持ち主なのだ。

半面、レビャートキンが、詩人としてそこそこに優れた資質をのぞかせるところは、従来のドストエフスキーの道化像と大いに異なる点である。雨のなか、スタヴローギンから傘を勧められた大尉は卑屈な調子でこう尋ね返す。

「**『あなたさまのお傘を……そんな値打ち、このわたくしにございますか？』媚《こ》びるような口ぶりだった。**

『だれだって、傘ぐらいの値打ちはありますよ』

『人間のミニマムの権利を、ずばり言いあてられましたね……』」

極端な自己卑下とはうらはらな強烈な自信と対等意識は、どこか、『ステパンチコヴォ村とその住人』に登場するフォマー・フォミッチのそれに通じている。しかし最初から悪徳まみれのレビャートキンに、フォマーと同じ平和的な死など望むべくもなく、最後は、革命家ピョートルが遣わした脱走囚によって喉を掻ききられて死ぬ。その死は、グリゴーリー・オトレーピエフすなわちツァーリ僭称者ドミートリーの死に酷似しているとマルティンセンは指摘する。グリゴーリー・オトレーピエフとは、ほかでもない、レビャートキンの妹で神がかりのマリヤが、スタヴローギンの仮面の背後に見いだした本性、僭称者の名前である。レビャートキンは、スタヴローギンの僭称者として、そして殉教者として死ぬ。

4 「嘘は、真に通ず」

酔っ払いこそが善良な人間

「はじめに言葉ありき。そして言葉は神とともにありき。言葉は、ウォトカなり」

（V・エロフェーエフ『ロシアの黙示録』）

作家エロフェーエフによれば、かつてアフガニスタン戦争で、十年間に一万四千人のソ連の兵士が戦死したのに対し、現在のロシアでは毎年、三万人以上がアルコール中毒の犠牲となっているという。

パヴロフの条件反射ではないが、「ウォトカ」という言葉を聞いただけでとたんに落ちつきをなくすのがロシア人の悲しき習いである。そしていったん臓腑にウォトカが流しこまれれば、「目はらんらんと燃え、両手はすり合わされ、あるものはウィンクし、あるものは目を細め、あるものは阿呆面《あほうづら》にあんぐり口を開けて微笑み、あるものは指を鳴らし、あるものは顔をしかめて虚脱状態に陥る」。

エロフェーエフはさらに続けて書いている。

「ロシアではわれわれ全員が、いかなる政治システムよりもはるかにウォトカの人質なのだ。端的に言って、ウォトカはロシアの神である」

実際、専制政治が長く続いたロシアでは、酒を飲み、人前で裸になれる人間だけが信頼を勝ち得ることができた。『カラマーゾフの兄弟』に登場する酔っ払いスネギリョフ大尉は、訪ねてきたアリョーシャに向かって言う。

「ロシアでは酔っ払いどもがいちばん善良なんです。いちばん善良なやつらが、いちばんの酔っ払いということなんでして」

国家は、ウォトカに対する民衆の盲目的従順さを利用してこれを支配の具とし、神はウォトカに、民衆はウォトカを介して神に、感謝をささげた。

真実とは何か

作家自身の酒とのつきあいは、きわめて穏健なものであり、アンナ夫人の『手帳』によれば、食前に赤ワインを、食事中はウォトカをグラスに一杯、食後はコニャックをグラスに半分たしなんだだけとされる（「一八八一年の手帳」）。それだけの節制があってはじめて、後年の傑作群の執筆は可能となった（ただし、彼は、極度のニコチン依存症だった）。

だが、酒飲みに対する観察眼は、終生、にごることがなかった。ドストエフスキーの描く酔漢の多くは、その性格の弱さゆえにおおむね脇役に回される運命にあるが、その存在感は時として主人公の個性が色あせて見えるほど強烈な魅力を放つ。実例として挙げられるのが、『白痴』に登場するイヴォルギン将軍である。

将軍は、そのすさまじいアルコール癖と虚言癖ゆえに一家の鼻つまみものの身に甘んじている。読者は、彼の行状について、彼が嘘をついているという事実以外、客観的にはほとんど何も知ることがない。作者自身、将軍のもつファンタスマゴリックな性格を重んじるためか、彼に関する情報を極端に出し惜しみしている。それゆえ、将軍が次々と繰りだす法螺話《ほらばなし》や嘘は、周囲の人間を笑いの渦に巻きこむどころか、私たち読者をも、混乱させる一方である。おまけに、イヴォルギンには、本来、道化がしたがうべき主人の存在が欠落しているため、その狼藉《ろうぜき》ぶりはとどまるところを知らない。唯一のまじめな聴き手が（ことによると、「主人」が）ムイシキン一人であることも拍車をかけている。

かつてムイシキン公爵の母親に恋をし、父親と決闘騒ぎまで起こしそうになった話、セヴァストーポリの戦いで胸に十三発の銃弾を浴びた際、名医ピロゴーフの要請でフランスの宮廷医ネラトンが治療に駆けつけてくれたという話、ナポレオンのモスクワ遠征時、小姓として仕えた思い出、ナポレオンがモスクワを去る際、涙ながらに自分を抱きしめてくれたなどの荒唐無稽な法螺。ところが、それらの嘘や法螺の一つひとつが、凡庸な物書きではとても書きえない迫真性にあふれていることもまた事実なのである。その結果、話の聴き手も、私たち読者も、それが嘘であろうがなかろうが、どうでもよいといった心境に追いやられてしまう。実際、将軍はその話を半ば真に受けた聴き手のムイシキンからペンをとって記録に残してはとアドバイスされるほどである。

「わたしが手記を書くのですか？　そいつはどうも食指が動きませんな、公爵！　こう言ってはなんですが、じつはすでに書いたものがあるのですよ……ですが、わたしの書見机の引き出しに眠っておりまして。わたしが土の下に横たわるときには、いずれ日の目を見るでしょうし、かならずや他の外国語にも訳されることでしょう」

しかも、将軍の「嘘」が、たんにやけっぱちな「法螺」に終わらず、一種のメタ的な機能を帯びている点にも注意を向ける必要がある。ナポレオンとの別れ際に、「三歳」になる妹のアルバムにひと言という幼いイヴォルギンの願いに対し、ナポレオンが次のような言葉を書き残したというオチの部分である。

「Ne mentez jamais!
Napoleon, votre ami sincere
けっして嘘を口にするなかれ！
ナポレオン、きみの真実の友」

この話を聞き終えたムイシキン公爵の感慨が興味を惹く。

「**この世には、嘘をつくことにわれを忘れんばかりの情熱を燃やし、それでもその陶酔の頂点にあって、ひょっとして自分の話を信じてもらえないのではないか、いや、信じてもらえるはずもないと、心のうちに疑いを抱く嘘つきのタイプがいる**」

だが、ムイシキンのこの洞察が必ずしも的を射てはいないことは、小説のディテールが裏づけている。読者は、ムイシキン公爵以上に、イヴォルギン将軍の法螺話のもつ奥の深さを理解しているのだ。

イヴォルギン将軍を、たんなる道化、たんなる喜劇的人物と呼ぶことは許されない。彼がひそかに隠しもつ知性は、悲劇的とさえいえる暗鬱な色合いを帯びている。たとえば、右の引用「けっして嘘を口にするなかれ！」の一文は、嘘八百を並べ、しかもその嘘が見透かされていることを知りつつ、演技しつづけなければ気がすまない内面の苦渋を暗示している。そうしたイヴォルギンの複雑さに、あの「地下室」の住人の相貌を垣間見ることも、けっして不可能ではないだろう。だが、ここで見逃してはならないのは、このイヴォルギンの「嘘」が、じつは作家の丹念な史料渉猟に基づく二次創作としての意味をもっている点である。嘘が、芸術的感興を呼び起こすとき、物語はフィクションと現実の垣根をこえる。『罪と罰』のラズミーヒンの言葉を借りれば、文字どおり、「嘘は、真に通ず」である。

翻って、真実とは何か？　ドストエフスキーは、しばしば「真実」の意味をめぐって否定的言辞を吐いた。その代表的な言葉を引用してみる。

「**真実とは、たいていの場合、気のきかないものである**」

（『カラマーゾフの兄弟』）

そして、改めて「作家の日記」の一文を反芻しておく。

「**ロシアにおいては、真理はほとんどつねに、完全に幻想的な性格をもっている**」

第十章　神がかりと分身

1　起源

病的なまでの多弁と驚くべき内向癖

「ドストエフスキーにおける人間学の基本テーマとは、人間は二つの世界の境界に、二つの生存圏の境界に立つという確信である」（A・ベーム『ドストエフスキーをめぐって』）

「ほんものの作者、すなわち、フョードル・ドストエフスキーが何を考えているかは、未知のままである」（L・カルサーヴィン「愛のイデオローグとしてのドストエフスキー」）

右に引用したいずれの文章も、ドストエフスキー文学の本質とその戦略を定義する、きわめて的を射た指摘といえると思う。「二つの世界の境界」「二つの生存圏の境界」が具体的に何を示すかは、個々の作品で異なっているが、登場人物の足場が二つの境界をまたぐようにして置かれるということ自体きわめて危険であり、彼らをしばしばアイデンティティ喪失へと追い立てる要因ともなりうる。

ドストエフスキーの読者が、一様に驚かされるのは、登場人物たちの病的なまでの多弁であり、驚くべき内向癖である。彼らはみな、ある種の神経症におかされているか、すでにおかされた過去がある。彼の小説は、まさにその後遺症に苦しむ人たちの物語とさえ呼ぶことができよう。むろん作家は、傷ついた者、いままさに傷つけられようとする者のみならず、彼らのかたわらに静かにたたずむ、傷つかざる存在にも怠りなく目を向けている。ただし、そうした彼らといえども、永遠に無傷のままでいられる保証はどこにもない、というのが、作者の「確信」ではなかったろうか。

かりにその傷を、「二重性」と規定してみる。そしてその「二重性」がたんに、小説の主人公だけでなく、良識ある人間に備わった普遍的な「現象」であることを、作家自身深く認識していたことをうかがわせる一通の手紙がある。

一八八〇年四月、ドストエフスキーは、「ロシア報知」に連載中の『カラマーゾフの兄弟』を読んだユンゲという女性から、「二重性」の悩みについて相談を受けた。その問いに答えて作家は、「二重性」が「**人間……ただしあまり凡庸ではない人間によくみられるきわめてありふれた現象**」であることを説き、さらにそのうえで次のように書き添えた。

「**それは大きな苦しみですが、同時にまた大きな快楽でもあります。それは、強烈な意識であり、自己批判であり、自分の本性のなかに自分自身と人類にたいする精神的責務への要求が存**

在することを物語るものです。（……）しかし何といってもこの二重性というのは大きな苦しみです」

（ユンゲ宛書簡、一八八〇年四月十一日）

ラテン語の諺「神は、滅ぼしたいと思う人間からまず理性を奪う《Quos Deus perdere vult dementat prius》」にあるように、古来、人間にもたらされる最悪の「二重性」とは、理性の喪失、その徴としての自己分裂であった。そしてこの「二重性」がもたらす「大きな苦しみ」を表現する手立てを、若いドストエフスキーは「分身」のテーマに掘りあて、デビュー作『貧しき人々』に続く『分身』（一八四六）で、文字どおり、その深化に全力を傾けた。事実、『分身』を構想中の作家が、精神的にも金銭的にもいちじるしく劣悪な状態にあったことは、当時の手紙がはっきり裏づけている。一八四五年夏、ペテルブルグでの生活の先行きを悲観して彼は、兄ミハイル宛に書いた。

「もしぼくの生活がいまこの瞬間に停止するなら、喜んで死んでしまいたいとさえ思った」

同じ手紙に彼はこう書き添えている。

「ぼくは、今や、正真正銘のゴリャートキンです」

（一八四五年九月三日）

ドストエフスキーが『分身』の主人公に、「裸の人、貧乏人」を意味する「ゴルイシ」と同じ語源をもつ「ゴリャートキン」の名前を与えたのには、それなりの背景があったのである。

もっとも、ドストエフスキーにとって「分身」のテーマそれ自体、必ずしも目新しいものではなかった。旺盛な読書によって培われた教養は、古今東西に広くまたがり、「分身」のテーマが、キリスト教、非キリスト教に限らず、古代の宗教や異教神話にも見られる現象であることは、彼には既知の事実だっただろう。そしてそのもっとも原初的な「神話」の一つに、「ヨハネの黙示録」に記されたキリストとアンチ・キリストの物語があることにも通じていたにちがいない。ちなみに、アンチ・キリストとは、世界の終末におけるキリストの再臨に先立って出現し、人々を惑わす偽の預言者のことをいう。他方、文字どおり、血を分けた兄弟や双子同士の対立、葛藤が、しばしば「分身」のテーマの延長線上で語られることも彼は早い時期から知っていた。後の『カラマーゾフの兄弟』では、カインとアベルの神話、シラー『群盗』(一七八二)に描かれたカールとフランツの近親憎悪が色濃く反映している。十九世紀の前半に書かれたゲーテ『ファウスト』(一八〇八~三二)は、ドストエフスキーの愛読書の一つであり、そこに描かれるファウスト博士と悪魔メフィストフェレスの関係にも大いに好奇心をそそられたと思われる。

新しいゴーゴリ

ロマン主義の文学では、ドストエフスキーがとりわけ強い影響を受けた作家の一人に、E・T・A・ホフマンがいる。彼の初期の作品『悪魔の霊薬』(一八一五~一六)では、本能、欲望という暗黒の力に目ざめ、自己分裂をきたした修道僧メダルドゥスの遍歴がつぶさに描かれるが、ドストエフスキー後期の『悪霊』を予感させる世界がここにある。他方、ドストエフスキーの一世代上のニコライ・ゴーゴリ（一八〇九〜五二）もまた「分身」のテーマに着目した作家の一人だった。彼が、中編小説『鼻』を発表したのは、一八三六年、ドストエフスキー十四歳のときである。ただしゴーゴリ自身、「分身」のテーマがもつ倫理面にはさしたる注意を払わず、むしろその芸術的意匠に心を砕いた。『鼻』に登場する理髪師イワン・ヤーコヴレヴィチは、ある日、朝食中にパンのなかから人間の鼻が出てきて仰天する。その理髪店の常連コワリョーフは、同じ朝、手鏡のなかの自分の顔から鼻が消滅していることに気づいてこれまた仰天する。この荒唐無稽ともいうべきパラレリズムが読者に期待するのは、むろん、驚きと笑いである。したがって、『鼻』の読解にあたり、アイデンティティの喪失やら、自己疎外といった倫理的意味づけをほどこすことは、おそらく原作者の意図から大きく逸脱するものだったと思われる。かりに読者のうちになにがしかの感情移入が生じ、鼻を切り取られたコワリョーフに人間的な同情を感じたところで、原作者には一向に関わりのない話なのだ。しかるに、ドストエフスキーがゴーゴリから学んだものとは、その卓越した意匠が顧みない人間的真実そのものだった。「新しいゴーゴリ」と絶賛され、自身「ゴーゴリよりも深い」と自負する若い作家は、その自負を裏書きするだけの才能の持ち主だった。「分身」のテーマを、「卓越したアイデア」「その社会的な重要性においてもっとも偉大なタイプ」と豪語した彼の才能とは、ほかでもない、みずからが創造する個々の登場人物に対する、桁外れな感情移入の力である。

2　『分身』の文体と「分身」の身体

異様な熱気

V・カントールは、「分身」のテーマを際立たせる特色として、「分身」がつねに主人＝主人公の後からやって来ること、「分身」はけっして主人＝主人公に屈することがない点を挙げる。それればかりか、この「屈することを知らない」という点こそ、「すべての分身がしたがう法則」なのだと主張する（「分身への愛」）。この言葉を念頭に置きつつ『分身』のプロットをたどってみよう。

見るべき才覚もなく、同僚からは爪《つま》はじきされている下級役人のヤーコフ・ゴリャートキン。その彼がある日、貸衣装屋から借りた立派な服に身を包んで知人宅でのパーティに乗りこんでいく。だが、居合わせた同僚も含め、彼を心から温かく迎えてくれる者はなく、傷心の思いで家路へ急ぐ。すると途中、彼の目の前に突如、自分と瓜二つの男が姿を現した。同じヤーコフ・ゴリャートキンを名乗る男は、翌日、同じ職場に姿を現し、如才なく仕事をこなしてたちまち職場の信望を集める。こうしてゴリャートキンのしがない地位は日々危ういものとなる。端倪《たんげい》すべからざるライバルと何とか折り合いをつけようとの努力も空しく、追いつめられた彼の言動は、ついにだれの目にも異常なものと映りはじめた。そしてある日……。

多くの読者が、ドストエフスキーの小説に感じとる異様な熱気は、まさに登場人物一人ひとりが発する狂気とボルテージの高さに由来している。「異常なほど」「突然」といった副詞を多用した文体面の特徴は、まさに描かれた登場人物の狂気それ自体が要求する修辞法といっても過言ではない。

「『突然』の使用は、人間の運命において決定的な役割を果たし、しばしばカタストロフィックなものとなる出会いや事件を意味する」と書いたのは、A・ベールキンだが（「ドストエフスキーの芸術システムにおける《突然》と《あまりに》」）、『分身』におけるそれらの多用もむろん偶然の結果ではなかった。向かう敵が「屈することを知らない」相手であれば、状況が「カタストロフィック」なものとなることは、おのずと明らかだからである。ここで一つ、主人公ゴリャートキンが、「分身」の接近を感じる一瞬の描写に注目してみる。

「だが、突然……突然……、彼は全身をぎくりと震わせると、思わず二歩ばかり脇の方に飛びのいた。（……）だが、だれもいない。変わったことは何も起きていない」

『分身』は、登場人物の息づかいまでが聞こえてきそうな濃密な文体で書かれているが、主人公を破滅に導くのは、あたかも作者が文体にそそぐ熱かとも錯覚させられるほどである。

「ペテルブルグのすべての時計台が、きっかり深夜十二時を打ったとき、ゴリャートキン氏は、敵どもの手から逃れ、その迫害から、雨あられとふりかかる非難の声、仰天した老婦人の悲鳴、ご婦人方のため息まじりの叫び声、さらにはアンドレイ課長の恐ろしいまなざしから逃れ、イ

ズマイロフスキー橋のすぐ近くのフォンタンカの河岸をめざして無我夢中で駆けだしたのだった。そのときゴリャートキン氏は殺された——このことばの完全な意味において、完全に息の根を止められたのだ」

この描写のうちに示されているのは、ほとんどギリシャ悲劇とみまごう「コロス」の存在である。このドラマに見入る「読者」の声なき声と作者の声が一つに溶けあい、ゴリャートキンを待ち受ける不幸な運命を予告する。今日の読者のなかには、こうした文体上の過剰さに鼻白む向きもあるだろうが、「分身」の登場という異常事態と、その先に控える破滅を予告するものとして、この扇情的な語りとボルテージの高さは不可欠だった。

悪魔との分身関係

そして、『分身』以降、ドストエフスキーの小説に登場する主人公は、多かれ少なかれ「傷」を負い、「分裂」を繰り返していくが、そこで描かれる「分身」のテーマそのものには、大きく分けて次のような類型が見てとれる。

一、純粋な自我の分裂として生じる対の分身
二、芸術的意匠として外化された分身

前者における分身は、純粋に自我が二つに割れる状態を意味しており、ドストエフスキーの作品においてはしばしば、「悪魔の出現」というモチーフとの親和性を生む。後者の「芸術的

意匠」として描かれる「分身」のテーマは、恐ろしく複雑に入り組んでおり、一筋縄ではとても説明できそうにない。『分身』の例に見るように、分身同士が凄絶な闘いを繰り広げる場合もあれば、ゲーテの『ファウスト』のように、本体と分身が、たがいに調和的な主従関係を維持する例もある。さらには、一つの作品のなかで、一人の主人公が複数の分身関係をもつ場合もあるし（『悪霊』）、一個の分身関係が、物語の進行とともにドラマティックな変容を重ねていく例も見られる（『カラマーゾフの兄弟』）。また、作家の視点、読者の視点、登場人物の視点によって、分身関係の意味づけはいくらでも変化させることができる。

ドストエフスキーが、「分身」のテーマそれ自体を念頭に置いて執筆にはいった最初の作品が、『罪と罰』（一八六六）だった。作家はきわめて暗示的なひと言で、高利貸しの老婆殺害の犯人ラスコーリニコフと妻殺しの嫌疑のかかるスヴィドリガイロフの分身関係を提示した（**「同じ畑のイチゴ」**）。真犯人に代わって嘘の自白をするミコールカと、ラスコーリニコフが馬殺しの夢で見る同郷人ミコールカも、作者のなかでは一個の分身関係として意識されている。ラスコーリニコフが殺害したリザヴェータは、すでに「十字架交換」という象徴的な儀式を介して、彼に救いの手を差しのべるソーニャと分身関係にある。そればかりか、作者は、たくみなダブルイメージ化を介して、その分身関係を補強している。リザヴェータ殺しをソーニャにほのめかしたラスコーリニコフが、「さあ、よく見て」と囁《ささや》くように言い、相手の顔に見入る場面である。

「ソーニャを見ていると、ふいにその顔にリザヴェータの顔が二重写しになったような気がした。あのとき斧《おの》を手ににじり寄った彼は、リザヴェータの顔に浮かんだ表情をありありと記憶していた」

ラスコーリニコフはこのあと、ソーニャに向かって悪魔との分身関係を口走る。

「あのときぼくは、悪魔かなんかに引きずられていった。でも、あとになって、やつはこう説明してくれたのさ。あそこへ行く資格などおまえにはない、おまえはほかの連中とこれっぽちも違わないシラミだから、とね！　悪魔め、このぼくを愚弄しやがった。それで、このとおり、ぼくはきみのところへやって来たってわけさ！」

ラスコーリニコフがここで暗示しているのは、「悪魔」との共謀だが、その「悪魔」が、たんにレトリックとして存在する「悪魔」なのか、一種の独立した人格に近い何かとして（すなわち幻覚体験として）意味づけられている存在なのか、容易には判別できない。

興味深いことに、ソーニャとリザヴェータの分身関係を暗示する十字架交換のモチーフが、『白痴』においても踏襲される。ムイシキン公爵とロゴージンの間で行われる十字架交換が暗示するのは、ナスターシヤの悲劇的な運命である。ナスターシヤの死は、この瞬間に決定づけられた。なぜならこの交換の儀式によって作者が意図したのは、ロゴージンとムイシキンの分身関係を、ロゴージン＝ムイシキンとナスターシヤの恋愛関係の上位に位置づけることだったからだ。つまり作者は、この十字架交換によって最終的にムイシキンに命の保証を与えたのだった。それゆえ、ナスターシヤ殺害における両者の共犯性は揺るぎないものとなる。

イワン・カラマーゾフとスメルジャコフの関係

『悪霊』における「分身」のテーマは、『罪と罰』『白痴』よりもはるかに複雑な様相を帯びるにいたった。

スタヴローギンと革命家ピョートルの関係は、まさにファウスト型と呼ぶにふさわしく、絶対的な支配と服従の関係にある。ただし、スタヴローギン（＝ファウスト）の真意を忖度しつつ行動するピョートル（＝メフィストフェレス）のトリックスターもどきの行動には、トリックスターが本来的にもつ明るさはなく、すべての結果が陰惨な色調に塗りあげられる。すでにこの時点で、スタヴローギンの精神状態は、悪魔を幻視するほどにまで悪化していた。

二十歳の青年アルカージーによる手記の形式で書かれた『未成年』において、「二重性」の「大きな苦しみ」を嘗め、「分身」の悲劇に遭遇するのが、実の父アンドレイ・ヴェルシーロフである。ヴェルシーロフにおいて、純粋に自我の分裂としての分身と、芸術的意匠としての分身の二つのテーマが交錯する。西欧かロシアか、農奴あがりで聖女の面影を漂わせるソフィヤか、際立った官能性と知性にあふれるカテリーナか、その二者択一に引き裂かれる彼のうちに発狂の兆しが現れる。

「たしかに、わたしは頭のなかで二つに割れていこうとしていて、それが怖くてたまらないん

だ。まるで、自分のそばに自分の分身が立っているようなぐあいなんだよ。（……）そいつはわたしのそばで何やら愚にもつかぬことや、どうかすると、ばかげて陽気なことを何としてもやりたがっていてね。（……）なぜかは、だれにもわからない、つまりやりたいわけでもなくやりたがっている、必死にさからいながらやりたがっているってわけだ」

このセリフの直後、ヴェルシーロフ（の「分身」）は、死んだマカール老人から遺贈された聖像をたたき割り、周囲の人々に人格崩壊を印象づける。ヴェルシーロフにおける「分身」の出現が、真のカタルシスを得るために不可避な、一種の通過儀礼であるとするアルカージーの理解は、二十歳になったばかりの「未成年」の浅知恵の域を出ない。

さらに、分身関係のドラマティックな変容という意味で興味を惹くのが、イワン・カラマーゾフとスメルジャコフの関係である。「神がなければ、すべては許される」を符丁にして結ばれた二人の隠された目的は、フョードル殺害にある。スメルジャコフは、主＝主人（イワン）への忖度からこれを実行するが（「賢い人とはちょっと話すだけでも面白い」）、イワンの裏切りによってファウスト型の絶対服従は綻び、ゴリャートキン型のヘゲモニー闘争の様相を呈していく。フョードル殺し実行犯スメルジャコフの真意は最後まで明かされることがない。だが、殺害のプロセスそのものは、彼の口をとおしてなまなましく解き明かされていく。殺害の前夜、スメルジャコフは、帰宅したイワンに向かって、ドミートリーによる父親殺害の可能性を示唆した。父親は、チェルマシニャーの土地を処分すべくその仲介をイワンに懇願する。しかし、イワンは翌朝、父親の懇願を振りきってモスクワに旅立とうとする。ところがその直前、「馬車にすっかり腰を落ちつけた」イワンはスメルジャコフに謎めいたひと言を吐いてスコトプリゴニエフスクを去る（「おれは、チェルマシニャーに行く」）。

フョードル殺害が明らかとなり、故郷に舞いもどったイワンは、当初、兄ドミートリー犯人説を疑わなかったが、愛する弟アリョーシャのひと言をきっかけに根本的な疑念に陥る。その疑念を解決すべく訪ねたスメルジャコフとの間で論点となるのが、事件当日朝のイワン自身の行動である。

「なにしろあなたは、あの人殺しの件について、ご存じだったわけですし、わたしに殺しをまかされたうえ、何もかもご承知のうえで、ご出発なさったわけですから。ですから今夜、わたしはこの事件全体において、主犯はあなた一人であり、わたしはたしかに殺しはしたものの、けっして主犯ではないということを、あなたに面と向かって証明する気でいるわけです。で、法律上の真犯人は、あなたなんですよ！」

イワンは、この対話のあと、スメルジャコフの分身ともいうべき悪魔との対峙を迫られる。

「おまえは、嘘だし、おれの病気だし、おれの幻なんだよ」

悪魔は、時とともに存在感を増し、両者の関係が徐々に覆っていく。悪魔がイワンのアイデンティティを盗みとっていくのだ。

「『悪魔がリューマチにかかるのか？』

『そりゃ、当然ですとも、ときどき人間に化けるわけですからね。そう、人間に化けるからには、その結果も、また甘んじて引き受けるわけです。ぼくは悪魔ですから、sum et nihil humanum a me alienum puto（人間にかかわることで無縁なものなんて何ひとつないんですよ）』」

『カラマーゾフの兄弟』における「分身」のテーマは、整理することも煩わしいほど複雑多岐にわたる。M・ホルクィストの説によれば、「父殺し」の動機と責任において三兄弟は、たがいに分身関係にある（『ドストエフスキーと小説』）。悪魔性とマゾヒズムの共有によってイワンとリーズ（＝リーザ）も、一種の「軍団《レギオン》」に類した分身関係を結ぶ。ゆくゆく二人の関係には何かしら不吉な事件が起こりそうな予感がある。父フョードルの目に、シラーの『群盗』のカールとフランツに擬されたドミートリーとイワンはワンセットとして映る。読者とアリョーシャの視点に立った場合、実の父フョードルと精神的な父ゾシマの関係も分身としての意味づけが可能となる。だが、『カラマーゾフの兄弟』におけるもっともスキャンダラスかつ謎めいた分身関係はまったく別の次元に立ち現れた。

スタヴローギンの本性

さて、ここで補足的な説明が何としても必要となってくる。ドストエフスキーがしばしば使用する「僭称者」のテーマは、まさに「分身」のテーマの延長線上で語ることができるということだ。改めて『分身』にもどり、その一場面に注目してみたい。

恐るべき分身、新ゴリャートキンの登場によって、「自分は破滅した」と感じたゴリャートキンが内心でつぶやくセリフである。

「人の名を騙《かた》ったり、破廉恥なまねをしたのでは、いいですか、現代じゃ、もう成功するあてもないのですよ。人の名を騙ったり、破廉恥なまねをすることは、けっしてよいことを招かず、結局のところは、縛り首になるのが落ちというものでしてね。人の名を騙り、無知の民衆を欺いて成功したのは、グリーシカ・オトレーピエフただ一人、それもごく短い期間じゃありませんか」

結論から述べると、右の引用に見られる「僭称」ないし「僭称者」のテーマは、まさに「分身」のテーマの一パターンをなぞる。

『分身』からおよそ二十五年、ドストエフスキーは改めてこの「僭称者」のテーマを、同時代のニヒリズム運動に重ねて取りあげることになった。『分身』では、純粋に人間のアイデンティティをめぐる問題として提示されたモチーフが、一八七〇年代にはいり、不吉な予兆をはらむ政治情勢を背景に誕生した『悪霊』においては、国家転覆の画策と、新たな時代に君臨する王のイメージが二重写しにされている。そしてニヒリストたちの画策の無意味さをほのめかし、未来の王たるべきスタヴローギンの本性を暴きたてるのが彼の妻マリヤである。

「あたしのあの人は——美しい鷹《たか》で、公爵なんだ。ところがあんたときたら——けちなフクロ

ウで、ただの使いっぱしりじゃないか」

「出ていけ、僭称者！（……）あたしゃ公爵の妻なんだ、あんたのナイフなんて、恐《こわ》いもんか！」

「グリーシカ・オト・レーピ・エフ、ろ、く、で、な、し！」

『分身』の新ゴリャートキンと、ニコライ・スタヴローギンがここでついに同じ列の両端に立つ。では、双方の作品に共通して言及される「グリーシカ・オトレーピエフ」とは何者なのだろうか？

先にもふれたが、改めて簡単に説明をほどこしておこう。正式の名前をグリゴーリー・オトレーピエフといい、ボリス・ゴドゥノフが君臨した十六世紀末に謎の死を遂げたイワン雷帝の子ドミートリーの名を騙って、権力奪取をめざした実在の僭称者（偽ドミートリー）である。留意してほしいのは、「僭称者」の言葉が、キリストを僭称する「アンチ・キリスト」すなわち「悪魔」の含意で用いられている点である。なぜなら、皇帝ボリスに反旗を翻し、ポーランドの助けを得て政権奪取をはかるべくカトリックに鞍替《くらが》えした「グリーシカ」に対し、ロシア正教会が「アンチ・キリスト」として彼を破門した歴史的経緯があるのだ。

3　佯狂《ようきょう》、またはユロードストヴォ

「十字架（スタヴロス）」の名を背負うニコライ・スタヴローギンの仮面を剝ぎ、そこにキリスト（「美しい鷹」）の名を騙る「アンチ・キリスト」の本性（「けちなフクロウ」）を見抜いた妻マリヤは、ロシアの文化的基層から豊かにイマジネーションを汲《く》みだすドストエフスキーが生んだ、最高度にオリジナルな「佯狂者」である。「佯狂者」とは、ひらたくいえば、「聖なる愚者」のことであり、これまで「聖痴愚」「瘋癲《ふうてん》行者」「神がかり」などの名称で呼ばれてきた。もっとも「佯狂者」を敬う伝統は、けっしてロシアだけに限られず、広くヨーロッパからイスラーム圏の文化にも見られた。ただ、十九世紀半ばまで農奴制が続き、文化的流動性が失われていたロシアでは、とくにその伝統が長く残存する結果となった。

この「佯狂」を、ロシア語では「ユロードストヴォ」という。語源的には、「愚者、狂人、不具、奇形、醜い人」を意味する「ウロード」に発し、「意図して、愚かで、気が狂っているふうに見えるように努めること」を意味する。正教会において「佯狂者（ユロージヴイ）」と呼ばれる人々は、一般に放浪する修道僧や苦行者を指す。

「佯狂者」の原型として知られるのは、裸、裸足で三年間放浪し、エジプトとクシュの民がアッシリアの捕囚となることを預言した「裸の預言者」イザヤだが、新約聖書では、使徒パウロによる説教が「佯狂」の基盤の一つとされている。

「わたしたちはキリストのゆえに愚かな者となり、あなたがたはキリストにあって賢い者となっている。（……）／今の今まで、わたしたちは飢え、かわき、裸にされ、打たれ、宿なしであり、／苦労して自分の手で働いている。はずかしめられては祝福し、迫害されては耐え忍び、／ののしられては優しい言葉をかけている。（……）」

（「コリント人への手紙二」第四章十〜十三節）

ロシア正教会では、三十六人の「佯狂者」に対する崇拝が知られる。その一人聖ミコールカが、イワン雷帝の治世に、落雷による皇帝の死を予言したとき、皇帝はその運命からまぬがれることができるように神に祈った。残虐をもって知られるイワン雷帝ですら、佯狂者の予言にはそれほどに恐れをいだいていたのである。そのイワン雷帝が、ほかのだれにもまして恐れ、崇め立てたのが、聖ワシーリー（一四六九？〜一五五二？）だった。「裸のワシーリー」の異名をもち、類いまれな予見の才をさずかった彼は、その死後も数々の奇跡を行い、ノヴゴロドでの大火の際には、モスクワに身を置きつつ、三杯のワインで、これを消しとめたという伝説まで残されている。

もっとも、ロシアの文化的伝統は、より本源的かつおおらかであり、パウロの説教に示された「佯狂」の概念も、ハイブリッドな性格を帯びている。「民衆の意識のなかでは、道化性、遊戯、不浄な力、佯狂は、一つの意味論的な列を構成する」と書いたのは、ドストエフスキーの同時代人、民俗学者のフョードル・ブスラーエフである（E・グーロワ「ドストエフスキーの長編小説における佯狂」）。

他方、「佯狂」の概念をめぐって、L・サラスキナは、「他人が黙っていることを敢《あ》えて口にする人間の、異常な精神状態」であると同時に、「純朴さ、無欲、誠実、善良、柔和、羞恥」（『「悪霊」――警告の書』）と簡潔に定義してみせた。この二つの観点を念頭に置きつつ、ドストエフスキーの五大長編における佯狂者の実像を振り返ってみたい。

4　佯狂者群像

民衆的意識に宿る「不浄な力」

何よりもまず、『罪と罰』の主人公ラスコーリニコフが殺害した女の一人が「佯狂者」である。ほかでもない、「神を見るひと」リザヴェータ。少し先走りした言い方をすれば、金貸し老婆の殺害にいささかの後悔も感じることのない主人公が、最終的に膝を折るのが、まさにこの「佯狂」という壁の前であった。以降、「リザヴェータ」の名は、「佯狂者」の資質を暗示する一つの重要な指標となるだろう。

「『でも、不器量って言ってたじゃないか？』」士官が口をはさんだ。

『たしかにそう、色がかなり黒くてさ、兵隊の着せ替え人形みたいなんだがね、それが、いいか、ぜんぜん不器量なんかじゃない。顔も目も善良そのものでね（……）』」

リザヴェータの人となりを説明するこの文章のなかに、すでに「佯狂者」としての彼女の資質がたくみに暗示されている。すなわち、「不器量（ウロード）」という言葉そのものが、「佯狂者（ユロージヴァヤ）」の語源なのである。そしてこのリザヴェータと、十字架交換によって姉妹の契りを交わしあったソーニャもまた、「佯狂者」として意味づけられることになる。リザヴェータに代わり、ソーニャは、「他人が黙っていることを敢えて口にする」。

「十字路に行って、そこに立つの。そこにまずひざまずいて、あなたが汚した大地にキスをするの。それから、世界じゅうに向かって、四方にお辞儀して、みんなに聞こえるように、『わたしは人殺しです！』って、こう言うの」

「佯狂」と「狂気」をそれぞれ語源に遡って分析し、その差異の重要性を説いたK・ステパニヤンは、『白痴』のなかで「佯狂者」の語がたったの三度しか用いられないのに対し、「狂った」「頭の変な」「錯乱した」といった語の使用が、百回以上に上っていることに注目し、主人公のムイシキン公爵が、物語の進展とともに「佯狂者」から「哀れな狂人」へと移行していくプロセスを明らかにした（「『白痴』における佯狂、狂気、死、復活、存在と非在」）。すでに引用した使徒パウロの説教や中村喜和の言葉（「瘋癲行者覚書」）にもあるように、「佯狂者」の特色は、キリストのために「痴愚を装う」点にある。地上的な価値を認めず、自己犠牲に最高の価値を置く「佯狂者」とは、いわば、現世における「最後の審判」の代行者であって、いかなる権力にも膝を屈することがない。狂気とすれすれの境界に立って苦行に励む、言うなれば「神の道化」なのだ。それに対し、「狂人」には、現実を見通す予言的な力を与えられることはなく、したがって世界の隠された「真実」を見抜くことはできない。

ニコライ・スタヴローギンが、足の悪い妻マリヤを訪問する場面を描く際、作者ドストエフスキーは、民衆的意識に深く想像力の垂鉛を下ろしつつあった。ブスラーエフの定義にもあるように、民衆的意識には、「不浄な力」が宿る。妻マリヤもまた、カード占いに対する特別な能力が示すように、純然たる「佯狂者」というより、むしろ魔女とすれすれの境界に立つ人物である。

『未成年』において、ほかのだれよりも「佯狂者」に近い面影を宿しているのが、主人公アルカージーの名義上の父マカールだが、その彼に「純朴さ、無欲、誠実」の資質を見ることはできても、「佯狂者」に欠かせない「他人が黙っていることを敢えて口にする人間の、異常な精神状態」を見ることは困難である。

佯狂者＝神がかり

『未成年』に比べ、『カラマーゾフの兄弟』はまさに「佯狂者」のオンパレードといった観を呈している。注目すべき人物は、「リザヴェータ」の名を付与され、特別の意味づけをほどこされた二人の女性たち、すなわちスメルジャコフの母、リザヴェータ・スメルジャーシチャヤとアレクセイ（アリョーシャ）の「婚約者」で足の悪いリザヴェータ（リーズ。リーザ）。

面白いことに、「老いぼれ道化」フョードルもまた、みずからを「佯狂者（＝神がかり）」に喩えている。

「**わたしは根っからのというか、生まれつきというか、要するに道化もんでして、長老さま、まあ、神がかりと同じようなもんですよ。**（……）**ひょっとすると、わたしの体のなかにゃ悪魔が住みついているかもしれないんだ。といってたいした器の悪魔じゃないですがね**」

ここで注目すべき点は、フョードルの資質に、道化、佯狂、悪魔という三つのモメントが無秩序に同居しているところだろう。これもまた、先ほどのブスラーエフのいう民衆的意識におけるハイブリッドな「佯狂」理解を裏づける。

「キリストへの愛ゆえに」だれにもましてはげしい苦行を積むフェラポント神父は、おそらくもっとも純粋な意味における「佯狂者」だが、作者のフェラポントに対する態度はきわめて両義的である。ゾシマの死に際し、その遺体からいち早く発せられた腐臭について「**ここに見るものこそ、偉大な神の啓示ではないか**」とのセリフを吐かせた作者は、一見、ゾシマの全否定に向かおうとしている。I・エサウーロフの卓見に耳を傾けよう。

「『カラマーゾフの兄弟』では、悪臭を介在させるかのようにして、もっとも不快な登場人物と、もっとも高尚な登場人物、すなわちスメルジャコフとゾシマ長老による不明確な接近を認めることができる。ゾシマの遺体は、彼の死後、生前のスメルジャコフの精神がそうであるように、悪臭を発していることが明らかとなる。しかしながら、そのスメルジャコフが、佯狂者の出自をもっている点も意味深い。聖なるゾシマと悪臭を発する佯狂者の像が、一つのシステムの枠内で通信しあっている」（「ロシア文学における佯狂と道化性」）

　では、この「接近」をはたしてゾシマの格下げと見ることができるのだろうか。断じてできないし、それによって「わたしの主人公」に対する作者の愛情が揺らぐこともない。むしろここには、作家の「芸術的意匠」を見るほうがふさわしく、あるいは、見方を変えて、バフチンのいうドストエフスキー文学の「ポリフォニー」の真骨頂を、「リアリスト」としての作家の冷徹な目を見てとるのが正しい理解といえるだろう。本章の冒頭に引用したカルサーヴィンの言葉を改めて思い起こせば、「ほんものの作者、すなわち、フョードル・ドストエフスキーが何を考えているかは、未知のまま」なのである。

　最後にひと言だけ言い添えておこう。

『カラマーゾフの兄弟』の「主人公」アレクセイ・カラマーゾフもまた、正当に真の「佯狂者」の一人と見ることができるが（「あなたっていう**人は、神がかり一年生**」）、その彼が、「他人が黙っていることを敢えて」声にして発する場面がある。そう、フョードル殺しの真犯人をめぐって深い疑念に陥ったイワンに向かって発せられる、次のひと言である。

「**父を殺したのは、あなたじゃない**」

アレクセイのこの謎めいた言葉を、かりに「佯狂者」としての使命と解するなら、真意は次のように反転する。

「父を殺したのは、あなただ」

第十一章　破壊者たち

1　『悪霊』の時代

専制と自由の共存

「だれもがニヒリストなのだ。ニヒリズムがわが国に現れたのは、われわれがみなニヒリストだからだ」

（「手帳」一八八〇〜八一）

ドストエフスキー最晩年の「手帳」に記された言葉である。はたしてこれが、作家自身の真意を伝える内心のつぶやきであったのか、あるいは、小説の一登場人物の言葉として用意されたメモ書きだったのか、正確なところはわからない。しかし、これが作家自身の言葉であることに変わりはなく、改めてその事実に鑑みれば、おのずと疑問も根本的な意味を帯びてくる。作家はこの「ニヒリズム」の語を介して、具体的に何をイメージし、どのような意図を伝えようとしていたのか。

V・カントールはここに記された「ニヒリスト」の語をめぐって次のような定義をくだしている。

「ニヒリストとは、（……）決然としてすべてを否定する人々のことをいう。では、すべて、とは何か。それは、人間によって作られたもの、歴史を動かすもの、人間にとって心地よく、有益なもの、つまり、人間の生活をいう」（「われわれはみなニヒリストか」）

一八六九年十一月末、モスクワにあるペトロフ農業大学構内の池から、一人の青年の遺体が発見された。「人民の制裁」と名乗る革命結社のメンバーで、結社からの脱会を申しでた、イワン・イワノフが、秘密の露見を恐れるほかのメンバーによって銃殺され、構内の池に投げ入れられたのである。この事件は、結社の指導者セルゲイ・ネチャーエフの名にちなんで、「ネチャーエフ事件」として広く知られるにいたった。逮捕者の数は、じつに三百名におよび、うち八十七名が裁判にかけられた。

事件当時、ドレスデンに滞在中だったドストエフスキーは、かりにそれが「パンフレット」的なものとなることもやむなしとの覚悟のうえ、同時代のニヒリストを徹底して糾弾する小説の執筆を思い立った（ちなみに、「パンフレット」とは、政治社会的な時事問題を批判的に扱った時評文をいう）。だが、構想の開始から十か月、この小説をたんなる時評的性格をもつ作品で終わらせるわけにはいかない、いや、それだけでは、小説としてもちこたえられないとの判断から（「**あのようなあさましいグロテスクな事件は文学に値しません**」カトコフ宛書簡、一八七〇年十月八日）、プランは大きく変更を余儀なくされるにいたった。そしてその変更を促したのが、ほかでもない、ニコライ・スタヴローギンという怪物的な人物の登場だった。

「いっさいはスタヴローギンの性格にあり、スタヴローギンがすべて」（『創作ノート』）

「わたしは彼を自分の魂のなかから取りだしたのです」（カトコフ宛書簡、一八七〇年十月八日）

最終的に『悪霊』は、そのあからさまに政治的な外観とはうらはらに、ほかのどの長編小説にもまして劇画的要素の強い作品に仕上がった。その一方で、物語の軸となるスタヴローギンだけは聖域化され、作者によるグロテスクな誇張も抑えられたため、真に悲劇的なオーラに包まれた人物としてそびえ立つことができた。そしてこのスタヴローギンを、「空であり、残りのすべての登場人物を呑みこんでいくブラックホール」と評したのが、高名な歴史家M・ゲフテルである（「ドストエフスキーとテロリズム」）。

『悪霊』では、おもに三つのテーマを軸に作品世界が展開される。三つのテーマとは、「革命」「人間」「神」だが、個々のテーマに、いわばそれを体現する三人の人物が配置されている。

一、革命――ピョートル・ヴェルホヴェンスキー

二、人間――アレクセイ・キリーロフ

三、神――イワン・シャートフ

三人の「嫡子」たちのスタヴローギンに対する傾倒は尋常ではなく、たとえばピョートルは彼の前で狂ったように叫ぶ。

「ぼくはニヒリストだけど、美を愛しているんです。（……）ぼくは偶像を愛している。で、あなたがぼくの偶像なんです」

「あなたは指導者だ、あなたは太陽だ、ぼくはあなたに寄生する蛆虫《うじむし》だ……」

「あなたなしじゃ、ぼくはゼロだ。あなたなしじゃ、ぼくは蝿と同じで、試験管のなかの思想にすぎない、アメリカを発見できなかったコロンブスといっしょです」

ピョートルのこれらのセリフは、多かれ少なかれ、三人の「嫡子」たちを支配する偶像崇拝の熱狂を代弁している。しかし彼らは、みずからのそうした熱狂の犠牲となってついにスタヴローギンという「ブラックホール」に吸収されていく。物語のなかでただ一人死をまぬがれるピョートルもむろん、例外ではなく、彼を待ちかまえる運命はむしろキリーロフ、シャートフにもまして過酷なものとなった可能性がある。なぜなら、ピョートルのモデルとされる「ネチャーエフ事件」の首謀者セルゲイ・ネチャーエフは、事件から三年後の一八七二年にスイスで逮捕され、十年間におよぶ獄中生活ののち、一八八二年の十一月、ペトロパーヴロフスク要塞監獄で壊血病のために死去しているのだ。

革命家ピョートルには、彼独自の具体的ヴィジョンはなく、その多くを結社「五人組」の一人シガリョーフの理論に拠っている。

「専制主義のないところに自由も平等もあったもんじゃないが、家畜の群れには平等がなくちゃならない」

読み方によっては、絶対君主制に近い立場をとる後年のドストエフスキーの思想をも予見する言葉ともとれる。

「**われわれは、無制限の君主制であり、ことによるとどこよりも自由かもしれない。**（……）**これほどにも強力な皇帝の下にあって、われわれが自由でないわけがない**」

（「手帳」一八七五～七六）

さらに注意しておきたいのは、この専制と自由の共存という考え方が、ニヒリストとは真逆の位置にあるスラヴ派の論客アレクセイ・ホミャコーフ（一八〇四～六〇）が唱えた「全一性」にも一脈通じている点である。「全一性」とは、ロシアの宗教哲学の根幹をなす概念の一つで、教会や農村共同体における人々の自由でかつ精神的な一体性を示す言葉だが、十九世紀以降、多くの思想家が、この言葉をロシア正教のみならずロシア人の特異な精神性をもいいあらわす概念として利用し、また、この概念によってカトリックの権威主義やプロテスタントの個人主義と一線を画してきた。ちなみに「全一性」を特徴づけているのは、デカルトの「われ思う、ゆえにわれあり」と根本的に対立する、「われら思う、ゆえにわれらあり」という集団主義的なメンタリティである。

社会主義がはらむ暴力性

シガリョーフの思想を改めてたどり直してみたい。

彼の考えによれば、この地上に完全な「平等主義」を実現させるには、何よりも人類を二つの不均等な部分に分割し、その十分の一がほかの十分の九に対する無限の権利を獲得する必要があるという。そしてその残り十分の九から、人間としての個性を奪いとり、家畜の群れのようなものに変えていくというのである。

「かぎりない自由から出発しながら、かぎりない専制主義で終えようとしている」

勘のするどい読者なら、シガリョーフのこの思想に、ラスコーリニコフ（『罪と罰』）の選民思想（天才は凡人の権利を踏みにじることができるという思想）や、大審問官（『カラマーゾフの兄弟』）の世界観（**「人間というのは、跪くべき相手をつねに求めている」**）との深い類縁性を見てとるだろう。

では、どうすれば、完全な「平等」は打ちたてられるのか。ピョートルはシガリョーフの理論を次のようにパラフレーズしてみせる。

「社会の構成員一人ひとりが、たがいに相手を監視しあって、密告する義務を負う。個人は全体に属し、全体は個人に属する。全員が奴隷で、奴隷という点では、平等だ。極端な場合、中傷、殺人も許される、でも、大切なのは平等。まず手始めに、教育、科学、才能などのレベルが引き下げられる。科学や才能の高いレベルは高い能力があってこそ可能になるが、そんな高い能力などは不要！　高い能力をもった人間たちは、つねに権力をにぎろうとし、暴君となった。（……）キケロは舌を抜かれ、コペルニクスは目をえぐりとられ、シェイクスピアは石を

投げつけられる。これがシガリョーフ理論ですよ！」

「ぼくらは、この欲望ってやつを根絶させる。そうして飲酒、中傷、密告を流布させる。前代未聞の淫欲をはびこらせていく。すべての天才を、幼年時代に抹殺してしまう。いっさいを通分して、完全な平等を打ち立てるわけです」

「いまのところは一ないし二世代、堕落の時代が必要なんです。それも前代未聞、卑劣きわまる堕落です。人間が、おぞましくて、臆病で、残忍で、利己的な屑どもになり果てるような堕落です。必要なのは、それです！　それにもうひとつ、慣らすために必要な《すこしばかりの新鮮な血》」

「痙攣《けいれん》も必要です。痙攣の心配をするのが、われわれ、支配者というわけです。奴隷には支配者が欠かせませんから。完全な服従、完全な没個性、でも、三十年周期でシガリョーフも痙攣を放出する、そこで突然全員が共食いをはじめる」

　こうした一連の言説が、当時、スイスやベルギーで開かれていた「第一インターナショナル」の大会での議論（「私有財産の撤廃」「土地私有の廃止」「遺産相続の廃止」）といかにかけ離れていたかは、一読して明らかである。実際、スイスでゲルツェンやバクーニンら革命家たちと交わりをもったはずのピョートル・ヴェルホヴェンスキー（＝ネチャーエフ）がなぜこうした専制主義礼賛にたどりついたか、謎というしかない。むろん、ここには作者による徹底した戯画化が影響しているが、それにしても、社会主義がはらむ暴力性をここまで看破した作家の洞察力に読者の多くが驚嘆させられるだろう。さらには、ピョートルが漏らした次のひと言も、けっして表面的に受けとることのできない含蓄に富んでいる。

「ぼくはペテン師ではあっても、社会主義者じゃないんです」

2　人神

アンチ・ニヒリスト

スタヴローギンの第二の「思想的嫡子」は、アレクセイ・キリーロフ。年齢は、二十七歳前後で、職業は建築技師。癲癇を病んでいることが示唆されている。

キリーロフの無神論を貫く思想とは、ひと言で、絶対的無の状況においては人間の我意が絶対的優位を占めるという考えである。

「ぼくは三年間、自分の神としての属性を探し求めてきて、見つけたんです。ぼくの神の属性とは、我意なんだ、とね」

「神が存在しなければ、すべての意志はぼくに属し、我意を宣言する義務を負う」

何ひとつ強制するもののない、ひたすら偶然のみが支配するこの世界にあって、人間は限りない自由を享受できるかもしれない。だが、その自由ゆえに、生命それ自体は、限りない孤独のなかで否応ない痛みと恐怖にさらされる。人間はその痛みと恐怖を糧とし、痛みと恐怖を愛することでみずからの幸福に代える。

「いま人間が生命を愛しているのは、痛みと恐怖を愛しているからです」

キリーロフには、マゾヒストとしての一面があり、その哲学は、「地下室人」のそれ（「**歯痛にだって快楽はある**」）を彷彿させる。しかし何よりも興味深いのは、その地下室人の顔に、突如として別の顔、すなわち、ヴォルテールの『カンディード』に登場するパングロス博士の顔が二重写しになることだ。どういうロジックの展開から次のような結論が導きだされてくるのか。

「人間が不幸なのは、自分が幸福だってことを知らないからです。（……）**すべてはいいことなんです」**

まわりの人間から半ば「狂人」扱いされているキリーロフだが、「狂人」の思考にも、「狂人」なりのロジックが貫徹している。それを一本の糸につなぐことができるかどうかは、読み手次第ということになる。すでに気づいた読者も少なくないと思うが、キリーロフとは、ドストエフスキーの言葉を自由に攪拌《かくはん》する一種のトリックスター的存在なのだ。たとえば、右の引用は、『カラマーゾフの兄弟』に登場するゾシマ長老の兄マルケルが死の直前に発する言葉を、ただちに連想させる。

「泣かないでよ、人生って天国なんだから、ぼくたちみんな天国にいるのにそれを知ろうとし

ないだけなんだよ」

キリーロフの「すべてはいいことなんです」のセリフを受け、スタヴローギンは尋ねる。

「じゃあ、飢え死にする人がいても、女の子をいじめたり、辱めたりする人がいても——それもいいことですか？」

キリーロフは答える。

「いいことです。赤ん坊の頭をかち割っても、いいことなんです。かち割らなくてもいいことなんです。なにもかもがいいことなんです」

Ａ・カントールが定義したように、「ニヒリスト」がかりに「すべてを否定する」人間をいうとしたら、キリーロフは、まさに「すべてを肯定する」人間、アンチ・ニヒリストと定義できるだろう。ただし、アンチ・ニヒリストは、あくまでも神の不在を前提としており、従来の意味での有神論者とはけっしてなりえない。先ほど言及したパングロス博士に象徴されるが、キリーロフのこの新しい倫理を背後で操っているのは、作者が『カラマーゾフの兄弟』で大々的にとりあげるライプニッツの「予定調和」の思想である。ライプニッツにとって、現実の世界は、可能なすべての世界のなかで最善のものである。ただし、キリーロフの無神論は、とくに造物主に関わる問題において、当然のことながら、ライプニッツと袂《たもと》を分かつことになった。キリーロフの哲学では、世界をだれがどう調和的に作ったか、という問いにおける主語（すなわち、「神」）がぬけ落ち、人間（の「我意」）が「神」に代わってその玉座を占有するのだ。

この哲学は、イワン・カラマーゾフの哲学（「神がなければ、すべては許される」）にも深く通じており、かりにイワンの口ぶりをそのまま真似《まね》るとすれば、次のような定式化が可能となる。

「我意があれば、すべては許される」

キリーロフの自家撞着《どうちゃく》

キリーロフの唱える「人神」の思想を少しでも理解しやすくするために、順序よく彼の主張を並べてみよう。

「いずれ新しい人間が出てきます。幸福で、誇り高い人間が、です。生きていようが生きていまいがどうでもいい人間が、新しい人間ってことになる。痛みと恐怖に打ち克つことのできる人間が、みずから神になる。で、あの神は存在しなくなる」

「あの神は存在していませんが、神は存在しています。石に痛みはありませんが、石に対する恐怖には痛みがあります。神というのは、死の恐怖の痛みのことを言うんです」

「自殺できる人間が神になるんです」

「そこで歴史は二つの部分に分かれます。ゴリラから神が絶滅するまでの部分と、神の絶滅から（……）地球と人間の物理的な変化までです。人間は神になり、物理的に変化する。世界も変化し、事業も、思想も、すべての感覚も変化する」

すでに述べたとおり、一読したかぎり、キリーロフの主張は一貫性を欠いているように見えるが、キリスト教における教義、三位一体になぞらえてみると、答えは意外に簡単に出てきそうである。

神↕キリスト↕聖霊　　恐怖↕人神↕人間

さて、「ドストエフスキーの小説におけるほとんどすべての殺人と自殺は、イデオロギー的である」（『ドストエフスキー　最後の一年』）と書いたI・ヴォルギンの言にしたがうなら、『悪霊』における殺人と自殺の例が、ぴたりとこの言葉に符合してくる。ただし、自殺に関するかぎり、この文意に正しく見合う人物は、キリーロフただ一人である。キリーロフは、自分が「人神」であることを証明すべくピストル自殺を遂げるが、そこにいたるまでの彼のロジックをたどるのは困難をきわめる。

「**惑星全体が、そこにあるすべてをひっくるめ、この男**（イエス・キリスト――筆者注）**がなければ、狂気そのものなんだ**」

「**惑星の掟そのものが偽りであり、悪魔のボードビルということになる。だったら、いったい何のために生きる？**」

「**ぼくにはわからない、なぜ無神論者がこれまで、神が存在しないことを知りながら、自分をただちに殺さずにすますことができたのか**」

「**ぼくはおそろしく不幸だ、なぜかといえば、ものすごく怖れているから。恐怖とは、人間の呪いのことだ……でも、ぼくは我意を主張する、ぼくには、自分が神を信じていないことを信**

じきる義務があるから。ぼくは、はじめ、終え、ドアを開け、そして救う」

キリーロフは、完全な自家撞着に陥っている。かりに神であることを証明するために自殺するとしたら、神の地位は永遠に恐怖によって支配され、人神の地位は空位のままとどまるからだ。しかも自殺を決意したあとの彼の混乱ぶりを目の当たりにした読者は、思想と現実のすさまじい落差に驚かされるにちがいない。

「**いまだ、いまだ、いまだ、いまだ**」と狂ったように連呼し、ついにはこめかみに銃弾を撃ちこんで息絶えるキリーロフ。死して神と化したあとの世界に、どのような変化が生じたというのか。世界はたんに、無感動な歯車のように時をきざみつづけるだけではないか。キリーロフの無残な亡骸は、みずからの「人神論」が、たんなる観念の戯れ、机上の空論にすぎなかったことを裏づけるかのようである。むしろキリーロフの「人神」の思想を証明してみせたのは、物語の終わりで、平然と縊死《いし》の道を選ぶニコライ・スタヴローギンだったのではないか。しかし、そのスタヴローギンの死後も、世界に何ひとつ変化が生じることはなかった。

3 「民族というのは、神のからだです」

スタヴローギンの第三の「思想的嫡子」であるイワン・シャートフは、スタヴローギン家の従僕の息子として生まれた。年齢は、二十七、八歳前後。大学時代に社会主義に接してその虜となるが、後に転向してロシア・メシア思想に心酔するようになった。シャートフは、ドストエフスキー最晩年の思想的境地を先取りする人物であり、彼の主張に似た言葉が、いずれ作家の口からも吐かれることになる。ひと言でいえば、シャートフが心酔するロシア・メシア思想とは、もっともラディカルな姿をまとった民族主義である。シャートフはまず、民族主義がひとえに「神の探求である」としたうえで、次のように主張する。

「神とは、一民族のはじまりから終わりまでを代表する、民族全体の総合的な人格なのだ」

「神々が共通のものになるとき、神々は死に、神々への信仰もみずからの民族とともに死ぬ」

「民族というのは、神のからだです。どんな民族も、自分たち独自の神をもち、この地上のほかのすべての神々を、和解などいっさい抜きで排除しようとするあいだだけ、民族でいられるんです。つまり、自分たちの神によって残りすべての神々を征服し、世界から駆逐できると信じることができるあいだだけ、民族でいられる」

シャートフのキリスト教は、民族との一体性のなかにその最大の意義を認めている点に、大きな特徴がある。そしてその民族主義のもつ独自性と優位性を保持しつづけるためにおのずから「戦争肯定」につながる危険な因子をはらむ。ここにもまた、ドストエフスキー一流のラディカルな洞察力が見てとれる。

では、最終的にシャートフの思想はどこへ向かったのだろうか。私見によれば、シャートフの偏狭な民族主義を救ったのが、迷妄の果てにようやく神の道に目ざめた、ピョートルの父ステパン・ヴェルホヴェンスキーである。

「もしもぼくが神を愛し、その愛に喜びを感じているとすれば――神がぼくの存在も、ぼくの喜びも消し去って、ぼくたちをゼロに変えてしまうなんてことがありうるでしょうか。もしも神が存在するなら、このぼくも不死なのです！　Voilà ma profession de foi.（これが、ぼくの信仰告白です）」

さて、ここで、『悪霊』執筆の動機となった「ネチャーエフ事件」との関係で一つだけ説明を補足しておこう。『悪霊』の完成からまもない一八七三年、ドストエフスキーは「作家の日記」に寄せた論文「現代的欺瞞の一つ」で、ネチャーエフ擁護ともとれる発言を行っているのだ。

「おそらく、わたしはネチャーエフ的な人物には、けっしてなりえなかったと思うが、ネチャーエフ党の一員にはけっしてならなかったという保証はできない……若い頃なら、大いになったかもしれない」

この発言をめぐって深入りすることは避けるが、ひと言でいってこれは、同時代のニヒリストたちに対するリップサーヴィスではなかった。「ペトラシェフスキー事件」に関わり、死刑判決を受けた過去をもつドストエフスキーには、意地と誇りがあった。事実、彼は、『悪霊』の「創作ノート」に次のように書き記していたほどである。

「ネチャーエフは、ある程度、ペトラシェフスキーだ」

ネチャーエフ擁護の発言を促したのは、当時のジャーナリズム界に生じつつあったニヒリスト世代への偏狭な理解である。その不当な見くびりに対する怒りが、この一行を書かせたと見ていい。ネチャーエフ一党によるイワノフ殺害は、たしかにグロテスクでかつ嫌悪すべき事件だったかもしれない。だが、この上なく純朴な人間も、時としてこの類の悪行に手を染めることがある。過渡的な時代には往々にしてそうした現象が起こりうる、とくにロシアでは、それが生じやすく、「その特徴こそが、わが国の現代のもっとも病的でかつもっとも悲しむべき特徴」（「現代的欺瞞の一つ」）とドストエフスキーは考えたのだ。

ドストエフスキーがこのとき念頭に置いていた「特徴」とは、いうまでもなく、これまで何度も言及してきた、ロシアに固有の病「ベソフシチナ」である。作家は、この悲しむべき事態から脱する処方箋を一つしか見いだせなかった。しかし、その効力に絶対的な自信をもっているわけではなかった。

「いったんキリストを否定したならば、人間の知恵は驚くべき結果へとたどり着きかねない」

4　対立から和解へ

テロリズムの問題

『悪霊』のモデルが「ネチャーエフ事件」にあったとはいえ、作品そのものは、たんに革命結社内での内部抗争にとどまらず、広く父と子の世代間の闘争を映しだしていた。「ニヒリスト」の語を一躍世に知らしめたイワン・ツルゲーネフの小説『父と子』が発表されたのが、一八六二年。アレクサンドル二世による「農奴解放令」の翌年、アレクサンドル二世暗殺未遂事件の四年前という微妙な時期にあたる。こうした時代背景を考えれば、当然、『父と子』に対する期待は否でも膨らまざるをえなかったと見ていい（この小説に匹敵する人気を呼んだのは、ニコライ・チェルヌイシェフスキーの小説『何をなすべきか』〈一八六三〉のみであった）。ツルゲーネフがこの作品で描きだしたのは、農奴解放前の古き良き貴族社会と一八六〇年代のニヒリストの精神的なレベルでの対立である。そこではむろん、テロリズムの問題がリアルな話題として浮上することはなかった。だが、一八六九年に『悪霊』の執筆を思い立ったドストエフスキーは、ペトラシェフスキー事件の経験者であり、なおかつ一八四〇年代人のはしくれとして、ツルゲーネフとは根本から異なる地点に立っていた。三年前には皇帝暗殺未遂事件が起こり、犯人ドミートリー・カラコーゾフはすでに絞首台の露と消えていた。国事犯として脛に傷をもつ作家として、政治的決心を固めることなく作品に着手することは困難だった。そして最終的にその決断をくだすには、それなりに身の安全も考えなくてはならなかった。作家は、そのための保険を、イデオロギーの明確化と、みずからの作家的名声に求めたのだ。幸い、『罪と罰』と『白痴』によって勝ち得た名声と人気は想像をはるかにこえるもので、「父と子」の主題に挑戦するのに機は十分に熟していたと考えられる。そして現実に、そのテーマに向きあったとき、彼が選びとった態度とは、何よりもキリスト教的理念の明示であり、方法的には、個々の登場人物の徹底した相対化だった。父の世代に対しても、子の世代に対してもいっさいの主情的な関心を排して、容赦なく批判の矢が向けられた。

『悪霊』と『未成年』

『悪霊』において「父」の世代を代表する人物は、いうまでもなく革命家と自負するピョートルの父親、ステパン・ヴェルホヴェンスキーである。作家がそのモデルとしたのは、一八四〇年代にモスクワを中心に活躍したリベラル派の知識人チモフェイ・グラノフスキー。ゲルツェン、ベリンスキーらと交友を結び、モスクワ大学のみならず、同時代の思想界に対する絶大な影響力を誇った人物である。ドストエフスキーは、このグラノフスキーを極端に矮小《わいしょう》化させるかたちでステパン・ヴェルホヴェンスキー像を練りあげ、カリカチュア化の刃を向けた。ヴェルホヴェンスキーに対する批判の根拠となったのは、知識人としての使命感の欠如、人間的な甘さ、不誠実さだった。

子ピョートル・ヴェルホヴェンスキーの父ステパン・ヴェルホヴェンスキーに対する憎悪はとどまるところを知らない。二人がいさかいを繰り広げる場面を読むだけでも、読者の多くは、『悪霊』を支配する世代間の反目を余すところなく経験できるだろう。次に引用するのは、ワルワーラ夫人のもとに二十年間居候しつづけた父ステパンが夫人に対する不満や、夫人の養女と結婚する意思を固めた経緯を書きつづった手紙をめぐって、はげしく父とやりあう子ピョートルのセリフである。

「それにしても、父さん、あんたもたいしたプライドをお持ちだ！　いや、ほんとうに笑えた。だいたいがあんたの手紙、どうしようもなく退屈だしさ。文章だっておそろしく下手くそでさ。まるきり読まなかったこともしょっちゅうだったし、ある手紙なんて、開封もせずにいまも部屋に放り出したままさ。明日にでも送りかえしてやるよ」

これから革命を実現しようというニヒリストの心に、親子の情などといったセンチメンタルな感情がはいりこむ隙間はない。まさに「すべてを否定する」「ニヒリスト」の面目躍如ともいうべき場面である。しかし、こうした過剰とも思えるカリカチュア化をめぐって、当然のことながら、作家の胸に反省意識のようなものが生まれてくる。先の「現代的欺瞞の一つ」に示したネチャーエフ一党に対する条件付きの共感が、その表れである。

『悪霊』の出版からまる一年を経た一八七四年四月、ドストエフスキーは次の長編『未成年』の構想にはいる。作家は、この新しい小説で再び、父と子の問題へと立ち返った。まさに仕切り直しである。ニヒリストたちへの「憎悪」をむきだしにした『悪霊』を世に出したとき、保守派のイデオローグとして、父と子の物語を、全面対決のかたちのまま放置しておくことは許されなかった。憎しみからは何も生まれない。そして現実に彼が新たな小説で取りあげようとしたのは、『悪霊』とは百八十度異なる、父と子の和解のドラマだった。

『未成年』の主人公アルカージー・ドルゴルーキーは、「ロスチャイルドになる」野心を胸に秘めた二十歳の青年で、貴族であるアンドレイ・ヴェルシーロフが農奴のソフィヤに生ませた婚外子である。アルカージーは、生まれるとまもなく親類に預けられ、その後寄宿学校にいれられたため、父母とはほとんど絶縁するかたちで二十年の時を過ごしてきた。戸籍上の姓が、歴史的に由緒ある「ドルゴルーキー」であること、貴族と農奴の「混血」であるといった呪わしい事実によって、彼の自尊心はずたずたに切り裂かれていた。

物語は、このアルカージーによる「手記」のかたちで進められていくが、私たち読者が最初に目をみはらされるのは、青年をとりまく家庭環境の複雑さである。なかには、こうした家庭環境のゆがみに加え、貴族と農奴の二極社会が生んださまざまな矛盾に気づかれる向きも多いことだろう。ちなみに作家は、当初、この小説に『無秩序』の名前を与えていた。

主人公アルカージーは、父ヴェルシーロフに対する過剰ともいえる憧れと疑念に引き裂かれながら、モスクワからペテルブルグへ旅立っていく。ヴェルシーロフは、国外を長く放浪するうちに領地の財産を使いはたし、いまは零落した貴族としてペテルブルグの片隅でひっそりと暮らす身である。しかしその胸の奥では、かつての愛人カテリーナ・アフマーコワへの情熱がくすぶりつづけ、彼女との結婚によって新たな道に歩みだしたいと切望している。半面、そうした願望の空しさをも感じており、自分の帰るべき場所は、二十年間苦楽をともにしてきたソフィヤにしかないことを自覚している。農奴出身のソフィヤは、キリスト教的な謙譲を体現する女性であり、全編をとおしてそのおだやかな輝きに曇りが生じることはない。そしてそのソフィヤへの愛を口にするヴェルシーロフの言葉が、不信の塊となったアルカージーの胸を心地よい感動で満たしていく。

「もしもこの、目くらまされるような出来事がなかったなら、わたしはこの心のなかに永久に見出すことができなかったかもしれないね。あれほど完璧で、そして永遠にたったひとりのわたしの女王にして、わたしの受難者であるおまえの母さんを、な」

ペテルブルグに来るとまもなく、アルカージーは、父の元「愛人」カテリーナをめぐって父と三角関係にはいり、物語の終わりにいたるまでさまざまな葛藤や迷いを経験することになる。にもかかわらず彼の胸のうちから、父ヴェルシーロフの生きざまに対する共感が消えることはない。「理神論者」ヴェルシーロフもまた、言葉の限りをつくしてアルカージーとの和解の道を探る。

「わたしはね、何としてもキリストを避けることができない、最後に、孤独になった人々のあいだに、キリストを想像しないではいられない」
「わたしはね、神がないままで人間はどう生きていくんだろう、いつか、そんなことが可能になる時代が来るんだろうか、そんなことを考えずにはいられなかった。で、そのたびにわたしの心は、それは不可能だという結論をくだしてきたのさ」

アルカージーのカテリーナに対する、あふれんばかりの慕情は、まさにジラールのいう「模倣の欲望」をそのまま地で行くかの感があるが、アルカージー自身、自分の嫉妬にほとんど気づくことはない。逆に、カテリーナへの愛の「共有」と挫折をとおして、父と子の間に大きく和解のつぼみが膨らみはじめる。

古き良きロシアを破壊する

『未成年』の創作をとおして、作者はどのようなテーマを探ろうとしていたのか。そもそもアルカージーにはなぜ、貴族と農奴との間に生まれた婚外子という役割が与えられたのか。『未成年』は、その表面的なおだやかさとはうらはらに、一筋縄では理解できない謎と暗示に満たされた小説である。

多くの批評家は、この小説に、一人の青年の人間的成長を記録した「教養小説」の趣を見るが、はたしてその見方はどこまで正しいだろうか。否、ドストエフスキーは、一未成年の成長の軌跡に、歴史的なパースペクティブを見すえつつ、より普遍的な意味を見いだそうとしていたのではないか。それは、ほかでもない、まさに未成の祖国ロシアの将来であり、その将来に対する期待である。西欧を放浪し、ロシアを否定しつつもなおキリストへの思いを断ちきれないヴェルシーロフとは、農奴制のもとで長く引き裂かれてきた古き良きロシアの知識人の象徴である。そしてその古き良きロシアそのものがいま、ニヒリストたちの手で破壊されようとしている。

本章の冒頭に引用した「手帳」の一節を改めて思いだしてほしい。

「だれもがニヒリストなのだ。ニヒリズムがわが国に現れたのは、われわれがみなニヒリストだからだ」

種明かしをすれば、ドストエフスキーは、この文章の先で次の一行を書き記していた。

「われわれはたんにロシアの否定の上でロシアを救済したいだけだ」

だが、現にあるロシアという前提をぬきにしてロシアを救済することはできない。ドストエフスキーの信念とはそのようなものではなかったろうか。その一方、二つの世代の和解を、皇帝権力とニヒリストが手をとりあう光景として直接的に描くことも不可能だった。考えられる手立ては、成熟した一個の大人と、成熟へと向かう一個の青年による、和解の物語である。いわば、和解のモデルケースの一つを彼は個別具体的かつきわめて象徴的なかたちで提示してみせたのだ。『未成年』を執筆中の彼の耳に、ロシア各地で轟《とどろ》きはじめたテロリストたちの銃声が届かなかったはずはない。その銃声のこだまを耳にしながら、彼は、ロシアが、いま、現実のロシアを支配する圧倒的な「カオス」から、一つの「コスモス」へと向かって立ち上がっていく姿に思いを寄せていた。そしてその「媒介者」の役割を、一人の青年に託した。アルカージーは、包容力あふれる愛すべき青年である。その青年が、「貴族」と「農奴」の二つの血を引いているとするなら、「媒介者」としてこれ以上理想的な存在はない。なぜなら、「農奴解放」後のロシアが経験しつつある対立もまた、根本においては、「貴族」と「農奴」の対立にほかならなかったのだから。

第十二章　父殺し、または「平安だけがあらゆる偉大な力の……」

1　「父殺し」の原点

「殺意」の正体

ドストエフスキーの文学には、二つの光源がある。第一の光源は、一八三九年六月、父親の領地ダロヴォーエとチェルマシニャーの境界で起こった「父の死」、そして第二の光源が、一八四九年十二月、セミョーノフスキー練兵場で経験した死刑判決である。むろん、彼のその後の人生にもたらされた意味の重さという点で、後者は前者をはるかにしのぐ影響力をもったが、事件そのものが作品に与えたインパクトの強さという点で、前者は後者に一歩も引けをとっていない。

第一の光源、すなわち一八三九年六月の父ミハイルの死について、最近では、従来の農奴による殺害とする説ではなく、病死説をとる研究者が増えつつある。殺害説か、病死説かは、その時代のイデオロギーに影響されている側面もあるため、どちらかの説にうかつに加担する愚は避けなければならない。ソ連時代の研究者において殺害説が優位を占めるにいたった理由は明らかである。「父の死」を「領主殺し」と読みかえ、そこに階級闘争としての意味づけをほどこすことで、革命に寛容なドストエフスキー像を構築することが可能となったからである。逆にソ連崩壊後のロシアでは、そうした「恣意的な」解釈を避けて、今日残されている裁判記録に忠実にしたがおうとする態度が主流を占めつつある。しかし、ここで問題とされるべき点は、「父の死」をめぐる客観的事実、すなわち、「自然死」か「横死」かの二者択一ではない。むしろ作家ドストエフスキーが「父の死」をどのようなドラマとしてとらえていたかという点こそが重要である。そしてここで一つだけ確実に指摘できることは、ドストエフスキーが、客観的な事実との間に一線を引き、「父の死」を「領主殺し」ならざる「父殺し」と意味づけ、生涯、その犯人としてみずからを名指ししつづけた事実である。言い換えれば、「父の死」を「父殺し」の物語に再編し、新たな意味づけをほどこされた物語の主人公の役を、自分自身に割り振ったということだ。

回りくどい説明で恐縮だが、作者内部におけるこうした「作為」のプロセスを前提とすることなく、『カラマーゾフの兄弟』誕生の背景を説明しつくすことは難しい。とりわけ殺害されるカラマーゾフ家の父親の名が、作家自身と同じ「フョードル」とされた意味を解き明かすことは、きわめて困難である。もっとも、私がここでことさら自説にこだわる理由もないかもしれない。なぜなら、ドストエフスキー自身、この仮説を裏づける証拠を、みずからの小説の内部に提示していたからである。イワン・カラマーゾフが法廷で行う証言がそれである。

「**親父の死を望まない人間なんてどこにいるもんですか**」

だが、このひと言をイワンに吐かせた作家は、何も「エディプス・コンプレックス」理論を唱えたフロイトの先駆者としてふるまおうとしたわけでも、あるいは、すべての人間の潜在意識に宿る「父なるもの」からの解放の願いを、一般論として語ったわけでもなかった。作家は、父フョードルの死をとおして発見にたちいたったイワンの潜在意識が、じつは人間全般に共通する、普遍的な意味をもつ一大発見となるかもしれないという予感をいだいた、そのことを明らかにしたかっただけのことである。そしてその「一大発見」のもとで、イワンに、自分の「殺意」の正体を説明させようとはかったのだ。なぜなら、少なくともそのような前提に立たなければ、イワンの罪の正体を明らかにすることもできなければ、それを裁くこともとうていできなかったからである。翻って、法廷のイワンにそう口走らせた作家自身は、そこではたして何を告白しようとしていたのか。むろん、彼自身もまた、「父殺し」という「普遍的」な願望の持ち主であること、イワンと同じ「父殺し」に関与しているという「事実」である。

「父殺し」の誕生

私はさらにこんなふうにも想像する。

ドストエフスキーは、この「父殺し」のもつ「普遍的な」意味を、おそらく十七歳で、それまでの『群盗』(シラー)体験と重ねて発見したのではないか、と。たしかに彼は、シェイクスピア、セルバンテスに並ぶ「もっとも偉大な世界的天才」とシラーをみなし、「シラーが吹き込んだ全人類的愛と政治的自由の理想」(A・クリニーツィン「ドストエフスキーとシラー」)に全身全霊で虜となっていた。有名なテーゼ「**美が世界を救う**」(『白痴』)も、その起源の一つがシラーにあったことが知られている(『人間の美的教育に関する書簡』)。しかし、彼のシラー理解を、そうしたポジティブな側面でのみ受け入れるのは、少し表面的にすぎるように思える。クリニーツィンが指摘するように、かりにもし、彼のシラー読解(いや『群盗』読解)が、彼の「全存在」に関わる重大な意味を帯びていたとするなら、作家は、当然のことながら、シラーの理想主義と抱き合わせで、「父殺し」のもつ普遍的意味に目ざめたと考えなくてはならない。

そこで改めて注目したい一通の手紙がある。父の死から二か月後、当時十七歳のドストエフスキーが兄ミハイルに宛てた手紙である。

「**人間は謎です。**(……)**ぼくはこの謎と取り組んでいます。なぜかといえば、人間でありたいからです**」(一八三九年八月十六日)

右の引用は、若いドストエフスキーが父の死に言及した唯一の手紙から引いており、文章の調子はいつになく神妙である。想像できる理由は、一つ。思うに、作家が「一生をかけて」解きつづけなくてはならないと感じた「謎」とは、たんに人間精神のもつ奥深さといった話ではなく、むしろある具体的な状況における、ある具体的な裏づけをもった謎であった。端的に、この「謎」の発見は、彼自身の父親の死との関連で生まれたとするのが、現段階で立てうる唯一の仮説である。

伝記的な事実を紐解いてみよう。

『カラマーゾフの兄弟』の連載に先立つ一年半前の一八七七年七月、作家は、父親の元領地を四十年ぶりに訪ねた。そのときの様子をアンナ夫人が次のように綴っている。

「後で親戚の人に聞いた話だと、夫は思い出の多い公園やその周辺をあちこち歩きまわり、昔、好きだったチェルマシニャーの森まで二キロほどの道を歩いて往復したそうである」（『回想』）

『カラマーゾフの兄弟』の舞台スコトプリゴニエフスクの法廷で、「**親父の死を望まない人間なんてどこにいるもんですか**」と声を荒げたイワンは、このとき、二十三歳。ここで改めてイワンの年齢に注目する理由は、「父の死」と「父殺し」が作家の内部でいつ、どの時点で一つに結びついたか、との問いに対する一つのヒントを提示することにある。作家は、できるだけ早い年齢での「自覚」を設定したかったと私は考えている。

2　作家と皇帝

第二の光源に話題を移そう。

父ミハイルの死からちょうど十年後の一八四九年、作家は、「ペトラシェフスキー事件」に連座して死刑判決を受ける。私がここで注目するのは、第一の「光源」と第二の「光源」から発せられる二つの光が、どこでどう交差するか、という問題である。一八四九年時点でのロシアの皇帝はニコライ一世、そしてのちに作家が、並々ならぬ忠誠心をささげることになるアレクサンドル二世の登場は、その六年後のことである。少しばかり誘導的な書き方になるが、ニコライ一世とは、一八二五年の「デカブリスト事件」を力でねじ伏せ、一八三七年にプーシキンを決闘死へ追いやり、一八四八年に起こったハンガリー独立運動の際には「ヨーロッパの憲兵」としてこれを抑圧した、冷徹きわまりない「暴君にして専制主義者」（A・チューチェワ「二皇帝の宮中にて」）である。

　一八四九年十二月、セミョーノフスキー練兵場から「生還」したドストエフスキーは、その事実をまさに「復活」として意味づけた。

「もしも死なずにすんだら、どんなだろう！　かりに生命を取りもどすことができたら、どんなだろう、——なんという無限か！　そのときはすべてが自分のものになるのだ！」（『白痴』）

　そこで疑問が一つ湧き起こる。

「奇跡」が起こり、第二の人生を、さながら恩寵のように経験することのできた作家は、その恩寵を下賜した当のニコライ一世に対し、無条件で感謝の念をささげることができたのか。そのあたりの内面の動きについて、いまの私には何ひとつ、断定的に述べられる材料はない。ただし、ここでも一つ確実な裏づけをもっていえることがある。それは、作家を含むペトラシェフスキーの会の多くのメンバーが、みずからの「反逆」を恥じることなく、むしろ誇りと自信をもって刑に臨んでいた事実である。それを裏づける傍証が、はるか後年の「作家の日記」（一八七三年「現代的欺瞞の一つ」）に書き記されることになる。

「私たちペトラシェフスキーの会の面々は、処刑台に立っていささかの後悔の念もなく、死刑の宣告を聞き終わった。（……）だが、私たちが告発される原因となった事件、私たちの精神を支配していた思想や観念は、たんに後悔を要しないだけではなく、むしろ、何かしら自分たちを浄化する、それゆえに多くの罪が許される苦難のように思われたのだった」

驚くべき発言というしかない。いやしくも帝政ロシアの主たる皇帝がくだした死刑判決をめぐるこうした発言が、どのようにして当時、検閲を無事パスすることができたのか。極端な言い方をすれば、彼は、過去のみずからの「反逆」を肯定し、帝政と教会権力の否定というもろもろの理想に殉じる覚悟だったことを、まるで面当てのように誇らしげに書いている。この発言の異常性は、ペトラシェフスキーの会のメンバーには、皇帝暗殺を主張する人物が含まれていた事実からも容易に想像される。若いドストエフスキーの内部に、そうした一部の跳ね上がりに対する共感や理解がいっさいなかったという証拠はない。イワンの父親憎悪を思いだすまでもなく、ドストエフスキーの心のどこかに、当時の帝政権力への強い嫌悪があり、父なる権威の、いわば最高のシンボルである皇帝の暗殺をやむなしと考えた一時期があったと想像することさえ可能である。そしてもしこの仮説に何らかの正当性があるとすれば、彼は確実に、「父殺し」の罪を自覚し、皇帝＝きびしき父による報復を正当なものとして受け入れる心構えがあったと見ることができる。フロイトの理論を借りるなら、その報復（すなわち去勢）は、死刑判決として意味づけられるはずである。

ドストエフスキーが中央アジアから首都に向かって旅立つ一八五九年、帝位はすでにアレクサンドル二世に移っていた。新皇帝に対する彼の期待が、尋常ならざるものであったことは、その後の一連の言動が裏づけている。

最晩年、すなわち死の約一年前にあたる一八八〇年二月、彼は、スラヴ慈善協会の総会でアレクサンドル二世即位二十五年を祝賀する演説を行った。演説は、真率な愛情にあふれるもので、そこには一行たりとも「二枚舌」を疑わせる条《くだり》はない。

「皇帝は国民の慈父であって、子らは常になんの恐れもなく、おのれの窮乏と希望を訴えに父のもとに赴き、父たる皇帝は愛情をもって、これを聴取したもうということであります。また子らはおのれの父を愛慕し、父はその愛を信じ、ために父たる皇帝に対するロシア国民の関係は、恐れのない愛に充《み》ちたものであって、生命のない形式的、協約的なものではありません」

右の演説文は、内務大臣マーコフによる検閲を経て、アレクサンドル二世にじきじきに届けられた。大臣の伝えるところによると、皇帝は、この文章に一通り目をとおしたあと、「スラヴ慈善協会がニヒリストと連帯しているなどと疑ったことはいちどもない」と、微妙な言いまわしの発言をしたとされている。皮肉にも、演説文に示された過剰ともいえる阿りが、逆に皇帝のうちに過大な配慮を生む結果となったわけだ。

I・ヴォルギンによると、この記念式典でドストエフスキーが行った演説は、その精神的なラディカリズムの点で、政治的ラディカリズムと十分に通じあうものがあったという。また、式典で席を同じくした有力者（ド・ヴォラン伯爵）は次のようなひと言を残したとされている。

「革命が起こったら、ドストエフスキーは大きな役割を演じるだろう」

（『ドストエフスキー　最後の一年』）

3　「保守」の理想

若い学生へのエール

ドストエフスキーが生きた最後の三年は、相次ぐテロ事件によって、社会全体に物情騒然たる気分が支配した時代である。アレクサンドル二世暗殺に向け、時代の針はすでにカウントダウンの機会をうかがいはじめていた。いわばその時代の幕を切って落とす事件が、一八七八年一月二十四日、ペテルブルグで起こった。二十七歳の女性革命家ヴェーラ・ザスーリチによるペテルブルグ特別市長官フョードル・トレーポフ銃撃事件である。発端は、前年七月、反政府のデモに参加して逮捕された若い政治犯が、監獄を視察した長官への脱帽を拒否したため、その報復として鞭刑が加えられた事件である。ザスーリチは、その再報復を目的として長官に面会を求め、その場で相手を銃撃し、重傷を負わせた。審議は陪審裁判所にゆだねられ、世界の耳目が集まるなか、一八七八年三月三十一日に無罪判決が下った。裁判所の外で判決を待っていた群衆は、快哉《かいさい》を叫び、歓喜したとされる。ちなみにザスーリチは、作家が『悪霊』で扱ったネチャーエフ事件で逮捕され、投獄された過去があった。

ロシアの司法史上、稀に見る無罪判決は、帝政ロシアの政治情勢がいかに危険な水位にあったかを物語っている。ドストエフスキーの同志として知られる極右派の三人（カトコフ、メシチェルスキー、ポベダノースツェフ）はこの判決に激怒し、ドストエフスキーにも同調を求めたが、彼の反応はいささか違った。彼はこの件についていっさいの公的発言を控えたため信頼に足る記録はないが、彼が、ザスーリチ裁判の結果について傍聴席の知人に伝えたとされる言葉が知られている。

「お行き、きみはもう自由なのだから、でも、もう二度とこんな真似はするな」

（『ドストエフスキー　最後の一年』）

この判決から三日後、モスクワで白昼、キエフ大学で事件を起こし逮捕された学生の一行の護送途中、当の学生と抗議デモを行った学生の一部が市場の商人たちから暴行されるという事件が起こる。警察当局は、これに対し、完全に傍観の姿勢をとった。後日、この事件をめぐって、モスクワ大学の学生五人がドストエフスキーに意見を求めてきた。作家は、民衆と大学生との間の「分断」に憂慮を表明しつつ、次のように説いた。すなわち、知的な青年たちが、民衆の何たるかを理解せず、民衆を教化しようとして運動を起こした、しかし、その運動は、民衆の側に嫌悪をいだかせたにすぎなかった、なぜなら民衆にとって「大学生」とは、「貴族の若さま」の代名詞にすぎないからである、民衆のなかにも大きな誤解があり、それが是正されなければ、「和解」は訪れない。

こうして作家は、若い学生たちにエールを送る。

「膨大な数にのぼる青年たちが（……）、**今日のように真摯な、純粋な気持ちを抱いて、真実と真理を渇望し、真理のためなら、真理の言葉のためなら、すべてを犠牲にしても、命まで犠牲にしてもかまわないという時代は、わが国に、わがロシアの生活にいまだかつて例のないことでした。これはロシアにとってまことに大きな希望です」**

（モスクワ大学生宛書簡、一八七八年四月十八日）

暗にザスーリチをも擁護するニュアンスを含んだ右の文は、当時の彼がなしうる最大の政治的な抵抗だったと見ることができる。

近代化の主役に対する憎悪

帝政権力とテロリストの戦いが激化するなか、前者に抱きこまれたドストエフスキーだが、だからといって彼のうちに「和解」のための具体的なヴィジョンがあったわけではない。いや、ヴィジョンはあったが、手段はなかった。こうした状況下で彼の主張は、おのずから内向きのものとならざるをえなかった。ひと言でいえば、イエス・キリストの名のもとでの精神的団結、文化的価値、精神的な平安などの大切さである。いわばそれらを総合するかたちで、彼独自の「社会主義」の理念は形づくられた。ドストエフスキーの遺言とも思える最後の「作家の日記」で彼は、新しい社会主義の理念にふれて次のように書いている。

「ロシアの社会主義の究極の目的は、この地球が収容しうる地上において実現される、すべての国民を網羅する、全世界的な教会の設立だ。私は、ロシア民衆のうちにある不撓不屈《ふとうふくつ》の、いかなる場合も消失することのない渇望、キリストの名による大いなる、普遍的で、全人類を対象とする全同胞的団結への希求について言っている。（……）**究極においては、キリストの名による全世界的な団結によってのみ救われるものであると、民衆は固く信じている。これが私たちのロシアの社会主義なのだ」**

（「作家の日記」一八八一）

当時のロシア社会を振り返ると、帝政権力、知識人、民衆の三《み》つ巴《どもえ》の対立関係が渦を巻いていたことは明らかである。その捻《ね》じれた糸を解きほぐすのは「文化」しかない、ロシアに、真の文化があれば、いかなる分離現象も起こらなかっただろうとドストエフスキーは確信していた。なぜなら、民衆もまた、文化を渇望しているからである。ドストエフスキーは、ロシアの社会全体に根を張る対立の原因を、「上流の知識層が、下層、つまりわが国の民衆と分離したこと」に見ていた。「和解」の主役をになうのは、「頭脳明晰《めいせき》ですがすがしい」青年たちである。青年たちは「真理探究」と「真理に対する憧れ」を媒介として、民衆の真理との融和関係にはいることができる。

「この二つの層の精神的な融合よりも崇高なものがはたしてあるだろうか」（同）

そしてその融合のために欠かせないのが、社会全体の「精神的な平安」ということになる。

「平安だけがあらゆる偉大な力の源泉なのだ」（同）

ドストエフスキーがここで慎重に選びとった「平安」の意味にじっくりと錘鉛《すいえん》を下ろさなくてはならない。「平安」とは、まさに真の「信仰」を生みだす霊感の源でもある。

ちなみに同じ「作家の日記」で、ドストエフスキーは、ロシアの精神的価値を脅かす要因の一つとして、当時、ロシア国内に爆発的な勢いで網の目を張りめぐらしつつあった鉄道の敷設工事に注意を向けている。財力に事欠かないヨーロッパ諸国が、みずからの鉄道網の完成にじつに半世紀の時を要したのに対し、ロシアは、一万五、六千キロの敷設をわずか十年間でなしとげてしまった。ドストエフスキーは、彼の考える宗教的理想に反するかたちで推進される政府の近代化路線に深い懸念を表しながら、次のように述べている。

「わが国の中核はいったいどこにあり、だれの手に握られているのか？　わが国の経済力を支配しているのは、鉄道経営者であり、ユダヤ人ではないか？」（同）

近代化、文明化の主役であるユダヤ人に対するドストエフスキーの憎悪は尽きることがなかった。作家の信念によれば、信仰の「源泉」であるはずの「平安」を乱す張本人こそ、ヨーロッパ的文明の象徴ともいうべき鉄道であり、その推進者であるユダヤ人である。ヨーロッパから帰ってまもない一八七三年の時点で彼はすでに、ユダヤ人をキリスト教文明の「敵」ととらえ、「ロシアの滅亡はユダヤ人からやって来る」とまで書き、飲酒に蝕まれたロシア社会の現状を憂えながら、次のように述べていた。

「**ユダヤ人たちは民衆の生き血をすすり、民衆の堕落と屈辱をみずからの糧とするであろう**」（「作家の日記」所収の「空想と幻想」）

ユダヤ人はロシア人を侮蔑しきり、農奴制を復活させることで、莫大な富をそこから手にいれようとしている、ヨーロッパの金融を支配し、国際政治から、人間の精神までも支配する「完全な王国」が到来しつつある——。ドストエフスキーを支配していた恐怖は、パラノイア的ともいえるほど強烈な色合いを帯びつつあった。

「**ユダヤ人の上層部はますます強力に、しっかりと人類を支配するようになり、世界に自分たちの傾向と本質を与えようと切望している**」（同、一八七七年三月「Status in statu. 四千年の実存」）

思想家ドストエフスキーにおける最大の「アキレス腱」ともいうべき反ユダヤ主義は、真の信仰と民衆回帰の理念がおのずから生みだした産物ということができる。ただし、将来に向けた「和解」への期待もなくはなかった。ロシア人が「その歴史の途上で」経験してきた不幸と、ユダヤ人のそれを引きくらべ、一方でユダヤ人の独善を批判しつつも、将来における「信仰と血を異にする人々とのまことの同胞的結合」の可能性に一縷の望みをかけていたことが知られている。

4 「大審問官」のテーゼ

『カラマーゾフの兄弟』前半のクライマックスを形づくる「大審問官」の章は、自由と専制という、テロル時代のロシア社会の根幹に関わるアクチュアルな問題を提起している。大審問官が実現した世界（「地上のパン」）は、ニヒリストが思い描く未来社会の、いわば近世版であり、他方、イエス・キリストが無言のうちに示した精神の自由の世界（「天上のパン」）は、ドストエフスキーが帝政ロシアのあるべき姿として思い描く理想社会と二重写しになっていた。

舞台は、異端審問の嵐が吹き荒れる十六世紀のセヴィリア。カルロス一世統治下のスペインは、当時、世界史上稀に見る栄光を勝ち得て、その庇護のもとに教会もまた権力をほしいままにしていた。そのスペイン、大聖堂のそびえ立つセヴィリアに、イエス・キリストが静かに来臨する。「大審問官」の作者イワン・カラマーゾフは、「ちょっときまぐれ程度に」と述べている。イエス・キリストは、「熱い広場」で、二つの奇跡を実現するが、その姿を認めた大審問官は、その「彼」を捕縛し、「なぜわれわれの邪魔をしにきた」ときびしくつめ寄る。

「まる十五世紀の間、われわれはこの自由を相手に苦しんできたが、今やそれも終わった。しっかりと地に根づいた。しっかりと根づいたのが、おまえには信じられないかね？」

大審問官は、前日の異端審問の際にまとった衣装とはうって変わって、今日はぼろぼろの法衣に身をやつす高齢の僧侶だが、その権力は、イエス・キリスト自身がしたがわなければならないほど絶対的な意味を帯びている。竣工《しゅんこう》してまだ日も浅いセヴィリア大聖堂を背景に立つ大審問官の意識のなかで、歴史はすでに完成しており、預言者キリストの出番などない。数多くの異端者を焚刑《ふんけい》によって葬ってきた忌まわしい過去はあるものの、大審問官の胸のうちには、キリストの再臨を待つことなく神の国を実現したという確たる自負がある。むろん一抹の疑念が胸をかすめることがないではない。しかし、この壮麗な聖堂を見よ。これこそはまさに、キリストの力なくして歴史が完成した証ではないか。「天上のパン」のみを食する人間にこの伽藍《がらん》を打ちたてることができるだろうか。いや、できない。

こうして大審問官は、世界の救済を、上からの力、物質の力で実現しようとする観念論者たちのシンボルとなる。あるいは、現世的な人間支配の究極の姿ということもできる。

「人間というのは、跪くべき相手をつねに求めている。すべての人間が一斉に膝を折ることのできる、そんな文句なしの相手だ」

大審問官は、弱虫な反逆者の良心を永久に征服し、虜にできる「三つの力」に言及する。

「その力とは、奇跡と、神秘と、権威」

だが、現実には、これらの威力をことごとく否定し、精神の自由すなわち「天上のパン」の大切さを説いてみせたキリストに向かって叩きつけるように言う。

「ところが、おまえは知らなかった。人間が奇跡というものをしりぞけるや、ただちに神をもしりぞけてしまうことを。なぜなら、人間は神よりもむしろ奇跡を求めているからだ」

思えば、「熱い広場」で行った二つの奇跡は、大審問官がもっとも恐れた事態だった。だからこそ、彼は「火あぶり」の刑を指示したのだ。

大審問官は、もはや歴史を、キリストの教えにしたがって修正する力を失っている。人間は、「地上のパン」を得ることなくして「天上のパン」を手にいれることはできない。だが、「地上のパン」によってみずからの安心立命を得た人間に、「天上のパン」の段階に突きすすむだけの精神力はない。人間とは、根本的に自由を恐れる臆病な存在だからだ。大審問官は、そこで秘中の秘を明らかにする。

「では聞くがいい。われわれはおまえとではなく、あれとともにいるのだ。これがわれわれの秘密だ！」

「あれ」とは、ほかでもない、悪魔、すなわちアンチ・キリストを意味している。

思うに、ドストエフスキーが『カラマーゾフの兄弟』で実現をはかろうとしたのは、「不信と懐疑の子」としてのみずからの過去の清算だった。「不信と懐疑」から信仰へといたる架け橋を築くこと。みずからの分身をゾシマ長老と若きアリョーシャに託して、最終回答として彼は「プロ」の思想の全面擁護に向かおうとしていた。作品それ自体を「信仰告白の書」ととらえるP・フォーキンの主張は、きわめてまっとうである（「ドストエフスキーの『信仰告白』からみた『カラマーゾフの兄弟』」）。しかしその「信仰」は、限りなく苦しい試練を経て得られたものでなくては、価値あるものとはいえない。そしてその点で作家には絶大な自信があった。

「**私はなにも小さな子どものようにキリストを信じ、キリストの教えを説いているわけではない。私のホサナは大いなる懐疑の試練を経ているのだ**」（「手帳」）

では、ドストエフスキーの「信仰告白」の試みははたして成功したといえるのか。

真実は一つだが、答えは、「肯定」と「否定」の二つに分岐する。ここに一つ、極端な「否定」の例を紹介しよう。

社会主義のソ連時代に生きた批評家ヴィクトル・シクロフスキーは、「信念の代わりに、議論が発生し」、「否定（コントラ）」の声が、「肯定（プロ）」の声よりもはるかに説得力をもって読者に迫ったと述べている。

「大審問官とは、カトリックの教義の表明者ではもちろんなく、ドストエフスキーの不実な友ポベダノースツェフの影でもなかった。これは心変わりしたドストエフスキーその人であった」（『ドストエフスキー論　肯定と否定』）

「天上のパン」の価値を説くイエス・キリストの孤高に、シクロフスキーはむしろ驕りを見た。「従順なれ、心驕れるものよ、とドストエフスキーは語っていた。ドストエフスキーにとって

の誇り、それは社会主義だった」（同）

5　キリストか、文学か

ドストエフスキーのプーシキン像

ドストエフスキーの内心にきざまれた傷はすでに癒されていたのか、その瘡蓋《かさぶた》は剝がれかけていたのか。彼の宗教的理念がファナティックな色合いを増せば増すほど、彼の発言は、自己防衛的な色合いを強めていく。保守派のイデオローグとしての自分、生身の作家である自分、その間に横たわる溝を埋めることは、見果てぬ夢だったのだろうか。

公的イデオローグとして、ドストエフスキーがその存在を聴衆に強烈に印象づけた出来事が、一八八〇年六月八日、モスクワで行われたプーシキン記念祭における講演である。彼はこの講演で、ロシアの国民詩人アレクサンドル・プーシキンのもつ国民的な意味と「世界性」を強調しつつ、プーシキンの存在がなかったならば、ロシアはその後の後継者をもちえなかった、また、ロシアの独立した価値に対する人々の信仰も、ヨーロッパとの間においてロシアが果たすべき使命に対する信仰も生まれえなかったと述べた。

ドストエフスキーが、プーシキンに見ていたのは、「**民衆のキリスト教的な原理の体現者**」

だが、むろん、その脳裏では、イエス・キリストの存在が二重写しにされていた。ドストエフスキーにとって、「余計者」エヴゲニー・オネーギンの誘惑を断ちきった公爵夫人タチヤーナは、**「ロシア民衆の精神的な理想」**である。むろん、このようなプーシキン理解それ自体、きわめてイデオロギー的であり、プーシキンの意図とどこまで重なりあうか、疑問が残るところだろう。少なくともプーシキン自身、作家が講演で描きだした像よりもはるかに「文学的」だったことは疑う余地がない。ドストエフスキーのプーシキン像は限りなく美化されていた。

「プーシキンのような世界的共鳴の天才をもった詩人は、ほかにはまたとなかった。しかしここで問題となるのは、たんに共鳴というだけでなく、その驚くべき深さと、他の国民の精神におのれの精神を同化させる力である。その同化は、ほとんど完全無欠であるがゆえに奇跡的であり、世界のいかなる詩人においてもこうした現象はくり返されなかった。これはまったくプーシキンにのみ見られることで、その意味で、くり返し言うが、彼は前代未聞の現象なのであり、われわれの考えでは、予言的なものである」

そしてこの「前代未聞の現象」との精神的な一体化を介して、ロシア人は、普遍性、世界性（すなわち「全人」性）を、あるいは世界におけるみずからの使命に目ざめることができるとドストエフスキーは考えるのだ。

「ロシア人の使命は、まぎれもなく全ヨーロッパ的であり、全世界的である。真のロシア人に

なること、完全にロシア人になりきることは（……）とりもなおさず、すべての人々の同胞となることである。ことによると、全人になることとだと申し上げてもいい」

ここで、あえて「全人」の定義にまで踏みこむことはしない。完成された理想形としての人間と理解していただければよい。いや、「全人」になるということは、たんに「すべての人々の同胞」となるだけではなく、すべての民族を「同胞として結合させ」「全体調和」の目標に向かって努力することを意味する、さらに作家は、ロシア人の心が、そうした「すべての人々」の同胞的結合に適した素質をもっているとまで主張する。そしてその決定的な証となるものが、ほかでもない、プーシキンの天才というわけなのだ。

最晩年のドストエフスキー

だが、そこでドストエフスキーは、ふとわれに返る。はたして、自分のこの熱烈なプーシキン礼賛を裏づけてくれる客観的な証が現実のロシアに存在するのか、と。答え、少なくともいまのロシアには存在しない。だが、ドストエフスキーはここで、イエス・キリスト自身が「まぐさ桶《おけ》」で生を享け、奴隷の姿に身をやつしてこの世に姿を現した事実に目を向け、その未来の可能性に希望を託して次のように言う。

「かりにもし私たちの思想が夢であるとしても、プーシキンという人間がある以上、少なくともこの夢の根拠となるべきところは存在する」

講演そのものは、一読してファナティックであり、信仰と夢が時として合体し、現実と未来が一瞬のうちに融合するさまが見てとれる。思うに、この講演は、プーシキンという人間への過剰なまでの共感なくしては実現されなかった。だが、この過剰な賛美と、ロシアの使命に対する期待は、それなりの社会的状況を背景に成立していたと考えるべきである。保守派イデオローグとしてドストエフスキーは、みずからの無力を意識しつつも、「和解」という妄執の虜となっていた。

「人民の意志」党による政府要人テロが頂点に達しつつあった一八八〇年の二月五日、ハルトゥーリンによる冬宮爆破事件が起こる。そしてその約二週間後の二月二十日には、ムロジェッキーによって開明派の長官ロリス・メリコフが狙撃される。ほぼ同じ時期、ドストエフスキーに対する監視の解除が正式に通知された。ペトラシェフスキー事件からおよそ三十年、彼はようやくにして帝政権力からの「信頼」を得るにいたった。もっとも、監視の解除は、権力側からするとおそらく一種の政治判断としての意味があった可能性もある。周囲から刮目《かつもく》されるほどの影響力をもちはじめたドストエフスキーを監視下に置くことは、危険人物として彼を敵の側に放置することを意味する。いちじるしい弱体化を見せはじめた帝政権力にとって、ドストエフスキーのさらなる取りこみは不可避だった。作家自身、みずから望んでその抱擁に身をゆだねたことも事実だが、その行為自体には、むろん一個人として、したたかなサバイバルの意図が隠されていた。政府上層の懸念は、日に日に膨れあがっていった。ド・ヴォラン伯爵の予言を改めて引用しよう。

「革命が起こったら、ドストエフスキーは大きな役割を演じるだろう」

これが、同時代人の心のなかでそびえ立つ最晩年のドストエフスキーの姿である。その大きさを、作家自身、どこまで認識できていたか、私にはわからない。しかし彼が、あくまでも神と革命を天秤《てんびん》にかけ、文学の力、いや言葉の力によってのみ実現できる「和解」の道を模索しつづけていたことだけはまちがいない。そしてその使命のすべては、『カラマーゾフの兄弟』の続編において明らかにされるはずだった。

6　「カラマーゾフ、万歳!」に隠された意味

闇から光へ、否定（コントラ）から肯定（プロ）へ、そしてカオスから新たなるコスモスへ——。ドストエフスキーの最後の小説『カラマーゾフの兄弟』は、「カラマーゾフ、万歳!」の一行で閉じられる。小説を読み終えた読者は、およそ想像もしなかった大きな感動に打たれ、泣きだしたい衝動にかられる。ベートーヴェンの交響曲第九番にも匹敵する壮大なフィナーレ。だが、小説を締めくくるこの言葉の意味するところは、けっして一義的ではない。

読者の感動に水を差すようで気が引けるが、『カラマーゾフの兄弟』は未完の小説である。作者はその序文（「著者より」）で、次のように記していた。

「伝記はひとつなのに小説がふたつあるという点である。おまけに、肝心なのはふたつ目のほうときていて（……）」

つまり、物語はまだ中間地点なのであり、ここがフィナーレというわけではない。「カラマーゾフ、万歳！」の感動にひたった読者は、涙の渇くのを待って「第二の小説」に向かう。そのつかの間の時間に読者は、ふとわれに返る。この物語はこれからどこに向かうのか？　そこでにわかによみがえってくる記憶がある。一八六六年に起きたドミートリー・カラコーゾフによる皇帝暗殺未遂事件の記憶である。

だが、予定された続編にいっさい手をつけることなく作家はこの世を去った。続編では、「第一の小説」から十三年後の未来が描かれ（あるいは、現在といってもよい）、小説のはしばしに登場する名もなき少年たちが、大いに活躍する予定だった。思うに、その少年たちの活躍を予言するのが、小説のエピローグなのだ。ドストエフスキーは生前、ジャーナリストのスヴォーリンに対し次のように語ったとされている。

「この次に書く長編では、アリョーシャ・カラマーゾフが主人公だ。修道院を出てから革命家にしてみたい。アリョーシャは政治犯罪を犯して罰せられる。彼は正義を求める。そうこうするうちにいつしか革命家になってしまう」

ただし、『カラマーゾフの兄弟』の冒頭に置かれた「著者より」は、これとはまるで別のことを語っている。人知れず、放浪するアリョーシャの物語である。

他方、小説の巻頭に置かれたエピグラフはそれとも異なる物語をも暗示しているかのようである。

「はっきり言っておく。一粒の麦は、地に落ちて死ななければ、一粒のままである。だが、死ねば、多くの実を結ぶ」

（「ヨハネによる福音書」第十二章二十四節）

これをアリョーシャの運命の喩えととるか、あるいは、『カラマーゾフの兄弟』という作品全体の比喩ととるか、議論が分かれるところだろう。しかし、エピグラフは、確実にこの小説が次の「第二の小説」に向かうさまざまな暗示を含んだステップとなっている。

結核で死んだ一人の少年イリューシャのお墓のまわりに、「わたしの主人公」アレクセイをはじめおよそ十二名の、まだ幼い「使徒」たちが集いあっている。死んだ少年は、もう二度ともどってはこない。だが、遠い将来には、科学も飛躍的な進化を遂げ、死んだ少年にも復活のときが訪れ、喜びに満ちた再会を果たすことができるだろう。そんな夢がいやましに膨れあがる。しかしそのときが訪れるまで、少年たち一人ひとりは、荒れ狂う嵐のなかを歩んでいかねばならない。

最後に少年たちは、クラソートキン少年の明るい掛け声のもとでシュプレヒコールを上げる。

「**カラマーゾフ、万歳！**」

先ほども述べたように、残念ながら物語はここでは終わらない。では、少年たちがこのとき脳裏に浮かべていた「カラマーゾフ」とは、何であり、だれだったのか？　思いだしてほしい。

長男ドミートリーを裁く法廷で一人の検事は叫んだ。

「彼は、振幅の広い、カラマーゾフ的な気質の持ち主だからです。（……）つまり彼のような人間は、あらゆる両極端をいっしょくたにできるし、ふたつの深みを同時に眺めることができるのです。それはすなわち、頭上にたかだかとひろがる理想の深みであり、眼下に大きく口を開けた、悪臭ふんぷんたる底なしの深みです」

この言葉どおり、「カラマーゾフ」とは、計り知れず広く深い魂の代名詞である（「ふたつの深み、ふたつの底なし」）。いや、生命そのものの代名詞といったほうがよいかもしれない。そこには、闇もあれば、光もある。カオスもあれば、コスモスもある。

かりにいっさいの先入観を捨て、この小説が、未完のままに終わったという事実を直視するとき、最後のひと言は、どのようなメッセージとして私たちの耳に響くのか、ということだ。

フィナーレで少年たちが叫んだ「カラマーゾフ」とは、ありとあらゆる苦難、混沌、闇を乗りこえ、アレクセイ・カラマーゾフのなかに昇華される、もっとも高いヒューマニズムの理想——。いつの日か、科学と人間の魂とが、たがいに対立しあうことなく高さと深さを競いあい、理想的なかたちで一つに溶けあう時代が訪れる。そんな未来が開かれたとき、結核で死んだ少年のよみがえりは可能となる……。

だが、このシュプレヒコールは、それほど単純なものでもなさそうだ。

すでに述べたように、一八七〇年代にはいってからのドストエフスキーの皇帝権力へのすり寄りは異常とも思えるほどだった。左派系の雑誌に掲載された『未成年』では、若干、左寄りの姿勢を示したものの、総じて、彼のペン先から発せられたメッセージの数々は、いわゆる保守派イデオローグとしてのそれであった。しかし、ネチャーエフ事件へのある種の「共感」(「現代的欺瞞の一つ」)が示すように、ドストエフスキーは「革命」運動をはなから否定していたわけではなく、小説や「作家の日記」のはしばしで、むしろ彼らに対する共感とも読める言葉を差しはさんできた。結論から先に述べると、「カラマーゾフ、万歳!」も、じつはそのような解釈を招きよせる可能性をもつ一行だということだ。

ドストエフスキーが『カラマーゾフの兄弟』の連載を開始した一八七九年は、すでに帝政ロシアの屋台骨が根幹から揺るぎだした時期である。連日のように「人民の意志」党によるテロ事件が起こり、極右派であるドストエフスキー自身、けっして安全地帯にいたわけではない。つまり、「カラマーゾフ、万歳!」は、その危険に対する予防線でもあった可能性があるのである。たしかに、「第一の小説」を締めくくる壮大なシュプレヒコールとして「カラマーゾフ、万歳!」と書かれてはいる。だが、その一行は、ことによると、若いニヒリストたちの鋭敏な耳に、「カラコーゾフ、万歳!」と響くように仕組まれていたのではないか。

いずれにせよ、「カラマーゾフ、万歳!」の一行は、ついに着手されることなく終わった「第二の小説」(続編)の全精神を先取りする予言的な「言葉」となった。したがってこれはいかなる意味でも締めくくりの「言葉」とはなりえない。作家はむしろこの一行を、ロシアと人類の未来を照らしだす希望の「光」ととらえ、この「光」を導きの星としながら、大いなる和解への道を模索していかなければならないと、みずからの全存在を賭して語りかけていたのである。

あとがき

終わりの見えない不安と恐怖のなかに、私たちはいま生きている。終わりが予見できない、ということほどつらく苦しい状況はない。何かしら希望をもって生きていくためには、いつかは「終わる」という証が不可欠なのだ。ところが、その肝心の証は示されず、あるのはたんに希望的観測だけである。そうはいえ、巨視的にはこのコロナ禍も、現象としていずれ終息するときが来ることはまちがいない。しかし悲しいことに、コロナ禍が終息したあとも、私たちの日常には、不安と恐怖がとどまりつづける。私たちが人間であり、死すべき存在である以上、避けがたい運命と受けとめなければならない。では、どのようにしてその不安や恐怖と闘っていくのか。

二〇二〇年一月以来、一年半あまりにわたる「幽閉」生活のなかで、世界の知られざる名画に数多く接することができた。そのなかで強く惹かれたのが、全体主義の不幸な時代に生き、きびしい監視のもとで非業の死を遂げた人々の物語だった。スターリン時代のラーゲリや、ナチスの収容所に関わる映画に描かれた捕囚たちの絶望がいつにもましてなまなましく迫って来た。日本映画で、とくにはげしく心を揺さぶられたのが、フランキー堺主演の『私は貝になりたい』（一九五九）だった。強大な権力と虚偽の証言によって死の淵に追いやられる主人公の無念さを想《おも》いながら、現にいま自分が生きて、ここにあることの「幸運」を噛《か》みしめた。そしてその「幸運」を償うすべは、唯一、「想い」を馳《は》せることにしかないと悟った。

『地下室の記録』でドストエフスキーは書いている。

「世界が消えてなくなるのがいいか、それともお茶が飲めなくなるのがいいか？　答えてやるさ、世界なんて消えてなくなったっていい、いつもお茶が飲めさえすりゃ」

　何とエゴイスティックで身勝手なセリフだろうかと、多くの読者は眉をひそめるにちがいない。だが、誤解してはいけない。カップ一杯の「お茶」と地球の重さを対比させるというやり方は、作家お得意のレトリックの一つにすぎず、けっしてエゴイズム賛歌でもなければ、自分の不幸の腹いせに世界の終わりを願うやけっぱちの心情でもない。私たちは、むしろ、お茶の習慣と地球の自転を天秤にかけざるをえないほどの孤立に陥ったこの男（「地下室人」）の心中を推し量るべきなのだ。思うに、紅茶一杯にそれだけの価値を見いだせる感性の豊かさこそ賞賛に値する。

　この「お茶」の比喩が示すように、極限的な孤立に立たされた人間が人生にいだく期待は、ささやかである。そのささやかなものが見つかりさえすれば、人間は生きていける。「お茶」はいうまでもなく、「生きがい」の究極のシンボルである。

　最近手にした一冊の書物に、興味深い一行があった。グローバリズムに異を唱え、倫理的資本主義を提唱するマルクス・ガブリエルの本の一行である。ガブリエルはいう。「人には、幸せになれるゾーン」があり、そのゾーンこそは、自分の運命であり、その運命こそが幸せをもたらす、と（『つながり過ぎた世界の先に』）。まさに、然《しか》り。しかしこの言葉には、残念ながら、運命論に似たペシミズムの響きがあり、人間の創造的な力が蔑《ないがし》ろにされている印象を否めない。「幸せになれるゾーン」を、運命にゆだねたまま、その狭い可能性のなかで自分の未知の力を閉ざしてしまうのは、あまりに悲しすぎる。ドミートリー・カラマーゾフの大らかな生命賛歌を思い起こそう。

「**人間って広い、広すぎるくらいだ、だから俺はちっちゃくしてやりたい**」

「幸せ」をもたらす運命のゾーンは、たしかに狭いかもしれない。しかし、「幸せ」といわず、生命そのものが発する輝きを経験できる「歓び」のゾーンは、限りない可能性を秘めている。一編の詩、一曲の音楽から、宇宙的な深みを湛えた一本の映画、そして一本の小説にいたるまで、いや、自然の風景や人々とのかけがえのない出会いにいたるまで、「歓びのゾーン」は、私たち被造物たる人間次第で、広くも、「ちっちゃく」もできる。不安や恐怖と闘っていくには、何よりもまず、この「歓びのゾーン」にできるだけ長くとどまるすべを身につけなければならない。その「歓び」によって、レジリエンスの力を貯《たくわ》えるのだ。

今回お届けする『ドストエフスキー　黒い言葉』は、雑誌「すばる」二〇一九年十月号から二〇二〇年十二月号まで計十四回にわたって連載されたものの新書化である。当初、ドストエフスキー箴言集として構想され、スタートした企画だが、第一章からそのアイデアは挫折した。また、章ごとにテーマを定め、その議論の流れのなかに箴言を組みこむ新たな作業も、予想外に大きな困難をともなった。議論の流れを重視すると、かえって数々の生きた「言葉」がするすると網の目からこぼれ落ちてしまう。逆に、それを回避しようとすると、記述がいきなりコマ切れになったり、尻切れトンボになったりする。あるいは一般の読者にとって、少し特殊すぎるかもしれない専門的な逸脱や、教科書的な叙述にページを費やさざるをえなくなる。

ただ、ひと言弁解させていただきたい。この『黒い言葉』は、コロナ禍という異常事態、異常な心理状態のなかで生まれた。そしてそれぞれの時点で、アクチュアリティをはらむと思われる社会現象に目を配らざるをえなかった。その結果、たとえば、「intermission」の章のように、当初は、想像することもできなかった「逸脱」が割りこむことになった。こうして、新書としては、少し特殊で、かつ特別な厚みをもつ本に仕上がったが、ここは、ドストエフスキー生誕二百年に免じてお許しいただきたい。しかしむろん、これでも書ききった、引用の限りをつくしたという思いはなく、ドストエフスキーの作品のページを広げるたびに、焦りにも似た後悔に急きたてられる。しかし、最後は、これは終わりなき作業なのだ、と自分を慰め、勇気をもって一区切りつけることにした。

雑誌「すばる」での連載、そして新書化にあたっては、編集者の金関ふき子さんのお世話になった。「黒い言葉」の現代的意味を考えるうえで欠かせない社会的トピックを提供してくださったのは、彼女である。また、本書の誕生に企画段階で携わってくださった新書編集長の落合勝人さん、またその実現のために貴重な執筆の機会を与えてくださった「すばる」編集長の鯉沼広行さん、そして新書誕生のためにご尽力くださった新書編集部の渡辺千弘さんのご厚意に心からお礼を述べたい。

本書の刊行を控え、私がいま願うことは、ただ一つ。コロナ禍のすみやかな終息である。ドストエフスキー文学が描く「孤立」の世界に同化するための時間は十分に与えられた。いまは、その対極にあるもう一つの世界、すなわち、彼の文学が描きだす「カーニバル性」をよりいきいきと呼吸できる、リアルな華やぎがほしい。その華やぎの場に改めてドストエフスキーの言葉を解き放つことできたとき、真の意味での生誕二百年は実現する。しかし、それがいつになるのかは、だれにもわからない。

二〇二一年六月十五日

亀山郁夫

主要参考・引用文献一覧

ドストエフスキーの評伝

L・サラスキナ『ドストエフスキー』モスクワ、二〇一三年、ロシア語
J・フランク『ドストエフスキー』プリンストン大学出版、二〇一二年、英語
L・グロスマン『ドストエフスキイ』北垣信行訳、筑摩書房、一九六六年
A・ドストエフスカヤ『回想のドストエフスキー』全二巻、松下裕訳、みすず書房、一九九九年
K・モチューリスキー『評伝ドストエフスキー』松下裕、松下恭子訳、筑摩書房、二〇〇〇年
L・ドストエフスカヤ『わが父ドストエフスキー』モスクワ、二〇一七年、ロシア語
A・ドストエフスカヤ『ドストエフスキー　同時代人の忘れられた、知られざる回想』サンクトペテルブルグ、一九九三年、ロシア語

ドストエフスキー研究、批評

M・バフチン『ドストエフスキーの詩学』望月哲男、鈴木淳一訳、ちくま学芸文庫、一九九五年
R・ジラール『ドストエフスキー　二重性から単一性へ』鈴木晶訳、法政大学出版局、一九八三年
E・H・カー『ドストエフスキー』松村達雄訳、筑摩書房、一九六八年
A・ヴォルインスキー『ドストエフスキー』サンクトペテルブルグ、一九〇六年、ロシア語
N・ベルジャーエフ『ドストエフスキーの世界観』プラハ、一九二三年、ロシア語

Y・カリャーキン『ドストエフスキーと黙示録』モスクワ、二〇〇九年、ロシア語
木下豊房『ドストエフスキーの作家像』鳥影社、二〇一六年
中村健之介『ドストエフスキー人物事典』朝日新聞社、一九九〇年
A・ドリーニン編『スースロワの日記』中村健之介訳、みすず書房、一九八九年
N・ナセートキン『ドストエフスキー百科事典』モスクワ、二〇〇三年、ロシア語
D・マルティンセン『恥辱に驚かされて』オハイオ大学出版、二〇〇三年、英語
A・ベーム『ドストエフスキーをめぐって』モスクワ、二〇〇七年、ロシア語
M・ホルクィスト『ドストエフスキーと小説』プリンストン大学出版、一九七七年、英語
L・サラスキナ『「悪霊」――警告の書』モスクワ、一九九〇年、ロシア語
I・ヴォルギン『ドストエフスキー　最後の一年』モスクワ、一九八六年、ロシア語
V・シクロフスキー『ドストエフスキー論　肯定と否定』水野忠夫訳、勁草書房、一九六六年
B・チホミーロフ『ラザロよ、外に出でよ――ドストエフスキー『罪と罰』の現代における読解』サンクトペテルブルグ、二〇〇五年、ロシア語
N・ベリチコフ編『ドストエフスキー裁判』中村健之介編訳、北海道大学図書刊行会、一九九三年
中村健之介『永遠のドストエフスキー』中公新書、二〇〇四年
原卓也、小泉猛編訳『ドストエフスキーとペトラシェフスキー事件』集英社、一九七一年

個別論文

I・ブロツキー「元素の力」「スタンド」一九八一年四号、英語
J・スタール「ドストエフスキー哲学における金の役割――『賭博者』と『カラマーゾフの兄弟』」ウェブ資料、ロシア語
S・フロイト『ドストエフスキーと父親殺し／不気味なもの』中山元訳、光文社古典新訳文庫、二〇一一年
G・シェンニコフ、A・アレクセーエフ編『ドストエフスキー　美学と詩学』チェリャビンスク、一九九七年、ロシア語
T・カサートキナ「美が世界を救う」「ブラゴヴェスト」二〇一一年二月十五日、ウェブ資料、ロシア語
V・ソロヴィヨフ「ドストエフスキーを記念する三つの講演」『ソロヴィヨフ選集』モスクワ、一九九〇年、ロシア語
G・エルミーロワ「『ロシアのキリスト』の悲劇、あるいは、『白痴』の《終わりの唐突さ》について」『ドストエフスキーの小説「白痴」――研究の現在』モスクワ、二〇〇一年、ロシア語
M・プロコピエワ「社会文化現象としてのベソフシチナ」サイバーレーニンカ、ウェブ資料、ロシア語
越野剛「ドストエフスキーとロシアにおける病の文化史」北海道大学学位論文、二〇一八年
O・マイオーロワ「農奴解放期の社会的神話における皇子＝僭称者」一九九九年、ウェブ資料、ロシア語
B・ウスペンスキー「皇帝と僭称者」『ウスペンスキー著作集』第一巻、モスクワ、一九九四年、ロシア語
津久井定雄「『悪霊』の町はこうして燃え始めた――『情報構造論』の試みとして」江川卓、亀山郁夫編

『ドストエフスキーの現在』ＪＣＡ出版、一九八五年
Ｍ・クシニコワ、Ｖ・トグリョフ「ドストエフスキーのクズネックでの結婚式」ウェブ資料、ロシア語
Ｆ・マカーリチェフ「『嘘って、かわいいもんさ』――ドストエフスキーの芸術世界における嘘」「ロシア語」二〇一八年四号、ロシア語
Ａ・ドストエフスカヤ「一八八一年の手帳」ウェブ資料、ロシア語
Ｌ・カルサーヴィン「愛のイデオローグとしてのドストエフスキー」『ペトロポリタンの夜』ペテルブルグ、一九二二年、ロシア語
Ｖ・カントール「分身への愛――ロシア文化の神話と現実」モスクワ、二〇一三年、ロシア語
Ａ・ベールキン「ドストエフスキーの芸術システムにおける《突然》と《あまりに》」『ドストエフスキーとチェーホフを読む』モスクワ、一九七三年、ロシア語
Ｅ・グーロワ「ドストエフスキーの長編小説における佯狂」「ペルミ国立民族研究大学紀要」三号、二〇一四年、ロシア語
Ｋ・ステパニャン「『白痴』における佯狂、狂気、死、復活、存在と非在」『ドストエフスキーの小説「白痴」――研究の現在』モスクワ、二〇〇一年、ロシア語
Ｉ・エサウーロフ「ロシア文学における佯狂と道化性」「文学展望」一九九八年三月号、ロシア語
Ｖ・カントール「われわれはみなニヒリストか」「ノーヴァヤ・ガゼータ」二〇〇七年七月二十日、ウェブ資料、ロシア語
Ｍ・ゲフテル「ドストエフスキーとテロリズム」二〇一三年四月十六日、個人ウェブサイト、ロシア語

A・クリニーツィン「ドストエフスキーとシラー」ウェブ資料、ロシア語
P・フォーキン「ドストエフスキーの『信仰告白』からみた『カラマーゾフの兄弟』」番場俊訳、「思想」二〇二〇年六月号
A・ラズーモフ「ドミートリー・カラマーゾフの金の謎」「文学の諸問題」二〇一四年、ロシア語

ドストエフスキー関連外の引用・参照文献

Y・ロートマン『ロシア貴族』桑野隆、望月哲男、渡辺雅司訳、筑摩書房、一九九七年
V・ローザノフ『切り離されたもの』サンクトペテルブルグ、一九一二年、ロシア語
G・ドゥルーズ『マゾッホとサド』蓮實重彥訳、晶文社クラシックス、一九九八年
A・カミュ「反抗的人間」佐藤朔、白井浩司訳『カミュ全集6』新潮社、一九七三年
M・オークショット『保守的であること――政治的合理主義批判』澁谷浩ほか訳、昭和堂、一九八八年
D・ランクール・ラフェリエール『ロシアの奴隷魂――道徳的マゾヒズムと苦痛崇拝』ニューヨーク大学出版、一九九五年、英語
N・ベルジャーエフ『ロシア的理念』パリ、一九四六年、ロシア語
F・ニーチェ『道徳の系譜学』中山元訳、光文社古典新訳文庫、二〇〇九年
G・フェドートフ『ロシアの宗教詩』モスクワ、一九九一年、ロシア語
R・ホーホフート『神の代理人』森川俊夫訳、白水社、一九六四年
H・アレント著、J・コーン編『責任と判断』中山元訳、ちくま学芸文庫、二〇一六年

髙村薫『太陽を曳く馬』上下巻、新潮社、二〇〇九年
L・サラスキナ『古典文学――その映画化の誘惑』モスクワ、二〇一八年、ロシア語
V・エロフェーエフ『ロシアの黙示録』ゼブラE、二〇〇六年、ロシア語
ヴォルテール『カンディード』斉藤悦則訳、光文社古典新訳文庫、二〇一五年
M・バクーニン『連合主義・社会主義・反神学主義』モスクワ、二〇一九年、ロシア語
J・P・サルトル『実存主義とは何か』伊吹武彦ほか訳、人文書院、一九九六年（増補新装版）
A・タルコフスキー「美が世界を救う……」（インタビュー）、「映画芸術」一九八九年二月号、ロシア語
S・ジジェク「神があれば、すべては許される」「ABC宗教と倫理」二〇一二年四月十七日、ウェブ資料、英語
山折哲雄、鎌田東二「オウム麻原判決対談『最終解脱者の犯罪　日本人の心の針路を問う』」鎌田東二オフィシャルサイト
P・フォーキン『素顔のツルゲーネフ』アンフォラ社、二〇〇九年、ロシア語
斎藤環「若者を匿名化する再帰的コミュニケーション」大澤真幸編『アキハバラ発〈00年代〉への問い』岩波書店、二〇〇八年
D・シェリフ『苦悶する都』サンクトペテルブルグ、二〇一四年、ロシア語
A・パンチェンコ、N・ポヌルイコ『古代ルーシの笑い』レニングラード、一九八四年、ロシア語
中村喜和「瘋癲行者覚書」「言語文化」六号、一九六九年
A・チューチェワ「二皇帝の宮中にて」『回想――二皇帝の宮中にて、日記』ザハーロフ、二〇一七年、

ロシア語
M・ガブリエル著、大野和基インタビュー・編『つながり過ぎた世界の先に』高田亜樹訳、PHP新書、二〇二一年
アト・ド・フリース『イメージ・シンボル事典』山下主一郎ほか訳、大修館書店、一九八四年
T・キャッスル「カールハインツ・シュトックハウゼン」「ニューヨーク」ウェブ資料、英語

［本書について］

・本書に引用されているドストエフスキー作品および海外文献の翻訳は、特に断りのない場合は筆者による。
・聖書の引用は基本的に新共同訳を参考にした。
・引用文中の（……）は、中略を表す。
・十九世紀における日付に関しては、当時ロシアで使用されていたユリウス暦を用いた。
・この本の一部には今日の観点からすると、不適切と思われる表現がある。しかし、研究対象である古典作品成立の時代背景、文学的な価値を考え、そのままにした。

亀山郁夫（かめやま　いくお）

一九四九年、栃木県生まれ。東京外国語大学外国語学部ロシア語学科卒業。東京大学大学院人文科学研究科博士課程単位取得退学。東京外国語大学教授、同学長などを経て、名古屋外国語大学学長、世田谷文学館館長。専門はロシア文学・ロシア文化論。主な著書に『破滅のマヤコフスキー』（木村彰一賞）、『磔のロシア』（大佛次郎賞）、『謎とき『悪霊』』（読売文学賞）、主な訳書に『カラマーゾフの兄弟』（毎日出版文化賞特別賞）など。

ドストエフスキー　黒《くろ》い言葉《ことば》

集英社新書一〇七五F

二〇二一年七月二一日　第一刷発行

著者……亀山郁夫《かめやまいくお》

発行者……樋口尚也

発行所……株式会社集英社

東京都千代田区一ツ橋二-五-一〇　郵便番号一〇一-八〇五〇

電話　〇三-三二三〇-六三九一（編集部）
〇三-三二三〇-六〇八〇（読者係）
〇三-三二三〇-六三九三（販売部）書店専用

装幀……原　研哉

印刷所……大日本印刷株式会社　凸版印刷株式会社

製本所……加藤製本株式会社

定価はカバーに表示してあります。

ISBN 978-4-08-721175-7 C0290

Printed in Japan

a pilot of wisdom

a pilot of wisdom

集英社新書　好評既刊

MotoGP　最速ライダーの肖像
西村 章　1064-H
モーターレーシングの最高峰、MotoGP。命懸けのレースに参戦した一二人のライダーの姿を描きだす。

スポーツする人の栄養・食事学
樋口 満　1065-I
「スポーツ栄養学」の観点から、より良い結果を出すための栄養・食事術をQ&A形式で解説する。

職業としてのシネマ
髙野てるみ　1066-F
ミニシアター・ブームをつくりあげた立役者の一人である著者が、映画業界の仕事の裏側を伝える。

免疫入門　最強の基礎知識
遠山祐司　1067-I
免疫にまつわる疑問をQ&A形式でわかりやすく解説。基本情報から最新情報までを網羅する。

世界の凋落を見つめて　クロニクル2011-2020
四方田犬彦　1068-B
東日本大震災・原発事故の二〇一一年からコロナ禍の二〇二〇年までを記録した「激動の時代」のコラム集。

ある北朝鮮テロリストの生と死　証言・ラングーン事件
羅鍾一／永野慎一郎・訳　1069-N〈ノンフィクション〉
全斗煥韓国大統領を狙った「ラングーン事件」実行犯の証言から、事件の全貌と南北関係の矛盾に迫る。

「自由」の危機　――息苦しさの正体
藤原辰史／内田 樹 他　1070-B
二六名の論者たちが「自由」について考察し、理不尽な権力の介入に対して異議申し立てを行う。

リニア新幹線と南海トラフ巨大地震　「超広域大震災」にどう備えるか
石橋克彦　1071-G
活断層の密集地帯を走るリニア中央新幹線がもたらす危険性を地震学の知見から警告する。

演劇入門　生きることは演じること
鴻上尚史　1072-F
演劇は「同調圧力」を跳ね返す技術になりうる。他者とともに生きる感性を育てる方法を説く指南書。

落合博満論
ねじめ正一　1073-H
天才打者にして名監督、魅力の淵源はどこにあるのか？　理由を知るため、作家が落合の諸相を訪ね歩く。

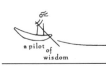